U0092241

瞧，這些女人！三

《淑媛》編輯部

三民書局

國家圖書館出版品預行編目資料

瞧，這些女人！／《淑媛》編輯部編.——初版一刷.——臺北市: 三民, 2012
冊;　公分.——(歷史天空)

ISBN 978-957-14-5505-1　(第一冊:平裝)
ISBN 978-957-14-5506-8　(第二冊:平裝)
ISBN 978-957-14-5609-6　(第三冊:平裝)

855　　100010825

© 瞧，這些女人！(三)

編　　者　《淑媛》編輯部
責任編輯　吳尚玟
美術設計　李唯綸
發 行 人　劉振強
發 行 所　三民書局股份有限公司
地址　臺北市復興北路386號
電話　(02)25006600
郵撥帳號　0009998-5
門 市 部　(復北店) 臺北市復興北路386號
(重南店) 臺北市重慶南路一段61號
出版日期　初版一刷　2012年6月
編　　號　S 630370

行政院新聞局登記證局版臺業字第〇二〇〇號
行政院新聞局局版臺陸字第101324號

ISBN　978-957-14-5609-6　(第三冊：平裝)

http://www.sanmin.com.tw　三民網路書店

出版說明

十九世紀末以來，長久被壓抑、埋沒的女性意識開始慢慢覺醒，女人們試著掙脫社會加諸的束縛鐐銬，與男人一樣追求自我及夢想的實現，開拓自己的道路與人生。於是我們可以看到越來越多女性自信美麗的身影，出現在精彩斑斕的歷史彩頁中。

《瞧，這些女人!》原由廣西師範大學出版社所出版，為《淑媛》雜誌「女人地理」專欄的集結，一系列共有三集。本局為饗廣大臺灣讀者，特別刊行繁體中文版。因兩岸語言習慣略有不同，在編輯過程中，除了將特殊用語、翻譯名詞調整為臺灣的習慣用語與通用譯名外，我們盡量維持原書的面貌。配圖方面則置換品質更清晰鮮麗的圖片，期望能讓讀者擁有最佳的閱讀享受。

瞧，這些女人！（三）

目　次

頭髮的立場

女人異常兇猛地互相競爭世界上兩種稀有資源——男人和工作，這是上世紀 1980 年代社會學的研究結果。在殘酷的競爭中，髮型師成為最強大的祕密武器，他們的存在只有一個意義：幫助女人實現夢想。

對於髮型師而言，沒有髮型高低之分，只有技藝優劣之別，重要的不是髮型，而是：這是誰的頭髮？

這是誰的頭髮？地位的尊卑、性格的強弱、學識的深淺全部無聲地流露在變化萬千的髮絲間。頭髮為女人樹立獨屬自己的風格，替她們標榜一切，長髮、短髮成為最簡單的識別信號，也是髮型戰役中互不相消的兩股均衡力量。

頭髮的立場，就是女人的立場，時代的立場。

1989 年，加拿大多倫多市舉辦的髮型藝術展中，來自法國的髮型設計師在模特兒頭上做出艾菲爾鐵塔造型。（圖片出處／達志影像）

剪刀到底在誰手裡?

給了女人長髮,給了男人短髮的是剪刀,而不是上帝。
——夏洛特・帕金斯・吉爾曼
(Charlotte Perkins Gilman)

美國女權主義作家夏洛特・帕金斯・吉爾曼在 1910 年代四處遊說:女人應該剪掉長髮,一頭清爽的短髮代表著乾淨、快樂和自信。而在此之前數百年,長髮是女人,短髮是男人早已是明確得不能再明確的標記,誰也沒想過去更改。世界女權主義始祖瑪莉・伍爾史東克拉芙特 (Mary Wollstonecraft) 一生都在強調男人和女人之間的平等,她也沒有捨得一剪刀下去剪掉那頭捲曲的長髮,只是將它高高盤起,以示她將時間全花在獨立思考這件事上。

女權主義作家夏洛特・帕金斯・吉爾曼

女權運動越鬧越兇,上帝才向人間扔出剪刀。的確,在女權主義運動開始之前,誰也沒有那份衝動改變這種牢固的性別約定,西方傳統中,短髮是男孩,長髮是女孩,自打人頭上長出頭髮，種族差異也應之而生。

基督教聖徒認為女人留長髮是光榮的，頭髮用來遮掩，遮掩是征服與權威的標誌，女人應當懷有羞愧感，從而保住所有合乎體統的美德。希臘傳說中的戈黛娃 (Godiva) 夫人裸著潔白的上身，披散著瀑布般的長髮，坐在馬上穿越城池的馴良性感，一直被視作是種極富挑逗的姿態，飄散的長髮是心理壓抑的釋放，也是性欲即將來臨的跡象。長髮除了性感以外，更是身分尊貴的不二象徵，法國彭巴朵夫人和瑪麗皇后最大的樂趣便是擺弄自己的頭髮，她們瘋狂追求頭髮造型藝術，被羽毛、緞帶堆砌成如同奶油蛋糕一樣的頭髮彰顯著上流社會華麗生活的極度奢靡。

東方傳統中，男女都是長髮，特別是女孩。「身體髮膚，受之父母」是中國傳統儒家文化的觀念，想要其徹底改變，該要多大的衝擊，經受多強的阻力才能完成！歐美有女權運動，中國有五四驚雷，上世紀 1920 年代前後，全世界都在熱血沸騰。上帝被迫扔出剪刀，好像眼前從小溫馴的孩子終於長大了，獨立了，她們要成為自己頭髮的真正主人，剪刀被女權主義者牢牢握在手中，被新時代口號磨得鋒利無比。

1920 年《星期六晚郵報》發表了小說〈波尼絲剪去了秀髮〉，並以小說的插畫做封面。

1920 年《星期六晚郵報》發表了費茲傑羅 (F. Scott Fitzgerald) 的小說〈波尼絲剪去了秀髮〉，講述了一位農村姑娘來城裡找她的交際花姐姐，為了引起交際圈內人的注意，她偷偷跑到理髮店剪掉了那頭「無上榮耀」的秀髮，結果引起不小的轟動，她為了報復，臨回鄉下前趁姐姐熟睡之際，把她的金色髮辮給剪了。這部小說一經發表，不少女孩紛紛剪髮，原因是她們煩透了長髮，小說中彌漫著對短髮的嘲笑，也引發了女孩們的叛逆心理，這種心理積聚已久，總算有機會爆發了。

短髮真不錯，既輕便，又容易梳理，雖然從前的清教道德家花幾輩子時間反覆強調：道德高尚的女人、知道自己地位的女人，都是留長髮的，長髮是「上帝賜予的，在丈夫和主人面前屈服的標記」。但是這一切到了興旺的 1920 年代，隨著婦女解放運動的空前高漲，完全改變了。

女人勇敢地拿起剪刀，男人除了冷眼旁觀之外，還能做什麼呢？很少有妓女剪掉長髮，傳統思想仍在起作用，妓女必須靠順從才有飯吃，這是關鍵所在。剪刀到底在誰手裡？這個答案很明瞭，女性解放之前，剪刀在道德家手裡，女性解放之後，剪刀在能自我做主的女性手裡，剪不剪不是問題，問題是：你敢不敢剪？

頭髮的漫長旅行

短髮來了，頭髮的旅行真正開始了，從 1920 年到現在，長髮與短髮成為時代變遷的兩大主角，在無邊的戲臺上，輪番上場。

「我為因剪短髮所造成的家庭破裂、婚姻解體，負有很大責任」

一戰之前，女人們剪短髮就初見端倪，短裙加短髮，再喝點杜松子酒，興致高昂地站在桌子上跳舞，是時髦女郎們樂意幹的事，不過這需要付出很大的勇氣，正如不穿胸衣出門一樣，沒有多少人能做到。1920 年代，美國最迷人的舞伴艾琳・卡索 (Irene Castle) 以她獨特的個人魅力打動了人們，她剪著短髮，戴著珍珠頭飾在宴會大廳翩翩起舞，一瞬間，浪漫、高雅、時髦這些詞彙

美國最迷人的舞伴艾琳・卡索

被媒體渲染，短髮第一次從粗俗的形容中擺脫出來，艾琳・卡索頭上的珍珠髮飾，後來被設計成髮夾，行銷全球。模仿她的人越來越多，那些不接受革新思想的男士忍受不了妻子的叛逆行為，家庭破裂的事情比比皆是。「我為因剪短髮所造成的家庭破裂、婚姻解體，負有很大責任。」艾琳・卡索開始小心翼翼地在媒體面前說話，並提醒讀者，並不是所有人都適合短髮，上了年紀的婦女剪短髮顯然有些為老不尊。

當時，芝加哥一家大百貨公司解雇了一位名叫海倫・阿姆斯壯 (Helen Armstrong) 的小姐，理由是她剪短髮有失體統，百貨公司裡其他剪短髮的員工被勒令戴假髮上班，直到頭髮長長為止。《紐約時報》因此發表社論認為「女人剪短髮既方便又實用」。直到 1927 年，歌唱家瑪麗・嘉登 (Mary Garden) 剪去一頭長髮，並

歌唱家瑪麗・嘉登剪去一頭長髮後，覺得獲得了自由。

說:「我捨棄長髮，就像女人擺脫邁向自由之路上任何一個障礙一樣。」而另一位當紅明星瑪麗・璧克馥 (Mary Pickford) 始終堅持保留自己的招牌長髮,「你們能想像一位童話裡的花仙子留著短髮的樣子嗎? 那簡直令人震驚!」她為此付出了巨大的代價，每天花三個小時洗頭，做髮型，並且在拍片結束後費盡心思把頭髮還原。在她備受剪髮爭議時，她的影迷們紛紛寫信請求她不要剪掉頭髮。但在她三十七歲時，她醒悟到自己的成功完全依賴那頭長髮，而不是她自己，於是全世界的報紙都刊登了這樣一張照片，一把巨大的剪刀剪著她的金髮，並配有文字:「哀悼天真無邪時代的死去」。瑪麗・璧克馥的短髮形象公布後沒幾年，她就從銀幕上消失了。

「無論是誰，再用頭髮遮住一隻眼睛，就是蠢貨!」

有聲電影的問世給了髮型大好機會，哪怕是黑白電影時代，髮型的色彩也是非常重要的。好萊塢黑白電影時代的女明星全然依靠一頭金髮馳騁銀幕，電影是黑白的，電影院門口的巨幅廣告招貼卻是彩色的，一頭亮閃閃的金髮在無色電影世界中依然引人注目。它能使豐盈的乳房和修長的大腿黯然失色，造型師有了市場，廣告企劃師有了新創意。

1930 年代，金髮美女珍・哈羅 (Jean Harlow) 迅速竄紅，席捲美國的染髮熱潮開始了。過了十年，維若妮卡・蕾克 (Veronica Lake) 用一小綹頭髮擋住一隻眼睛的髮型，成為全美最有名的金髮明星，打著她招牌的染髮藥水、髮梳和美髮店蜂擁而出。然而無情的二戰並沒有給這位銀幕女神太多機會，珍珠港事件爆發前兩週，《生活》雜誌還將維若妮卡・蕾克的髮型捧為國寶，說她的

全美最有名的金髮明星維若妮卡・蕾克，總是用一小綹頭髮擋住一隻眼睛。
（圖片出處／達志影像）

頭髮數量大約有十五萬根，前部頭髮長度是十七英寸，後部長度為二十四英寸，及肩部分是八英寸，她每天早晨要用洗髮精洗兩次頭髮，用護理油護理一次，還要用醋漂洗一次。她的髮質極細，容易絆在衣釦上，她還總是不小心，在抽菸時燒到自己的頭髮。

可是這種頭髮到了二戰，對國家利益產生了危害。兵工廠裡的女工們不斷發生頭髮捲進機器裡的事故，於是戰爭物資生產董事會決定推出工人自己的形象——鉚工螺絲頭，代言人正是維若妮卡・蕾克。她迷人的長髮不再散落肩頭，而被燙成細碎的小捲緊貼著頭皮，完全沒有任何美感。她被迫公開宣布：「無論是誰，再用頭髮遮住一隻眼睛，就是蠢貨！」

維若妮卡・蕾克在《生活》雜誌的攝影棚裡完成了宣傳照拍攝之後，她的銀幕生涯就此結束了。二戰以後，重新湧現出的金髮姑娘占據好萊塢的大銀幕，可維若妮卡・蕾克卻只能是個符號，停留在過去的畫報裡了。

「黑色是美麗的！」

金色的頭髮總是帶著炫耀感，天生金髮的女人要比黑髮女人漂亮、幸運，愛慕虛榮的男人總是與金髮女子約會。在羅馬統治時期，金髮絕對是女性美的完全體現，妓女和有錢夫人們都喜歡戴高盧人製作的金色假髮。十五世紀佛羅倫斯的藝術作品裡，金色是聖母瑪利亞頭髮的顏色。而棕色皮膚、黑頭髮的女人是小麥、玉米的代名詞，一點都不高貴，人們對金色的狂熱崇拜從來都不曾減弱過。

瑪麗蓮・夢露（Marilyn Monroe）春風得意，直到現在都被人視為全世界最性感的女神，她除了有白人血統和那頭染成的金髮之外，沒有像樣的背景，沒有身分，出身低微。但頹廢、激進的 1960 年代，開始了對黑髮的頂禮膜拜，「黑色是美麗的!」成為一句口號，鼓動黑人起來高歌。於是，像棉花糖一樣的蓬蓬頭開始風行天下。這種名叫 “Afro” 的髮型起源於非洲土著黑人髮型，它象徵自然、不經雕飾，也是在紐約這種大都會裡，黑人自我張揚的標誌。黑人女性不用再去美髮店看白人的臉色，只要有把吹風機，她們就能頂著一頭亂蓬蓬的頭髮上街，社會也營造了一種前所未有的寬容態度。

Afro 髮型流行以後，白人明星也紛紛效仿，從某種意義上講，種族歧視在娛樂圈被打破了。但有些種族主義者並不這麼看，1970 年代末期，金髮女郎寶黛麗 (Bo Derek) 出人意外以一頭金燦燦的髮辮示人，並且引起了眾人模仿，明眼人一看便知是從黑人模特兒西西莉・泰森 (Cicely Tyson) 那裡學來的，這種髮辮後來成為搖滾歌手最愛用的髮型之一。種族主義者認為，寶黛麗的辮子完全是對黑人的調侃，黑人註定要眼睜睜看著白人掠奪他們的原創。

但不管怎麼樣，黑色的流行到達新的高度，《低俗小說》裡著名的黑鋼盔式鮑伯頭從 1960 年代一直風行到 1990 年代，黑色不僅在髮型上占有一席之地，更在迷你裙之母瑪莉官 (Mary Quant) 的推動下，成為時裝、音樂的主流色。

「這真是個瘋狂的時代，她們的頭髮像吃了火藥，沒有人能倖免」

時尚評論家們在說起 1980 年代的髮型時，總會嘲諷地這麼說。那確實是個瘋狂的年代，無論長髮、短髮、金髮、黑髮、紅髮，統統像吃了火藥似的爆炸著，沒人能免俗。

1980 年代髮型的最大特點是「大」，體積大，看上去精神煥發，朝氣蓬勃。與它攜手而來的是大墨鏡、閃光夾克、牛仔喇叭褲和電吉他，從音樂界傳染到電影電視行業，再到整個時尚圈子。從不錯過任何流行趨勢的女演員莎莉・貝拉方提 (Shari Belafonte) 在這個時期保持最長的髮型便是大蓬蓬頭，一頭長髮燙成既大又碎的捲，看起來就像進過爆米花機一樣。長髮歌星雪兒 (Cher) 在 1970 年代還是順直的黑髮，到了 1980 年代，她幾乎沒有再以直長髮面對媒體，那頭瘋狂的爆炸式長髮陪她出入各大場合。

即使是短髮，也得有所造型。短髮裡最具造型感的髮型，當屬 1997 年因神祕車禍香消玉殞的黛安娜王妃。她的髮型是由山

黛安娜王妃的髮型影響了髮型風潮將近二十年。（圖片出處／美聯社）

姆・麥克奈 (Sam McKnight) 打理的，額前是精緻的劉海，後面是幹練短髮，略微燙出些波浪，體積依然是大，但看起來簡潔、優雅極了，充滿生機活力，旁人很容易看得出那是用吹風機、髮蠟仔仔細細定過型的。

黛安娜王妃的髮型引領了 1980 年代後半葉和整個 1990 年代，BBC 新聞主播也紛紛效仿她的髮型面對觀眾，這種髮型作為社會傑出女性形象還備受女經理們的熱愛，她們的日曆上寫著和髮型師約定的時間，不管再忙，也得騰出空去「打理」一下。具有特殊造型效果的慕斯、髮膠、髮蠟、定型髮捲和吹風機在市場上迎來了大好時機。

另一種人則製造出另一個極端，1990 年代光頭明星的崛起把女性特質降到最低點，愛爾蘭歌手辛妮・歐康諾 (Sinead O'Connor) 自主表達情感的堅強女性形象，是她光頭背後所隱喻的深層意涵。

「女人沒完沒了地折騰，就像競爭中的產品，生怕被淘汰」

美國女權主義作家蘇珊・布朗米勒 (Susan Brownmiller) 面對一個多世紀以來女人髮型的更迭精闢地說出這句話，而現在，應該把這句話送給時裝設計師和電影導演們，因為流行變化越大，明星們越發變得簡單，一頭不經燙染的直髮，反而成為這個時代的主打，花樣百出的秀場、跨越時空的電影早把嬌滴滴的女明星變得輕巧伶俐。

再也沒有誰以某個著名髮式為走紅之計，再也沒有誰因為敢剪短髮而引起轟動，也再沒有誰因為剃了光頭就一夜成名，大家都見怪不怪了。長髮依然是女明星的最愛，特別是只稍微修剪、不經染色的直長髮，因為方便造型師工作、能快速變化成任何劇情想要的形式而成為人人必備的基礎裝束。除了小範圍的高級定製服發表需要戲劇化造型之外（只有他們才沒完沒了地折騰，生怕這場遊戲消失），在成衣發表會的秀場上，設計師們更願意以垂順自然的直長髮襯托他們的新設計，簡單、快捷、都市化，是當今時尚界的主要語彙。

在時尚圈子裡，短髮受小眾人群的青睞，1950 年代被《羅馬假期》捧紅的精靈短髮 (pixie cut) 髮型，又名赫本頭，是半個多世紀以來最具明星氣質的短髮髮型。曼徹斯特名模艾潔妮絲・迪恩 (Agyness Deyn) 在長髮成群的模特兒圈裡獨樹一幟飛速竄紅，她天真男孩兒氣質因為 pixie cut 提升了不少人氣。奧黛麗・杜朵 (Audrey Tautou)、納塔莉・波曼 (Natalie Portman)、史黛拉・坦南特 (Stella Tennant) 都是這個髮型的愛好者，她們根據自身不同的氣質改良了 pixie cut。

女性特質和頭髮長度成反比嗎?

短髮不再引起非議，並搖身一變成為權力的象徵，重新讓女性審視自我。女政治家們借助短髮在男權世界裡發出自己的聲音，性別差異降低了，爭取威望近在咫尺。

女性特質和頭髮長度成反比嗎？這個問題等一下再回答，先看一下《富比士》*(Forbes)* 網站評出的 2007 年度全球最具影響力女性排行榜，前十位不是國家領導人就是大集團的 CEO，除了排行第六位的印度國大黨主席桑妮雅・甘地 (Sonia Gandhi) 之外，其他女性清一色全是短髮。

德國總理安格拉・梅克爾 (Angela Merkel)、美國國務卿康多莉札・萊斯 (Condoleezza Rice)、百事公司董事長兼 CEO 英德拉・諾伊 (Indra K. Nooyi) 均名列前茅，這些聽起來鏗鏘有力的頭銜和她們外表一樣，充滿男子氣概，剛直不阿，言辭振振有力。她們已婚或者擁有愛情，美國國務卿康多莉札・萊斯還是位鋼琴和花式溜冰高手，如果說女強人都沒什麼女人味，還真是大錯特錯。

另一位權力女強人並不在前十位之列，但她的影響力同樣巨大，希拉蕊・柯林頓 (Hillary Clinton)，她的髮型和她的政治野心一樣，直白、利落、潑辣。雕塑家丹尼爾・愛德華茲 (Daniel Edwards) 曾專門為她創作了一尊名為「總統的微笑」的雕塑，希拉蕊裸著上身，胸部被壓上蕾絲花紋，創作者說：「我希望在塑像中捕捉到她的年齡和溫柔。」希拉蕊辦公室沒有對此事作出任何評論，也許希拉蕊當他是小孩把戲。1992 年前後，希拉蕊還是位金色長髮美女，自從幫助柯林頓入主白宮，她就再沒以長髮出現在人們面前，起初是齊肩的短捲髮，後來越剪越利落，隨著競選總統，她的髮型越來越幹練有型，眼神也越來越強勢淩厲。都是權力在作怪，在男權政治的世界裡，要想和他們一爭高下，必須隱藏身上的一部分女性特質，短髮無意中傳遞了這樣的信號：「我很強，我有支配欲！」發達國家裡沒有出現過一位留著長髮的男總統，

希拉蕊・柯林頓，她的髮型和她的政治野心一樣，直白、利落、潑辣。（圖片出處／路透社）

女總統的短髮是平等的象徵，她絕不可能在公眾面前顯露出一副拖泥帶水的樣子。

政治生涯起起落落的烏克蘭美女政治家尤利婭・季莫申科 (Yulia Tymoshenko) 是當代所有女政治家中穿戴最具有女性特質的一位，她著名的髮型也說明了這一點，長長的金色頭髮被高高盤起，極少放下過。她充分掌握了大部分男人的心理，利用外表，爭取支持。她和其他女政治家不同，她首先是個女人，其次才是政治家，但假如她把頭髮放下了，效果又大不同，女性特質在服裝上已經被過分強調，頭髮則表明態度和立場，富有性格的盤髮正是折中做法。

頭髮是權力的象徵物，越是擁有最高權力的人，越不輕易改變自己的髮型，從長度到形狀。女政治家們從外表把女性特質減到最低，但並不表示她們缺乏女人味，只是說明，她們希望人們

烏克蘭美女政治家尤利婭・季莫申科時時強調她的女性特質，但極少放下長髮。（圖片出處／ Corbis）

關注的，是頭腦和決策能力，而不是多麼嫵媚、多麼性感，她們是政治家，不是女明星。放下了頭髮，也就意味著放棄了對權力的追逐。

在頭髮的戰爭中贏得安全感

「女人要是不知道如何擺弄自己的頭髮，她的聰明才智就沒有用武之地了。」早在 1900 年，美國作家艾迪斯・華頓 (Edith Wharton) 就這麼說。頭髮這件麻煩的小事，是女人終其一生的事業。

無論什麼時候，女人都在為頭髮煩惱，留了又燙、再拉直、再剪短，如此反覆，頭髮這件麻煩的小事，是女人終其一生的事業。和頭髮作戰，實際上是為了贏得更多的安全感，有的女人靠男人帶來生活上的安穩，有的則是靠自己打拼。頭髮和衣服一樣，並不是你想擁有什麼樣的髮型才選擇它，而是你想成為什麼樣的人。

你想成為什麼樣的人呢？你的生活、工作環境決定著你的髮型，財務部門工作的女人如果留一頭染成粉紅色的龐克頭，沒有人會信任她；如果你是女老闆，卻留著遮住一隻眼睛的金色波浪捲髮，別人會懷疑你的事業領域；大學教師如果剃了光頭，學生會質疑她的教學功力。當女人掌握了剪刀之後，髮型的「好」與「壞」沒有了絕對的標準，能讓你獲得自信，在外界得到你想得到的評價，就是好的髮型。

美麗的長髮會不自覺激發女性性感的動作，比如不自覺地撩撥頭髮；精明的短髮會讓人將注意力放在你的思想和談吐上，而不是流於表面。心理學家還做過這樣的研究，女性的年紀越輕，短髮則越讓人有愉快感，相反，上了歲數的人如果是短髮，則容易令人緊張，而中長髮的中年人卻容易給人溫和的好印象。

從 1960 年代開始，髮型師的地位變得重要，許多人擁有私人髮型師，好的髮型師對客戶瞭如指掌，會不定期給出合理的建議，他們隨客戶出入豪華派對，自己也會舉辦派對發表新的髮型（與其說是發表新髮型，不如說是發表新的生活態度和流行趨勢）。而去美髮店做頭髮，在很大程度上滿足了女性棄舊圖新的心理，哪怕只是修修分叉，都會讓她們精神煥發，在經歷挫折之後，有相當一部分女性選擇換髮型，她們在進行自我拯救，從事業和生活的泥淖裡走出來。

維多莉亞・貝克漢 (Victoria Beckham) 曾經也是長髮飄飄,和大多數明星一樣。但自從在娛樂圈的身價越來越高，也越來越富有之後,她剪出一個超酷的短髮,立即顯現出和普通明星的差距。芭莉絲・希爾頓 (Paris Hilton) 出獄沒多久，就把頭髮剪成鄰家女孩的模樣，藉此重新樹立形象，也算是改改運氣。

事業平穩的明星髮型改變通常不會太大,在演藝圈,今天染、明天燙、後天剪只有兩種人，沒有確定風格的小明星和事業出現強烈波折的大明星。明星也是普通人，得靠頭髮來說明各自的立場，能恰到好處拿捏住頭髮的分寸，需要很深的功力。

陳夢涵

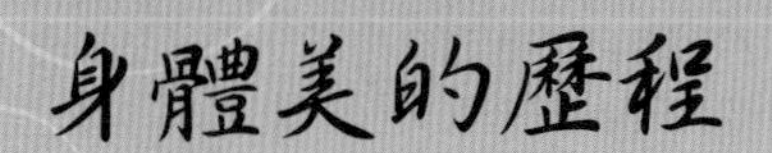

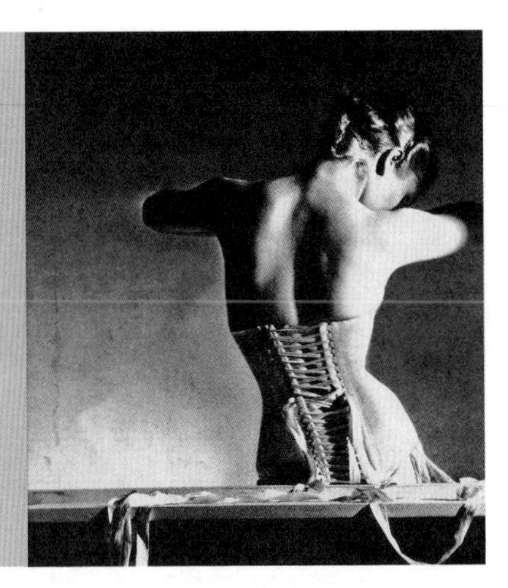

誰說玉環飛燕皆塵土？胖妞選美和模特兒餓死的新聞時不時見諸報端，大胸脯是公認的女明星必殺器，平胸女生想獲得粉絲愛憐得憑些技巧。女人的體型是女人之間競爭的重要工具，而支配女性身體的唯一標準，卻不由女人自己說了算。

古代有鯨骨束腹，現代有低脂食譜，男人發明了女人的曲線準則和塑造女人體形的器具，女人卻樂在其中，被迫誇大身體弱點成為女性贏得男性愛賞最有力的鎧甲。

漫長的身體美的歷程，現在，還在路上。

1939 年，內衣攝影大師霍斯特 (Horst P. Horst) 的作品《梅博舍胸衣》。

愛的完美理念

理想女性的體型總是在變，而特定時期卻只有一種主流模式，它被稱為「維納斯」，當一個女人向你抱怨她的腰節太低、肩部太寬、乳房太小、腿太粗的時候，維納斯的專制審美就能感覺得到。

被減肥折騰得夠嗆的女人常常說:「什麼時候流行大肚腰圓的美就好了。」可嘆她們錯過了時代，舊石器時代的女人不知道什麼是減肥，她們群居，吃大量動物脂肪，以生育為榮，對男人發號施令。1908 年，奧地利小鎮維倫托夫發現了歐洲史前最早的維納斯雕像 (Venus of Willendorf)，這尊誕生於西元前 25000 年左右的石灰石雕像，身長不過十一公分，沉甸甸的胸部和圓潤的大肚皮足以調侃現在的審美。頭部與過度臃腫的身軀不成比例，女性生理特徵被過分誇張，她豐滿而下垂的乳房被藝術史家描述成「養料和快樂的寶庫」，她的肚子如同「球狀的宇宙，在這個宇宙的中心，史前時代的人可以看到自己」。她是祭奠的中心，人們圍繞在她的四周祈福，她代表愛、婚姻和生育，拜倫說過:「男人的愛只是男人生活之外的東西，卻是女人的全部存在。」然而，如此的尊重卻在文明歷史後，受到以男性為中心的膨脹意識及男性自視為生育主角的擠壓，她的地位一落千丈，她跟現在所公認的女性美背道而馳。

史前最早的維納斯雕像維倫托夫維納斯，西元前 25000 年左右。

世界翻到文明的一頁，男權社會開始了，維納斯的春天也到來了。1960 年代好萊塢影片《西元前一百萬年》中，披著獸皮的拉寇兒・薇芝 (Raquel Welch) 以曼妙的身材演繹了石器時代的女神，顯然與事實不符，但除了史學家，誰願意正視那過於肥臃的身體呢？母系氏族已然風光不再，女人不需要那麼肥碩強大，男人願意用愛憐的眼光看著他們所鍾愛的女人，女性特質被另一種方式強調。

1820 年在愛琴海南部米羅島上的一個山洞裡被發現的米羅維納斯是古希臘最完美的雕塑傑作，她扭轉有致的身軀並不過分肉感或是嫵媚，用現在的眼光來看，她略顯健壯，結實的體態流露出坦蕩自信的神氣，她的各個部位都證明了黃金分割的美學祕密：兩個乳頭之間的距離，乳房底部到肚臍的距離以及肚臍到兩腿分叉處的距離是一致的，以肚臍為分割點，上半身與下半身之比例是 0.618。她讓人感到一種神聖和力量的和諧設計。但是如果把她變成真人，空投到十六世紀的歐洲，一定進入不了上流社會，那是用鯨骨束出細腰的時代；如果她來到現在，也不會引起轟動，比起弱不禁風的模特兒，她壯了些，比起花花公子

(playboy) 女郎，她的胸不夠大。

當一個女人向你抱怨她的腰節太低、肩部太寬、乳房太小、腿太粗的時候，維納斯的專制審美就能感覺得到。古希臘神聖而莊嚴的完美比例分割主宰了以後的歐洲世界，而理想女性的體型卻不是一成不變的，她們在悄悄發生變化。一戰前夕，倫敦的上流社會極力推崇十七世紀西班牙畫家委拉斯凱茲 (Diego Velásquez) 的《洛克比維納斯》，它被認為是眾多維納斯畫像中最完美的。畫中的維納斯裸臥在榻上，端詳著鏡中的自己，構圖的焦點在圓潤誘人的臀部，它被纖細的腰部突顯出來，從中明顯感到束腹在當時的盛行。

一戰後，人們不再投入專情描繪或雕塑維納斯，但完美身體比例的標準卻永遠存在。1950 年代，一個希望得到好萊塢合約的女孩會驕傲地展示她的身材：90-60-90（公分），這是性感女神瑪麗蓮・夢露的比例，具有相當的權威性。芭比娃娃生產商參照了這個比例，但誇張了胸圍，假如芭比是個真人的話，她大概只能爬行，因為她的腰骨承托不了她的身體比例。

請男人描述他夢中情人的模樣時，他往往會先說出三圍，三圍數字越接近的女人，激發他熱情指數的可能就越大。說性愛構築了世界是偏激的，但沒有性愛哪來的生生不息代代相傳？女人照著三圍綱常要求自己，已經成為一種習慣，豐盛的菜餚和伴侶是生活的獎賞，可在豐盛的菜餚面前，女人常常卻步不前。

在美的奴役下

無論東方還是西方，男人基本不會藉著損害他們的身體來獲得對女性的吸引力。而女性的身體總是被心上人、同伴、競爭者和陌生人衡量著，她的身體曲線已不屬於自己，她如何能抵禦明星們的身體、時裝雜誌裡模特兒的形象、情人的偏愛或是周圍人的惡意評論？

在過去幾個世紀裡，一個上流社會女性成天為那些莫名其妙的裝置而痛苦，那些裝置緊束住她的腰、腹、胸腔和乳房，她呼吸不暢、行動困難。歐洲有鯨骨束腹和鋼骨胸衣，將她們腹腔和胸腔裡的器官擠壓變形，歷史上最早穿緊身胸衣的是兩位女王，法國的凱瑟琳女王和英國童貞女王伊麗莎白一世，令人難以捉摸的是，這兩位野心勃勃、老謀深算的女王為什麼要讓自己的胸腹品嘗痛苦？她們的政敵會在私下裡談論她們沒有女性該有的溫柔嬌弱、順從馴良，她們用裝置強化纖細的腰肢，證明她們的女人本色，雖然這是種欺騙的手法，她們也在承受著痛苦，但她們全然服從男性所定義的美，「服從」這個詞本身，已經充滿代價。

在束腹的擠壓下，身體會受到至少二十磅的壓力，越是場合隆重承受的擠壓就越大，被束腹和胸衣牢牢約束的迷人身體是那麼精緻，需要保護。在民間，對於女孩來說，開始將身體交給那些帶子和鉤子是多麼令人喜悅，她們華麗挺拔的姿態來自嚴格的家教，是道德的表徵，她們不停地揮動扇子以獲得足夠的空氣，扇子成為時尚的必需品。

趙飛燕生來一雙小腳，穿上繡著蓮花的鞋子搖曳生姿，據說她能在漢武帝的掌上起舞，從此小腳風行天下。也有另外一種說法，南唐後主李煜在唐人對「弓鞋」癡迷的審美基礎上，別出心裁地將妃子的腳用長長的布帛纏起來，始行纏足之法。林語堂說：「觀看一個小腳女人走路，就像在看一個走鋼絲繩的演員，使你每時每刻都在被她揪著心。」女性身體的搖擺能引起男人性興奮，小腳是中國男人對女人的完全征服。它是不折不扣的暴力美學，人工製造出畸形的小腳再藉由繡花鞋呈現出無用的裝飾美，這門藝術被玩出不同的姿態。

宋代理學大家朱熹認為小腳是天下大治的基礎，一個女人連

十九世紀 1870 年代，香港兵頭花園裡閒坐的小腳女子。

路都走不穩，她還能有什麼作為？老老實實待在家裡，走路怯生生，或是撐著長杆，或倚著傭人，世界在她們眼裡顯得更加危險，她們擔驚受怕、更有依賴性。小腳需要上下兩代人共謀來完成，一個正在束腳的中國女孩簡直是九死一生，從發育開始，她們就必須懂得女人的一生是以眼淚和痛苦為代價，達到取悅男人的目的，以夫為天，以子為貴，儒家的教化令中國歷史的另一半呻吟了一千年。

在日本，女人會被和服層層裹住，完整的和服穿法極其講究，需要兩個人幫助，花一個小時才能完成，穿上和服她步履蹣跚，努力邁出的每一步都伴隨著矯揉造作的優雅。現在的緬甸依然有長頸族女人，她們的脖子因為高高堆積的項圈變得細長，一旦取下那些項圈，她們就會面臨因脖頸斷裂而死亡的危險。

所有束縛女人的器具都在創造不自然的美，伴隨著痛苦的呻吟令男人產生征服的快感。所有不舒服的器具都使一個女人相信這是她的特權，是她符合社會原則、優雅舉止的必需品。所有的器具都是內收的，它們粗暴地改變了身體形狀，令女性認為她們生來就要被矯正。可笑的是，現在這個自由的時代，女性依然沒有被完全解放出來，那些可怕的器具不見了，但《花花公子》雜誌每期都能看見男人們對吊帶襪、高跟鞋的興趣，胸衣雖不再緊壓著身體，但它們並沒有徹底消失，它依然靠蕾絲花邊和細細的緞帶托起女人的胸部。在巴黎高級定製服的秀場上，依然有人對十七世紀的束腹戀戀不捨，的確，它創造出女人不真實的畸形胸腰比例，從視覺上誇大了女性的性別特質。

對許多男人來說，女人身上的重重阻隔物比直接能接觸到的身體更具性吸引力，他們喜歡慢慢解除那層層武裝的過程，繞山繞水最後來到佳境，而佳境本身已經不重要了。選美活動也是如此，最後選出的優勝者常常受人質疑，可選美的過程是令人暢快的，妙齡少女在水中嬉戲、穿上盛裝在臺上招搖、面對主持人刁鑽問題時表情尷尬都是令男性觀眾愉快的，選美從來都是取悅男性的活動。

1968 年，「婦女解放運動」在亞特蘭大市的美國小姐競賽中展開了示威活動，「我們社會的女性每天被迫參加競賽，是為了博取男人的認可。我們被可笑的但我們已經習以為常的美的標準所奴役。」

政治和藝術通常有對稱性，男人大大稱讚女人裸體的同時，在政治上也抗拒女人的干預。1914 年，當英國激烈的選舉權運動到了白熱化的程度，運動積極分子瑪麗・理查德森在衣袖裡藏了一把斧頭走進國家美術館，擊碎了保護《洛克比維納斯》的玻璃。她用這種方式表達對男權政治的憎恨，女人難道只是被男人用來欣賞身體的嗎?

無論東方還是西方，男人基本不會藉著損害他們的身體來獲得對女性的吸引力。肌肉是光榮的，它是征服自然的象徵，皺紋是成熟的標誌，完全沒有皺紋的臉和光潔的肌膚是女人所追求的目標。

如果你的身體比例恰好在公認的標準範圍內，那算你走運，你要做的只是維持它的狀態，當然你也會精神緊張，唯恐它因為歲月或高熱量食物過分攝入而變樣。

如果你的身體比例遠遠超出標準範圍，那麼你除了費力改變它之外，只能用意志抵禦周圍人的衡量，無視別人的評論，你可以照吃不誤，但你需要充分的勇氣，忘卻那些理想的美的標準。

乳房的執著迷戀

男人創造了對乳房尺寸和形狀的崇拜，哺乳能力和外在尺度毫無關係。胸罩的出現解放了備受壓迫的腰腹部，但只有很短暫的時間，女人的乳房才完全不受衣服下面任何裝置的約束。

完美的乳房

乳房是女性解剖學上最顯著和最捉摸不定的部分，它柔軟溫暖，靠近心臟，象徵性的突出和容易受傷害的特點使其成了主要的性別標誌。對男人而言，乳房的尺度與哺乳能力無關，乳房的大小和形狀是激發他們性欲的關鍵所在。

胸脯大的女人顯然比平胸的女人更具有誘惑力，「平胸的女人是不性感的」這種說法已經普遍流傳。歐洲人把假乳房稱做「快樂騙子」，豐胸手術的過程是血淋淋的，可一想到它的結果是讓女人擺脫自卑變得驕傲，每年都有那麼多人義無反顧走上手術臺。要想胸部顯得更大腰部就得變細，拆掉胸下兩根肋骨是明星們常見的手術之一，夢露就曾為獲得纖纖細腰而「兩肋插刀」。上世紀1950年代，珍・曼斯菲爾德 (Jayne Mansfield) 上重下輕的身材在好萊塢風光了好大一陣子，她的胸圍比臀圍要大出整整五英寸，她上街總是用一根帶子束住腰部。但到了比基尼盛行的時代，也

二十世紀 1950 年代好萊塢明星珍・曼斯菲爾德，她的胸圍比臀圍大五英寸。

就是十年後，她碩大的胸在比基尼下顯得格外下垂，她不再受歡迎而進入事業的低谷。

向上翹起的杯狀乳房是西方藝術中的理想乳房形狀，可是高圓向上的半球不可避免有些小，大的體積勢必受地心引力的影響下垂。這二者之間總是鬧矛盾，衣服上的橫省（指腋下襬縫處至胸部的車線）給向上的乳房留出空間，而大胸的女人則需要依靠裝置來支撐乳房的重量。如果一個女人的乳房大於 C 罩杯，那麼她一定行動不便，如果是 D 罩杯，她一輩子會覺得輕微的不舒服，D 罩杯以上的女人通常有背痛和胸罩肩帶拉扯的勒痛，這些都難以避免。D 罩杯的好萊塢明星茱兒・芭莉摩 (Drew Barrymore) 受不了這些痛苦進行了縮胸手術，改為 C 罩杯的她感覺輕鬆多了。隆胸手術阻擋不了平胸的女人，但因追求身體舒適拒絕它的人也不少。

只有在脫衣舞表演裡，大而下垂的長乳房才有市場。表演者們的乳房上貼著帶有流蘇的螢光亮片，晃動時的樣子令人暈眩。乳房的裝飾目的只是為了刺激男人，他們談論它的形狀、它的缺點，掌握它的祕密。低胸禮服是乳溝的好陪襯，我們常常看見酒吧的洗手間裡有女孩拼命拉緊胸罩想擠出乳溝，為了配合那件深 V 領的上衣。在紅地毯上，乳溝是完美身材的象徵，而不小心暴露的乳暈則是粗俗的表現。

胸罩的意味

1943 年，電影大亨霍華德・休斯 (Howard Hughes) 聲稱他發明了胸罩，他在拍攝電影《亡命之徒》時為珍・羅素 (Jane Russell) 設計了令乳房上翹的內衣，電影道德審查委員會對她的胸部暴露過度備感憤怒，剪了幾個鏡頭將它推遲三年重新發行。事實上胸罩早在 1914 年就被一個叫瑪麗・菲爾普斯・雅各布斯 (Mary Phelps Jacobs) 的美國女子發明出來了，她用兩條手帕加一條粉紅色絲帶做成最初的雛形，並以克瑞絲・可絲比 (Caresse Crosby) 的名字申請了專利，後來這項專利被「華納兄弟緊身胸衣公司」以一千五百美元買斷，後來有人估計它的價值至少上漲了一千倍。

當然也有人認為胸罩沒有理由在上世紀 1920 年代之前出現。一戰來臨了，戰爭工業委員會宣布如果美國婦女除掉她們的鎧甲，那麼會收集到二萬八千噸鋼材去修造兩艘戰船，這個動機是促進

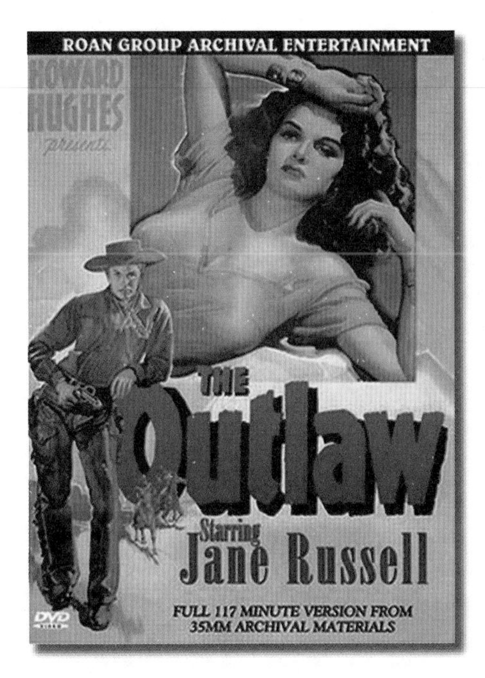

1943 年，《亡命之徒》海報

胸罩發明的大好時機，但這只是片面的說法。

當束腹被扔掉，女人可以做各種事情，與此同時產生的短髮、唇膏、衛生棉和投票權形成女權運動大潮，舞蹈家伊莎朵拉・鄧肯 (Isadora Duncan) 和她的學生們在舞臺上穿著希臘式的外衣，解放的胸部呈現出前所未有的自然美，引起人們的追捧。1928 年，紐約時裝雜誌上出現了一頁「輕薄型內衣」的廣告，畫面上一個扔掉襯裙和胸衣的女子愉快地宣告胸罩時代的到來。

當束腹的時代過去，巴黎時尚開始了，對巴黎來說，是時裝大師保羅・波烈 (Paul Poiret) 發明了胸罩，為了他那平胸的老婆，他用中東風格的長袍將女人從胸衣中解救出來。胸罩生產商開始

鄧肯和她的學生們在臺上穿著希臘式裙子，解放的胸部呈現出前所未有的自然美感。

改進胸罩，讓女人們適應陌生的、不成型的身體，胸罩不再只是把乳房包住的裝置，它要有提拉胸部的塑形作用，還得有幫助平胸女性找回自信的豐胸作用，哪怕只是填充些海綿，都能讓她們容光煥發。胸罩還意味著健康的身體，運動愛好者們是推進胸罩發展的生力軍。

自由的特權

胸罩的出現解放了備受壓迫的腰腹部，但只有很短暫的時間，女人的乳房才完全不受衣服下面任何裝置的約束。女權主義者穿著 T 恤在第五大道遊行；珍・哈羅穿著鬆軟的白色絲綢長裙參加晚宴；雷卡米耶夫人 (Juliette Récamier) 穿著希臘式睡衣靠在沙發上。除了夜晚睡覺，女人很少不穿胸罩進行日常活動，偶爾有小乳房的女人會幸福大膽地這麼做，大胸脯的女人卻從來想都不敢

雷米卡耶夫人穿著希臘式睡衣靠在沙發上

想。

1968 年，發生了一起轟轟烈烈的燒胸罩事件，美國小姐頒獎現場，女權主義者潔玫・葛瑞爾 (Germaine Greer) 帶著一群人衝進會場，將胸罩、高跟鞋、假睫毛扔在地上準備燒掉，可惜沒有獲得放火許可證，現場也沒有任何人脫下胸罩。這事不了了之以後，婦女運動中沒有人在公共場合燒掉胸罩，但燒胸罩事件成了神話，被記者們煽風點火傳播開來。好鬥的反戰者會當眾燒掉徵兵證，所以他們認為好鬥的女權主義者自然會燒掉胸罩。

燒胸罩的人就是丟炸彈的人，雖然有些女權主義者是不戴胸罩的，但幾乎沒有幾個人真正願意燒掉胸罩，這個舉動意味著對安全熟悉的價值進行愚蠢的破壞。女人到底需不需要胸罩，這個問題許多年來一直被研究著，有的科學家認為胸罩對乳房沒有任何作用，既不能防止下垂，也不能防止乳腺癌。但這樣的研究結果對女人捨棄胸罩無濟於事，胸罩的生意越做越好，特別是對抗拒隆胸手術的平胸女孩來說，能令胸圍增加的胸罩無疑是根救命稻草。

對一個正進入青春期的女孩子來說，胸罩和衛生棉幾乎同時到來，她接受身體變化的同時，也接受著作為女人將隨之大半生的約束。衛生棉會提前退出她的人生，胸罩將一直陪著她，直到她老得徹底不需要為止。老得徹底不需要，這個界定沒有明確的時間，只能說明她對男人已全然沒有性吸引力，她也不會再為了男人而強調自己的女性特質。到那個時候，她真正地自由了。

不管是否擁有完美的乳房，每個女人都有選擇自由的特權。男人對乳房的執著迷戀固然影響到女人選擇自由的程度大小，男人的自然屬性決定了他要受女性乳房的誘惑，這是先天的、無法抗拒的，女人的社會屬性決定了她要遵從男人的意願而必須強化她的女性特徵。

優雅的姿態

每個女人都是業餘演員，她們追求良好的體型，穿上屬於自己風格的衣服，保持絕佳的表情。男人界定了女人理想的身體曲線，女人的優雅姿態也跟著男人的喜好做出相應調整。

所有的舞蹈中，芭蕾舞被公認為最能體現女性的優雅姿態，她的姿勢像風中的蘆葦，柔順而靈活，一雙精緻的腳是傳遞優雅的重點。

女性運動解剖學上有一個重要特徵便是女性的身體比男性更加柔軟，更有可塑性。芭蕾舞女演員從來不給她的同伴任何身體上的支撐，她從不藉由肢體旋轉去引導他，不會將他拋向空中，這些動作都是由男伴完成。他用有力的上半身將女演員高高托起，以展示她美妙無比的肢體語言。雖然她的身體曲線在短小的舞裙中展露無遺，但沒有人會將她與穿緊身衣的豔舞女郎聯想到一起，人們只看到優雅。

芭蕾舞女演員的個頭都不高，她的胸和臀不能過大，否則會破壞視覺上的窈窕纖細，她得有修長的腿，這樣才能表現超凡脫俗的動作。偉大的芭蕾舞女演員安娜・巴甫洛娃 (Ann Pavlova) 始終堅持對照片上她的腳進行削剪處理，讓那雙因為受擠壓和保持平衡而變粗厚的腳變得瘦削精緻。

從芭蕾舞女演員身上我們能清楚地感受到腳是傳遞優雅的重點。十三歲的少女已經開始渴望穿上高跟鞋和絲襪，穿上那些控制行動的發明，她不能跑步、不能登高、走路時身體微微顫動。高跟鞋是男人情欲大門的開關。一個不會穿高跟鞋的女人和一個能將高跟鞋穿得熟練自如的女人，在對付男人的手法上也是不盡相同的。

向芭蕾舞女演員的體型標準靠攏，高跟鞋能使下肢看起來更加修長，腳看起來更加玲瓏，無形中手臂的動作也更加舒緩，她

1925 年，倫敦西區，女士們在一家模特兒和高雅舉止學校接受訓練。

無形中向男人傳達這樣的信息：我處在行動上的弱勢，請引導我吧！受過優雅體態訓練的女子，動作明顯比沒有受過訓練的要輕許多，坐姿內斂，彎腰時注意裙子形狀以及不能暴露太多下肢。當我們觀看男性變裝癖表演時，哪怕再有天賦，他都會露出馬腳，比起真正的女人，他練得太晚了。

歐洲上流社會的女子，良好家教之一便是進行體態訓練。那些女子頭上頂著書本，穿著裙子和高跟鞋辛苦地練習走路，書不可以掉下來，腳也要抬得漂亮。穿裙子是她們天賦的特權，美麗的裙子一穿上身，她的許多動作就必須規範。

女人表現出弱勢，男人會自發地保護她，社會的標準是當男人和女人在一起的時候，男人的個子要比女人高，體重要比女人重。歌星雪兒比她的老公桑尼 (Salvatore Sonny Bono) 高，但電視節目上卻看不出來；黛安娜王妃只比查爾斯王子矮半英寸，但紀念郵票上王妃整整矮一個頭。

除了乳房以外，身體其他部分的「大」似乎和女人味是背道而馳的，大個子和大骨架談不上優雅。男人界定了女人理想的身體曲線，同時也界定了優雅的姿態實質上是拉開兩性之間的反差。男人喜歡被女人仰視，而當一個女人比男人高大的時候，他找不到這種感覺，他只感到壓力。

大半個世紀以來，女人體型標準的最大改變是大臀部退出歷史舞臺，所有女人都在為更輕盈的體態而努力著。

在流行束腹的年代，女人身體的最佳狀態是胸大臀大。上世紀 1940 年代，開始強調女人的胸，富含溫軟脂肪的胸部是極大誘惑的象徵。比基尼在上世紀 1960 年代的蔓延改變了這樣的流行標準，誰也不願意看到沉甸甸的肉團在沙灘上晃動，骨瘦如柴的模特兒第一次開始風行。

裙子破天荒捨棄了腰線，上下一統的直身裙對女人的身體和體態提出了更高的要求，它要求女人聰明起來，向著更輕盈的方向邁步。

葫蘆美女不再受寵，竹竿美人的崛起將女人之間的競爭推向新的高度，她們被迫縮減體重。賈桂琳・甘迺迪 (Jacqueline Kennedy) 是第一個藉由減肥進入時尚圈的白宮第一夫人，跟隨她步伐的是帕特・尼克森 (Pat Nixon)、羅瑟琳・卡特 (Rosalynn Carter)、南希・雷根 (Nancy Reagan)、蘿拉・布希 (Laura Bush)，和照片上相比，她們的體重在現實中看起來更輕，視覺上偏橫向的鏡頭逼得她們減了又減。

吃得好又不發胖，這本身就是一種功力，有人天賦異秉，有人依靠藥物或小心翼翼地注重熱量配比。當一個男人說他要注重飲食的時候，他是害怕膽固醇，而女人注重飲食，健康狀況顯然不是第一位的。如何從體面的食物中獲取足夠營養而不會攝入過多熱量，早就成為一種必備技能，這種技能本身就是優雅的。

陳夢涵

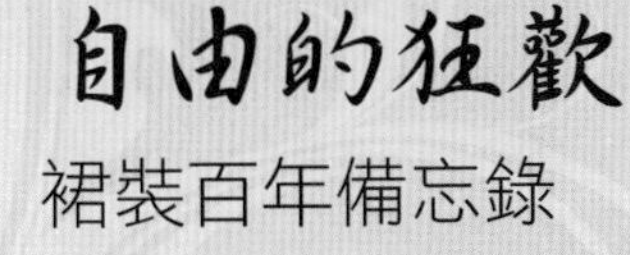

自由的狂歡

裙裝百年備忘錄

自從法國大革命以來，世界的步伐以前所未有的速度向前邁進著，飛速變化的社會環境需要打破一切桎梏，迎接全新的生活態度。1907 年巴黎時裝大師保羅・波烈的一句口號 “Free the bust!”（釋放胸部！），為女性打開了奔向現代時裝的大門。從此以後，擺脱鯨骨束胸的女人們在變幻莫測的裙子世界裡，享受自由的狂歡，並開始了新一輪與自己身體的激烈戰爭。

1955 年，瑪麗蓮・夢露在《七年之癢》中的經典造型。（圖片出處／ Alamy）

保羅・波烈：一條裙子波浪寬

讓他繁榮也讓他潦倒的巴黎當初絕對沒有意識到，這個肥胖的狂想家開啟了二十世紀時裝造型的基礎形態。

名利場的最後贏家

2007 年 5 月 7 日，一年一度的美國時裝學院盛典 (Costume Institute Gala) 在紐約大都會博物館拉開帷幕，今年的主角是法國時裝業初期的重頭人物保羅・波烈。全球最頂尖的女明星和設計師蜂擁而至，他們以波烈生前最喜歡的華美裙裝，在紀念派對上隆重地向這位時尚之王表達了深切敬意。

如果波烈能到派對現場看一看，他一定會點上菸斗，挺著鍋底狀的大肚子在眾人身邊轉幾個圈，然後咯咯笑出聲來。這些震盪時裝界的大明星們身上穿的，基本都是老人家早年玩過的花樣，滿場都是他不認識的徒子徒孫，滿場又都是他眼熟的大裙子。

二十世紀的時裝史一翻開，就能看到波烈閃閃發亮的名字，他影響了可可・香奈兒 (Coco Chanel)，也啟發了伊夫・聖羅蘭 (Yves Saint Laurent) 和約翰・加里亞諾 (John Galliano)，卡爾・拉格斐 (Karl Lagerfeld) 當初購買的第一件藝術品，就是波烈的草圖。波烈死在瘋狂的名利場，卻在百年後，成為名利場上最大的贏家。

天才的夢幻征途

布商的兒子波烈 1879 年生於巴黎，十幾歲時被父親送到雨傘廠當學徒，他用做傘的絹布縫裙子，被時裝大師傑克・杜塞 (Jacques Doucet) 發現，從而成為一名裁縫，開始了給女人們做裙子的生涯。小試牛刀設計出的赤羅紗斗篷一上市便被搶購一空，後來波烈成為公主線的創造者沃斯 (Charles Worth) 的助理，但他不喜歡沃斯總是在十八世紀的樣式中來回周旋，他要新的輪廓。1903 年，波烈借用媽媽的五萬法郎在歐珀街 5 號開設了自己的時裝店。

保羅・波烈

他的妻子丹妮絲・波烈 (Denise Poiret) 是他的模特兒和靈感繆斯，這個女人沒胸沒腦，膽子卻夠大，她為波烈穿出具有顛覆意義的「革命」系列，向人們展示摒棄胸衣束縛後自然的身體曲線，實際上波烈只是藉由寬袍鬆裙掩飾她平胸的缺陷，沒想到成了轟炸傳統的先驅。此後，他在巴黎的地位如日中天。接著他推出了東方理念的「孔子」大長袍和名為「自由」的套裝，女人穿上這些衣服再戴上插著鴕鳥毛的頭巾，就像波斯公主。從此再也不要勒死人的 S 形線條，將身體還給自由的設計理念征服了巴黎。

1912 年，波烈突發奇想地把女人的裙襬變窄，這樣女人穿上它就沒辦法上馬車了。這種行動不便的裙子叫做「霍步裙」(hobble skirts)，在歐洲激起一片震盪，實用主義者說他不該發明這種不能上高下低的裙子，而藝術捍衛者認為他是個革命性的人物，不上馬車可以穿它跳探戈舞，霍步裙令波烈的名聲變得更大了，他開始帶著成群的模特兒去國外演出，他的夢幻之旅踏遍歐亞大陸。

波烈模樣憨實可愛，總穿著箱式外衣和燈籠褲，顯得胖乎乎

波烈設計的裙子想像力通天。

的上身格外肥臃。他性格簡單，想像力卻能通天，他深深迷戀東方古典藝術裡的華麗片段，喜歡蓬鬆的波浪邊、自然的羅馬式懸垂和奇妙的東方印花圖案，還從俄國芭蕾舞中獲得靈感，每件設計都像一個夢，充滿神祕的古國情調和天馬行空的絕思妙想。當人們都在為那些寬鬆唯美的裙裝所癡迷的時候，他做起了褲子，奇異的燈籠褲又一次撼動了巴黎城。

一聲華麗的悲嘆

波烈屬於二十世紀的前二十年，他給時裝業留下最珍貴的典範後開始走下坡路。一戰爆發後他應徵入伍，四年後回到巴黎發現世界已然陌生，那時候香奈兒正在崛起，巴黎的時裝業一片新氣象，一戰後的女性穿得更加簡單利落，波烈的長袍被她們扔進衣櫥最底層。

香奈兒狂愛黑色，波烈嘲諷她：「你在哀悼誰呢?」得到的回答卻是：「我在哀悼你啊，先生。」他開始揮金如土的生活，通宵達旦地開派對，想讓人們重新重視他。瘋狂的社交活動最終使他入不敷出，英雄一世的設計大師失去了他的時裝王國，也失去了妻子，那個和巴黎一樣勢利的女人在他生命最潦倒的時候拋棄了他，捲走了數不清的草圖和衣服。

1944 年，波烈死在巴黎慈善院，一代巨匠到最後竟然無家可歸，背著五十萬法郎的債務離開了這個既浪漫又現實的世界。

2005 年，被丹妮絲・波烈當年捲走的華麗裙子被拍賣，總價是五十八萬多美元，也多虧了這個唯利是圖的女人，不然今天的紐約大都會博物館不會那麼熱鬧。幾十年來，他的裙子在時裝伸展臺上無數次被復刻，那一條條在人們心中激起波瀾的裙襬所證明的，是這個夢幻主義設計大師無法熄滅的偉大雄心。

百年裙裝的十七個美妙瞬間

從 1907 年到 2007 年，裙子陪著女人們經過一次次激烈的社會與文化變革，沒有了鯨骨胸衣的束縛，女人們開始用裙子長度、材質式樣與現實作戰，每次都大獲全勝。美妙的裙裝和那些撞擊心靈的美妙瞬間，從黑白記憶裡走出來，躍然眼前的，還有充滿無限可能的明天。

1907～1917　新興的年代

中產階級的午後聚會

中產階級女性是時髦這個字眼兒最忠實的擁護者。1913 年，女人們紛紛扔掉裙撐，優雅的套裝呈現出前所未有的新鮮氣息。這是 6 月的某個下午，波狄爾 (Bordier) 夫人戴著羽毛裝飾的帽子，愛妲・戴維斯 (Ada Davies) 夫人穿著綢緞外袍，胡珊 (Hussan) 夫人和穆德・艾倫 (Maude Allen) 小姐則喜歡衣身上有簡單而富於韻律的裝飾，她們無一例外戴著手套、拿著陽傘，在動物保護聯盟會的活動上展示著迷人魅力，她們的長裙及地，露出精緻的鞋頭，樣子雖然保守，卻是當時最摩登時髦的打扮。

1913 年，英國倫敦的波狄爾夫人、愛妲·戴維斯夫人、胡珊夫人和穆德·艾倫小姐，她們都穿著長裙，典型的女子活動家裝束。

1917～1927　文藝新風尚

裝飾復甦

那是個裝飾藝術瘋狂回潮的時候，古典圖案一部分被簡化成符號，另一部分被大量用在壁紙、面料上，家居裝飾和衣服裝飾一樣，成為設計師們新的目標。被人遺忘的女性設計師瑪德蓮·豐特奈 (Madeleine Fontenay) 活躍在那個年代，畫面中的模特兒梳著當時最熱門的鮑伯頭，繡滿玫瑰紋樣的裙子和她身後的掛簾一樣繁複妖嬈，而上衣是鮮明東方風格的直筒形藍色綢褂，寬鬆袖口上長長的帶子後來無數次出現在時裝伸展臺上。

1927～1937　夏香之爭

永遠別做加法

珍珠項鍊、條紋針織衫和魚紋針織裙，1929 年 5 月，巴黎時裝業的新貴族可可・香奈兒小姐站在自家門前的妙影，清晰明白地交代了她留給世人的一切，假珠寶、休閒裝、無拘無束的穿衣態度和中性的處事風格。經濟蕭條沒什麼可怕的，男人也不是女性世界的全部，想要活得漂亮，就永遠別做加法，扔掉那些累贅的花邊和無用的珠寶，因為變化迅速的時代不需要那些。

「那個義大利人」

「那個義大利人」名叫夏帕瑞麗 (Elsa Schiaparelli)，是可可・香奈兒的死敵，香奈兒最討厭她的是，連咖啡店都和她愛去同一家，於是一個走前門，一個走後門，誰也不願意換地方。可夏帕瑞麗偏偏是義大利人，她給法國時裝帶來了古希臘和古羅馬式的超現實奢華氣息。香奈兒最看不上的花邊和珠飾，被她擺弄得活色生香，香奈兒的模特兒穿幾何花紋，她的模特兒穿蝴蝶和花卉，照片如果是彩色的，誰能看出這是 1937 年的設計呢? 她們在上世紀 1920、1930 年代沒分出高低，可她們的名字常常被媒體糾纏在一起，到現在還是一樣。

1937～1947　勝利離得不遠了

我們能行！

「我們能行」來自二戰時一張宣傳海報 “We can do it!”，這四個字也是二戰時女性穿衣心態的真實流露。長裙統統扔掉，蕾絲、繡花和誇張的首飾都不合時宜，女性不能上戰場，就得走進社會，為男人們分擔一部分工作。素淨、簡練的連衣裙才是正確選擇，那張由英國攝影師威廉・維德遜 (William Vanderson) 1946 年攝於倫敦街頭的照片是當時社會風貌的剪影，女士的頭髮高高盤起，利落的襯衫式設計和樸素的面料應和當時的物質短缺，黑色腰帶讓裙裝看起來更硬朗大氣，她們充滿信心的笑容表徵出獨立女性的堅強氣息。

1947～1957　優雅回潮

新形象！

從這十年開始每一個十年，都是光輝閃亮的，二戰結束了，經濟復甦了，女性有了新形象，奢華的風尚回來了，優雅也迫不及待地跟著它的主人盛裝出席了。1947 年，迪奧先生再次讓女性的腰部得到重視，並改變節約布料的觀念，當年法國最當紅的模特兒芭芭拉・戈倫 (Barbara Goalen) 為他向巴黎女性展示了著名的 “New Look”。長裙再次回到上流社會女主人的宴會廳，加了胸墊與臀墊的設計強調了女性特質，從此 X 形輪廓成為 Dior 永遠的經典。

性感是一種癢

如果瑪麗蓮·夢露沒有演出《七年之癢》，或者這部電影的服裝師威廉·托維拉 (William Travilla) 沒有為她設計出那款繞頸白色壓褶裙，也許就不會有人把性感當作一種撓人心窩的癢。被通風口的風吹開的薄薄裙襬，天真甚至帶點傻氣的動作，穿的人嫵媚迷離，看的人飄飄欲仙。1955 年的夏天，屬於那些充滿七情六欲的紳士少婦，穿著雪白裙子的桃色經典就這麼優雅地來了。

1957～1967　新的革命浪潮

再短一些！

那是最好的時代，那是最壞的時代，它墮落、滿是幻想，它擁有年輕的血液，它不願與腐朽同流合汙。最先打破沉默的是瑪莉官，1967 年，她一刀剪出迷你裙，從此世界開始沸騰。她還將羊毛針織和運動裝合二為一，於是短髮、短裙、黑絲襪、運動裝飾線和網球籃球一起，成為先鋒派的象徵，美麗，就得再短一些！

未來在我手邊

迷你裙是青春狂想症的附屬品，在解放了胸部和大腿之後，女人的裙裝走到另一個超現實的地方，未來主義者開始大行其道。瑪莉官剪短裙子那一年，美國女明星拉寇兒·薇芝也留下了令人驚嘆的瞬間，她穿著藍色塑料短裙，上衣是黑色尼龍製成，透明面罩發揮出超凡的想像力，就像科幻電影裡的太空來客。裙子的革命終於從長短鬥爭升級到材質的變化，然而這只是個開始，在這之後的時裝伸展臺上，驚世駭俗的設計層出不窮。

1967～1977　自由的時代

金屬盛宴

別以為在今天的伸展臺上看見設計師們在裙子上玩金屬，就真的是未來主義和前衛創造，三十幾年前的老前輩就已經這麼做了。上世紀 1970 年代正值伊曼紐・溫加羅 (Emanuel Ungaro) 事業的頂峰期，這個把高級時裝當作一齣戲的設計頑童，用鋁皮切割出一條匪夷所思的裙子，展示出對人體的精準計算，對材質的完全把握和對傳統觀念的不屑與挑戰。這個十年風靡世界的還有 1968 年的科幻電影《太空英雌》(*Barbarella*)，它對太空風格的影響一直到今天依然強烈。

去非洲吧！

1967～1977 這十年，是聖羅蘭崛起的時候，他給女人帶來了新一輪中性風潮，撒哈拉系列的誕生轟動了巴黎時裝界。卡其布、方形貼袋、直身線條，女人們第一次感受到率性不羈所帶來的真實快感，非洲從此成為設計師們的靈感聖地，也成為小說家們的時髦理想國。撒哈拉系列是聖羅蘭獻給自由的法國女性的一份歡樂禮物，也獻給那個自由燦爛的年代，照片中性格靦腆的聖羅蘭和灑脫奔放的撒哈拉系列一樣，成為新一代潮流典範。

1977～1987　物欲橫流

女強人

寬墊肩、西服領、方形腰帶，更重要的是那條窄口的鉛筆裙，這是上世紀 1970 年代末到整個 1980 年代最深刻的印記。女強人是神話，女強人是令人萬分仰慕的大都會新女性，女強人套裝的

1983 年，尚・路易・雪萊 (Jean Louis Scherrer) 設計的 “power suit” 女強人套裝。（圖片出處／ Getty Images）

英文名是 “power suit”，這個充滿力量的名稱和它的外形一樣，在父權政治的社會裡幫女性爭得不少風頭。法國高級時裝業的貴族尚・路易・雪萊便是製造女強人形象的重要人物，照片中的模特兒梳著一絲不苟的髮型，戴著手套和幾何形狀的耳環，白色鉛筆裙呈現出前所未有的幹練與理智，但依然是性感的，這便是女強人套裝剛柔相濟的美。

物質女孩

物質女孩 (Material Girl) 是上世紀 1980 年代的典型產物，閃閃發光的瑪丹娜是物質女孩的不二代表。漆皮、金屬鍊、龐克裙和網襪，這些在當時令人眼球驚爆的裝束掀起了裙裝歷史上的新高峰。她拿著麥克風高唱著:「我是一個物質女孩，生活在這個物質的世界。」她的裙子和她竄紅的年代一樣誇張耀眼。

1987～1997　偶像時代的結束

風中之燭

黛安娜王妃是英國王室中除女王之外穿著最得體的女人，她的優雅和自信曾經激勵著無數英國女性，她的裙子，也因為簡潔高雅而一度成為英國時尚界的典範，她帶動了帽子和粉紅色的時尚狂潮，而 1995 年凡賽斯 (Gianni Versace) 為她設計的那款賈桂琳式白色連身裙成為黛安娜王妃最經典的形象之一。但美好的戲總是會突然落幕，也許這就是人生，縱然她可以越過公眾的視線尋找王宮外的新生活，縱然她可以冷靜地面對內心的創傷和傳媒的壓力。王子和公主的童話結束了，而裙子還得尋找新的主人，用新的方式和新的面貌。

梅杜莎從不哭泣

梅杜莎 (Méduses) 女妖是凡賽斯的靈感繆斯，她代表性感、妖媚和令人無法自拔的誘惑力。在凡賽斯的筆下，任何一條裙子都是梅杜莎的化身，華麗、貴氣，帶著巴洛克時期的古典奢豔。梅杜莎女妖腳下的男人，怎麼看怎麼像凡賽斯本人，他把自己描繪在紙片上，卻成了人們對他最後的紀念。1997 年夏天的一聲槍響，把他帶進了歷史，從此凡賽斯的伸展臺上，再也看不見那些豔麗豪奢如藝術品一般絢麗的裙子。凡賽斯的妹妹是個精明能幹的女人，她給了這個品牌更大的市場空間，伸展臺為她改變顏色，新生代的模特兒們也將一個偶像時代帶進記憶的河流。

1997～2007　高級定製仍在繼續

十年戲夢

1997～2007，英國人約翰・加里亞諾整整把持了十年巴黎高級定製服 (Haute Couture) Dior 的江山，巴黎的伸展臺也因此變得荒誕不經、光怪陸離，但卻空前地驚豔。裙子走過了起起落落的百年，在高級定製的舞臺上瞬間表現出歷史的奇妙，無關乎實用，也無關乎出處，只有天馬行空的奇思妙想，表現出這個世界上最尖端的剪裁工藝和最精緻的手工，高級定製的遊戲才能繼續玩下去。

有點像一百年前的保羅・波烈，只是 Dior 把高級定製當作商業手段的一部分，而保羅・波烈認為這是他世界的全部。生與滅，靠的都是運作。好比女人穿裙子，穿上鉛筆裙，妳就是獨立自信的都會精英；穿上雞尾酒裙，妳會變成水晶燈下的萬人迷；穿上漆皮銀釘迷你裙，妳需要無所顧忌的神情，做什麼樣的女人，妳就得穿上什麼樣的裙子，生活才能繼續風光無限！

在裙子與身體之間

在裙子與身體之間，藏著一些小秘密，裙子需要合適的身體，身體也需要裙子的幫襯。當身體碰到裙子，有些配角就悄悄地出場了，它們是裙子的附屬品，也是美妙身體少不了的助手。

隱形胸罩

隱形胸罩最早出現是在 1965 年，在此之前，胸罩最高級的也只是彈性尼龍做的普通胸罩。隨著裙子越來越短小，也越來越暴露，出生在維也納的時裝設計師魯迪・吉恩萊希 (Rudi Gernreich) 幫女人們想了個辦法，在 1965 年設計出了名叫 “no-bra bra” 的隱形胸罩，它是用肉色彈性尼龍材料利用無縫技術做成的，從此女人的內衣盒裡便有了這個必備物品。1967 年，迷你裙正式宣告誕生之後，魯迪・吉恩萊希也登上了《時代》雜誌封面。魯迪・吉

魯迪・吉恩萊希與他設計的服裝（圖片出處／Corbis）

恩萊希還發明了驚爆時尚界的“monokini”（無上裝泳衣），覆體的僅僅是一件高腰的平口褲，上半身什麼也沒有，穿上這樣的泳衣需要非一般的膽量。

絲　襪

二十世紀初，女性開始需要漂亮的絲襪陪襯她們的小腿，那時候的絲襪並不是現在意義上的絲襪，它們是用羊毛、棉、絲織成的，這些材料缺乏彈性，所以就算織得再牢再密，也還是會鬆掉。1937 年，杜邦公司最先造出尼龍纖維，三年後，尼龍絲襪面

著名的絲襪生產商 Wolford 和 Kenzo 在 2006 年的聯手合作，代表了裙襪關係的新巔峰。（圖片出處／ Aristoc-Kenzo & Wolford/ Charnos）

世了，剛上市第一天就賣出了七萬多雙。女人們開始在裙子和絲襪上玩各種花樣，不穿絲襪的腿是不優雅的，二戰時，物資嚴重匱乏，沒有絲襪的穿裙子女人，用筆在腿上畫出襪子，再畫出拼縫，現在想來，真是不可思議。迷你裙出現之後，長筒襪和吊襪帶被冷落了，取而代之的是褲襪，1970 年起，具有優良彈性的萊卡正式運用到絲襪的生產中，細長的腿和薄薄的絲襪無疑產生出致命的誘惑。

高跟鞋

高跟鞋的誕生和裙子沒有關係，但高跟鞋的發展卻是緊緊跟著裙子一起與時俱進的。十六世紀高跟鞋和騎馬裝密不可分，原因是馬靴的鞋跟需要有點高度才方便騎馬。高跟鞋後來一直是法國宮廷裡的裝束，路易十四個子矮小，他需要高跟鞋來偽裝自己。一直到上世紀 1920 年代，高跟鞋才迎來了它的春天，露趾高跟鞋滿足了女性裸露的欲望。到了上世紀 1950 年代，鋼釘技術的改革加快了高跟鞋的發展，瑪麗蓮・夢露穿上薩瓦托・菲拉格慕 (Salvatore Ferragamo) 設計的細金屬跟高跟鞋之後鴻運不斷，她曾興奮地說：「我不知道是誰發明了高跟鞋，但它對我的事業有巨大無比的幫助。」裙子和傳統鬥爭的同時，腳和高跟鞋的鬥爭也從沒間斷過。

瘦模特兒

在裙子和身體之間，有一場戰爭是女人一輩子都要打的，那就是與肥胖的戰爭。伸展臺上幾乎就沒有看見過肥胖的模特兒穿著曼妙的裙子，1967 年杜莎夫人蠟像館迎來一位新的偶像崔姬 (Twiggy)，向人們暗示著瘦骨嶙峋的身體才是時尚看重的。是啊，那些將腰收得細細的裙子，低胸的或是露背的，還有短到大腿上方的迷你裙，都需要纖細的身材來表現它們。雖然媒體一再強調眼下的審美標準不至於讓女人們都餓死，不過很少有人真正敢敞開肚皮狂吃亂喝的。

陳夢涵

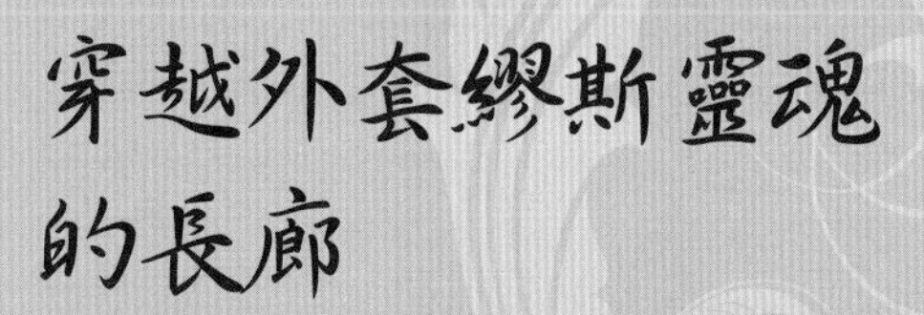

穿越外套繆斯靈魂的長廊

靈感，也被稱為「繆斯女神」，許多人稱突然產生靈感為「被繆斯女神青睞」，對於服裝設計師更是如此，在每一季時裝豐富又多變的款式表象下面，都會蘊涵著一些神奇的設計密碼，那是設計師靈魂的印跡。女性外套自誕生以來，就以其簡單、舒適的特性將女性從束縛肉體的傳統著裝中解脫出來，因此成為二十世紀最偉大的發明之一，備受女士歡迎。翻開近百年的外套歷史，每一款偉大設計的誕生都離不開繆斯女神的幫助，她們以多變的姿態活躍在設計師身邊，幫他們完成了外套歷史上的一次次革新。

1958 年，模特兒瑪莉・海倫・阿諾德 (Marie Helene Arnaud) 為法國版《時尚》(*Vogue*) 雜誌拍攝的 Chanel 外套。

追憶似水年華

無論是走在大街上，還是在銀幕上，我們都可以看到絢麗多姿的女性們身著各式外套遊走於我們的視線內。都說女人是水做的，那麼女裝外套自然就像水一樣，帶給我們許多溫柔的回憶，現在，就讓我們一起來回憶它的光輝歲月吧。

與當今的流行趨勢類似，外套的流行與每一次轉變都離不開明星、名媛與設計師的推波助瀾，她們習慣嘗試新的裝扮，喜歡在各種沙龍中展現自己的與眾不同，迅速成為第一批敢勇於嘗新的人。那些清新帥氣的男孩著裝風格，令我們常常回憶起那些記憶中的靈感繆斯們。

一戰前的歐洲，女性們總是身著繁縟而又華麗的長裙優雅地出沒於人群乃至城鎮、村莊。而一戰則是一次全民動員的戰爭，男人們奮戰沙場，婦女則成了後方的主要勞動力，此時已經顧不上那些傳統的觀念和習俗了，大量女性從家庭走向社會，方便運動和勞作的男式女服走進女性生活，長裙被縮短乃至丟在衣櫥，繁瑣的裝飾從衣服上被去掉，女裝外套開始普及，尤其是夾克。很多女性青睞 Jumper（一種寬鬆的運動型夾克衫）和「男學生式」女裝外套，而一些時髦的女性則喜歡把 Jumper 作為運動服穿。

戰後，世界範圍的女權運動興起，越來越多的女性以獨立面貌走向職場，在女裝上出現了否認女性特徵的潮流，職業女裝登上歷史舞臺。女西服 (tailored) 成為新女性的標誌。可可・香奈兒更是衝到了最前面，大大改良了女士西服的傳統式樣，她時髦的著裝成為當時上流社會競相模仿的對象，大大推進了女裝外套前進的過程。到了 1930 年代後期，彷彿預感到戰爭將要來臨一樣，女裝日漸重視肩部設計，開始向機能化的軍服式過渡，戰爭再次改變了人們的著衣觀念。合成纖維、合成橡膠、塑料以及尼龍和滌綸的發明，更是讓外套的材質逐漸多元化。

二戰結束後，一方面各國都在積極進行重建工作，另一方面，冷戰也拉開帷幕，國際形勢依然緊張，飽受戰爭摧殘的人們渴望和平。以克里斯汀・迪奧 (Christian Dior) 為代表的設計師緊緊抓住時代變革的契機，引領了戰後十年的流行趨勢。1947 年 2 月迪奧在自己剛創立的時裝店裡發布了首屆作品，他的 "New Look" 外套讓在場的人耳目一新，隨後，迪奧接連發布了一系列外形別出心裁的服飾，引起了時尚界的軒然大波，成為時裝界的革命者。

與追求外形美的迪奧不同，另一位大師克里斯瓦爾・巴倫西亞加 (Cristóbal Balenciaga) 致力於推行簡潔、樸素的女裝，開拓了運動型服飾，並推出了斗篷型大衣、制服型夾克和背部寬鬆式的套裝，都大受歡迎。

從 1950 年代開始，歐美各國經濟高速增長，同時，「嬰兒潮」中的主角們都已經步入青春期，全世界範圍內的「年輕風暴」興起，這些年輕人大多過著相對豐富的物質生活，而精神生活卻極度匱乏。他們常借助於暴力、毒品、性以及奇裝異服來宣洩心中的壓抑。這一時期的外套也就被打上了深深的時代烙印，年輕人們甚至包括中年人都喜歡穿著卡其色的棉質夾克、牛仔外套等。

從 1958 年開始，許多設計師更重視女裝外套的單純化、輕便化，聖羅蘭、皮爾・卡登 (Pierre Cardin) 都推出了大量充滿年輕氣息的作品，聖羅蘭甚至認為「只有極度單純化才是明天的外形」。隨後，細長的夾克、高腰身的套裝、披風式或者圍裹式的大衣都在這一時期風靡一時。此外，1960、1970 年代也是一個大師輩出的時代，許多優秀設計師都紛紛把握時機，在時尚舞臺上各領風騷，而女裝外套也在他們的藝術演繹下，成為全球女性的必備衣著。

1970 年代，隨著東西方文化的交匯，服裝也越來越多樣化，更加引人注目的是東方設計師逐漸走向前臺。日本設計師高田賢三 (Kenzo Takada) 憑藉著富有東方情調和顛覆性設計的水兵服、夾克衫等作品，開始在世界時尚舞臺占有一席之地，隨後，三宅一生 (Issey Miyake)、川久保玲 (Rei Kawakubo) 等也都先後進入歐美時尚圈。外套設計也更加講求個性化，到了今天，我們不再是時尚的盲從者，而是潮流的鑑賞家，甚至能成為設計師的繆斯女神。

可可・香奈兒：
我從不研究時尚，我就是時尚

如果說 Chanel 的小黑裙和 2.55 提包交織著愛美女性的優雅時尚之夢，那麼 Chanel 的經典斜紋軟呢 (tweed) 外套則是這場童話的伴奏曲。從 1954 年第一件外套上市至今，它在時尚界崇高的地位就從未改變過。

要問愛美的女士們想要一件什麼樣的奢侈品，那麼，一定有許多人會回答：「Chanel 外套!」是的，無論時光如何飛逝，擁有一件 Chanel 外套已經成為很多女人生活中的必備選項。Chanel 的設計總監卡爾・拉格斐也曾自信地說過：「在時尚的世界裡，有些東西是永遠都不會退出流行的，那就是一條丹寧布牛仔褲與一件 Chanel 外套。」Chanel 的經典，也正是源於套裝。

可可・香奈兒認為優雅指的是內外皆美，而 Chanel 外套從裡至外，每一針每一線都堪稱絕倫精美。Chanel 外套給女性帶來優雅，它更是向禁錮女性自由的束縛思想的一次宣戰，是社會風氣禁錮的 1920 年代的歷史關鍵詞。幸運的是在這場戰役中，女性贏得了自由和社會角色，而 Chanel 贏得了風行近百年的時尚。

「我解放了婦女，我給了她們行動的自由」

十九世紀末到一戰前後，歐美國家的女性還穿著華麗而笨重的服飾，可可・香奈兒改變了這一切，她以澤西 (Jersey) 平織布料設計了第一款 Chanel 外套(靈感來自當時流行於奧地利的一款男裝外套)，成功解除了衣料的緊繃感，減輕了穿著時的身體負擔，從此，女性在保持美妙線條的同時，也能充分享受到行動的自由。在社會風氣還相對保守的那個年代，Chanel 的這款外套也預示著女性即將在未來的歲月裡扮演更重要的社會角色。可可・香奈兒的設計一直保持簡潔高貴的風格，多用塔坦 (Tartan，蘇格蘭格紋) 格子或北歐式幾何印花、粗花呢等布料，舒適自然。1954 年，可可・香奈兒以她最鍾愛的斜紋軟呢為材質，宣示對於時裝的獨到見解。對於外套穿著舒適性的初衷依然沒有改變，Chanel 成為當時歐洲最受女性歡迎的品牌，而斜紋軟呢外套也成為 Chanel 的經典之作，歷久彌新。

多年來，可可・香奈兒不斷在設計的細節與製作技巧上求新求變，從簡約而做工頂級的套裝到女式運動裝，再到高領套頭衫等，可可・香奈兒一次次成為時尚潮流的引領者，塑造了一個個雋永的時代偶像，而她的靈感來源就是自身。她曾多次表示：「我從不研究時尚，我就是時尚。」作為一名特立獨行的時尚代言人，她個人的衣裝打扮、言行舉止本身就是內心非凡理念最淋漓貼切的展現。可可・香奈兒的美學從某種程度上說，是對時代的顛覆，很多年以後，人們才看到她將女性從做作繁複中解放出來的革命

卡爾・拉格斐先生親手繪製的 Chanel 套裝形象圖。

意義。可可・香奈兒的叛逆並不是對女性化宣戰，相反，她認為越有女人味的女性越堅強。畢卡索稱她是「歐洲最有靈氣的女人」，蕭伯納給她的頭銜則是「世界流行的掌門人」。這樣一個對山茶花有著美麗妙思的傳奇女子，不僅用其超越生命極限的創造力成為啟動服裝革命的設計先鋒，更用其突破世俗陳規的意念，身體力行地為世人演繹了一個摩登神話。

細節創新成就經典之作

為了能讓女人最大程度地享受便捷生活，可可・香奈兒最大程度地從時裝的功能性出發，在款式做工與製作工藝方面力求完美結合，不斷加入新的技法來充實自己對外套的唯美想像。

Chanel 外套之所以數十年來經久不衰，其祕密就在於：外套通常採用斜紋軟呢縫製，柔軟的斜紋軟呢能經久不變形，以輕柔的標誌性絲綢為襯裡，透氣性好，「內外皆美」是香奈兒女士一直堅持的原則；各種創新面料的設計，使得斜紋軟呢面料越來越輕薄，從而成為一年四季都可以穿著的面料；外套的下襬邊緣手工密縫上金色纖細鍊條，確保外套的筆挺，這是 Chanel 的首創；滾邊的比例要恰如其分；每一季 Chanel 外套的釦子，都有當季的特色，顏色也與布料完全吻合，且不易掉色；每一個釦眼都是「活」的，這使女性在穿脫時更為方便；為了讓女性「解放雙手」並能行動自由，Chanel 外套的每一個口袋都是真的口袋；每一件 Chanel 外套都有雙 C 標誌，代表著最高的品質，也是對售後服務的承諾。

「奢華必須是舒適自在的，否則就是虛有其表。」可可・香奈

1961 年攝影師 Douglas Kirkland 拍攝的身著白色套裝的可可・香奈兒。

兒如是說。在實際操作過程中，她將原本只運用在高級定製時裝的多片剪裁技術運用在成衣外套中，一件 Chanel 外套內外的裁片可能多達五十餘片，每個裁片均預留縫份可以放大或縮小約一個尺寸，以備修改，有些由質輕的斜紋織物製作的外套，每隔幾公分就用針密縫在一起，以維持形狀及確保舒適，這就是 Chanel 知名的覆蓋縫 (over stitch)。多裁片縫製的外套如針織毛衣般舒服，不論是在身體行進或靜止不動時，都能自動調回正確的位置，維持完美的優雅體態，這樣高明的剪裁使得 Chanel 外套幾乎適合每一位女性。

所有的一切都完美地融合在一起，成為 Chanel 外套的標誌性風格。一直到今天，這些製作過程都未曾改變過，位於康朋 (Cambon) 區 Chanel 工作室的裁縫師們，仍然延續著半個世紀前的精湛手藝。

自 1983 年以來，Chanel 首席設計師卡爾・拉格斐以全新的語彙，詮釋外套剪裁：或短或長，或合身或寬鬆，在他的巧妙構思下 Chanel 又一次走向巔峰狀態。1985 年，拉格斐打破傳統，首度將經典的 Chanel 外套與牛仔褲以及充滿運動休閒風格的條紋水手上衣搭配。1992 年，他又史無前例地使用了「土裡土氣」的厚棉織布來作為突顯其作品的新材質。此外，拉格斐更以 Chanel 外套搭配泳裝、長褲，甚至是迷你短褲，藉由種種年輕而具朝氣的嘗試，賦予作品新的生命力。

1996 年起，Chanel 公司將法國最頂級的八家手工作坊陸續攬入旗下，其中包括一家鈕釦坊 Desrues，而它為 Chanel 外套提供

由卡爾・拉格斐親自拍攝的 2008 年秋冬鉚釘裝飾外套（圖片出處／ Chanel）

了各式鈕釦，使之成為重要的一項飾物，要知道，在過去鈕釦可是身分的象徵。在拉格斐 2006 年的巴黎・紐約系列中，外套作品上的刺繡是拉格斐參觀倫敦維多利亞與亞伯特 (V&A) 博物館一場皇冠展得來的靈感，每件外套花費 Lesage 刺繡工坊超過四十小時的手工。正是這些看起來微不足道的細節，成就了每一件 Chanel 外套。在 2008～2009 年的秋冬時裝秀中，流蘇滾邊的設計，讓 Chanel 外套散發著濃濃的龐克風格；在 2008 年的 Chanel 春夏高級訂製服裝展上，經典的 Chanel 外套再度成為全場的焦點，屹立在舞臺中央的一具六十五英尺高的巨型 Chanel 外套雕塑與臺上穿著多款 Chanel 新作的模特兒交相輝映。

無論是可可・香奈兒，還是卡爾・拉格斐，他們都執著地堅持著屬於 Chanel 的優雅精神。儘管拉格斐恪守可可・香奈兒生前的創意精神，但是他也巧妙地將流行時尚融入 Chanel 的經典品質，因而無論時代如何變遷，Chanel 外套依然能夠擁有那份亙古不變的永恆魅力，也依然可以繼續引領時尚，成為一代又一代女人們心中的夢想。

克里斯汀・迪奧：New Look 引爆半世紀激情

五十多年來，如果要問哪個服裝品牌最受女性歡迎、最能呈現女性的嫵媚與嬌嬈，那一定少不了 Dior。它一系列束腰寬臀、突出女性身線的外套服裝喚醒了後人的時尚神經。

提起 Dior，我們的腦海中馬上浮現出那張早已成為經典的黑白照片：一名站在塞納河畔人行步道邊緣的女子，身著白色外套和黑色長裙，戴著手套的雙手優雅地擺著 pose。這張照片中的模特兒也化身為戰後的女性標記，引發無數女人對「美」的追求和膜拜。

一直以來，我們都這樣想，是克里斯汀・迪奧的“New Look”真正結束了第二次世界大戰。因為有了“New Look”，人們才將戰爭遺留在女性身上那保守警覺的呆板線條遺忘了！也因為它，人們真正擁有了自由肆意的美麗姿態，那個姿態彷彿在宣布：生活又開始了，美麗的新生活真的又開始了！

1947 年 2 月 12 日，克里斯汀・迪奧推出了震撼性的創作，他首席推出的系列作品，輪廓完全不同於戰前流行的墊肩外套：具有柔和的肩線，纖瘦的袖型，以束腰構架出的細腰強調出胸部曲線的對比，長及小腿的寬闊裙襬，使用了大量的布料來塑造圓潤的流暢線條，並且以圓形帽子、長手套、膚色絲襪與細跟高跟鞋等飾品襯托整體氣氛。當最後一名模特兒離開時，還沉浸在那種優雅氛圍中的現場的觀眾們才如夢初醒，爆發出潮水般的掌聲。著名時尚雜誌《哈潑時尚》*(Bazaar)* 主編驚呼：「這完全是一場革命，真正的新樣式！」從那天起，許多女性開始覺得自己的衣服已經不合時宜，也就從那天起，戰爭期間人們被壓抑的那種追求美的天性再度迸發。沒有哪一款設計僅僅因為完美就可以成為經典，經典從來都是因為它提供了一種全新的生活態度和嶄新的生存態勢而被載入史冊的。要知道，當迪奧的“New Look”出現在展會上時，在場的女性不僅在震驚中屏息凝神，而且都為自己身上的夾克衫和短裙感到沮喪不安，一種必須開始新生活的緊迫感牢牢抓住了她們的欲求。當“New Look”被穿到美國時，迪奧因此而成為僅次於戴高樂將軍的法國名人。他不僅設計了一套服裝，還設計了一種生活新機遇，一個和平時期才能有的悠然華美的姿態。

在隨後的十年裡，迪奧一直追求服裝外形的變化，每季都以別出心裁的外型吸引著全球的女性。可以說，服裝界的這十年，是屬於迪奧的時代。1948 年春，他發表了 Z 字型外套，並在夾克的腰摺部位加上裝飾；1951 年，他又推出了 oval line 等一系列橢

克里斯汀・迪奧先生（前排居中）和他當年的工作夥伴們。

圓形外套作品；從 1953 年起，Dior 先後推出的鬱金香形外套、H line 女性套裝、A line、liberty line 形女外套，都讓當時的愛美女性們追捧不已。值得注意的是，這些作品中已經沒有太多的男性氣息了，是一種樸素、簡練而又充滿現代女性味道的外套。

迪奧先生的繆斯女神很多，而最出名的就是米莎・布里卡 (Mitza Bricard)，後者不僅是他工作上的夥伴，更在設計上帶給他無數靈感。有一次，迪奧發現布里卡為了遮掩自己的傷疤，總是喜歡在手腕上繫一條帶豹紋的絲巾，覺得非常好看，就特意向里昂的一家公司購買了這個豹紋印花的獨家經營權，並特意以這個圖案設計了一系列套裝和裙子，這也是第一次有設計師把動物印花運用到服裝設計上。一直以來，米莎・布里卡都是迪奧的密友，她身上那種特立獨行的現代女性特徵給了迪奧很多設計靈感，每一次大師有新作品問世，她也都是第一個試穿的人。

新一代 Dior 品牌的設計師是來自於英倫、被稱作是「時尚界鬼才」的約翰・加里亞諾，他年輕、充滿天分，是這個時代少有的大師級人物，他豪放不羈的設計風格為時尚界帶來了一股華麗而怪異的浪潮，加里亞諾曾運用經典的 Tulip 鬱金香造型，向品牌創始人克里斯汀・迪奧表達敬意，擅長斜裁 (Bias Cut) 剪法的他也製作出了大量剪裁考究的夾克等外套作品。回首往事，克里斯汀・迪奧的 “New Look” 改變了女人的穿衣風格，而今天，約翰・加里亞諾的 “New New Look” 的亮相，則讓 Dior 品牌的高貴精神中多了一份獨特的誘人氣息。

評論家說，加里亞諾帶來了品牌的第二個春天，他讓 Dior 成為繼續走在潮流前列、引領全球流行時尚的前衛品牌。今天的 Dior 也更加年輕、更加有活力，它必將帶給女性更多的自信和美麗。

聖羅蘭：不死的吸菸裝

聖羅蘭對時裝最大的貢獻是對線條和中性著裝方式的改革，特別是「吸菸裝」的出現。1966 年秋季，他推出了 “smoking look”，表現幹練的 1960 年代女性形象——黑色短上衣、長褲和領口繫著絲絨蝴蝶結的白色蕾絲襯衫一出現就引起了轟動，掀起了女性著裝大革命。

法國時間 2008 年 6 月 1 日晚，世界著名時裝設計大師聖羅蘭先生在巴黎因病去世，享年七十一歲，時裝界又一個大師隕落了，整個時尚界為之震動並沉浸在深切的哀痛之中。入行數十年，聖羅蘭經歷了時尚圈的風風雨雨，儘管他本人性格脆弱，彷彿不堪一擊，但是他設計思路敏捷、題材廣泛，他的 YSL 品牌也始終保持著法國時裝的優雅風采。聖羅蘭在時尚史上寫下了重重的一筆，他是無數年輕後輩們難以超越的巔峰。

1957 年，二十一歲的聖羅蘭擔任 Dior 品牌的設計師，次年 1 月，他發表的「梯形」系列大獲成功，業內人士和媒體都對他吹捧有加。然而，他隨後推出的「長形」套裝、「1960 年代形」外套卻引起了不少爭議。1960 年，聖羅蘭以超前衛的眼光推出了輕便的粗線帽子、高圓領毛衫和黑色皮毛的休閒夾克，這組作品被外界看作是 “beat look”（避世派風格），受到了當時還比較保守的時尚媒體的批評。

1962 年，經過幾年沉淪後，在好友兼生活伴侶皮耶・貝爾傑 (Pierre Bergé) 的支持下，聖羅蘭東山再起，邁出了職業生涯中最重要的一步：他在離香榭麗舍大道不遠的 Spontini 開設了自己的第一個時裝屋——YSL，一個經典的品牌就此誕生。

擁有自己獨立品牌的聖羅蘭無需像過去在 Dior 工作時那樣墨守成規，看別人臉色行事，他的反時裝觀念更為明顯。這一時期也是一個浮躁的年代，平民化運動興起，嬉皮大行其道，為了能適應新時代的變化，他潛心研究服裝史、文學、戲劇和繪畫，博覽群書。聖羅蘭以自己敏銳的洞察力，在時裝設計中加入了更多「變革」的元素，嬉皮裝、中性服裝、透明裝、水手衣、騎士

聖羅蘭先生與他得意的模特兒（圖片出處／達志影像）

裝、喇叭褲等時裝設計新元素的出現都給傳統觀念以重創，也贏得了公眾的好評。他在 1960 年代發表的「羅賓漢式」女性套裝、軍服式外套、「男子風貌」式大衣、少女式外套、鉛筆形外套、獵裝式外套都在這一時期引領潮流，在外套領域掀起一股平民化浪潮。

聖羅蘭的設計風格講究剪裁、結構、線條，並融入了大量繪畫、建築、文學等藝術風格，許多藝術大師的詩句都出現在他的設計中，對色彩和素材的大膽運用，更為時裝設計注入了新鮮血液。1970 年代，他又不斷地從民族服飾中發掘靈感，吉卜賽、中國、俄羅斯等世界各地的民族風格都被他匯集在自己的設計中，「他稱得上是 1960 年代以來最富有創造力和想像力的設計師之一」。

聖羅蘭對時裝最大的貢獻是對線條和中性著裝方式的改革，特別是「吸菸裝」的出現。1966 年秋季，他推出了 “smoking look”，表現幹練的 1960 年代女性形象——黑色短上衣、長褲和領口繫著

聖羅蘭永不磨滅的「吸菸裝」（圖片出處／法新社）

絲絨蝴蝶結的白色蕾絲襯衫一出現就引起了轟動，掀起了女性著裝大革命。如果說可可・香奈兒賦予女性自由，而聖羅蘭則給予女性力量。他提出了婦女解放運動，讓女人也能如男人一樣穿著西裝，出入公共場所。一貫溫柔賢淑的小女人形象突然注入前所未有的剛強氣息，個性氣質立刻獨立超脫起來，令很多男士無法接受。直到三、四年後，男人們才慢慢接受女性亦有獨立的一面，並非只是千嬌百媚。YSL 替女性設計出類似男士禮服的時裝，被形容為給予女性與男性平等的權利，創下嶄新的時裝潮流。直到今天，「吸菸裝」仍然是 YSL 的男式女裝的代表款式，因為它以一種中性化的方式在陽剛與女性的優雅之間找到了最佳的平衡。

「我藉由女人找到了自己的風格。這是其力量和活力的源泉，因為我利用了女人的身體。」而符合聖羅蘭標準的女人就是凱薩琳・丹妮芙 (Catherine Deneuve)，當時的法國第一大美女。兩位法國國寶級人物，結緣於 1967 年的名片《白日美人》(*Belle de Jour*，又名《青樓怨婦》)。故事本身極具爭議，美麗溫馴的良家主婦沉溺於幻想自己白天是 Madame Anais 私人會所的被虐妓女，結果現實與夢幻錯亂混為一談，最終惹禍上門。就算在今日，這依然是令人側目的劇情。聖羅蘭設計的戲服卻出落得優雅大方又酷勁十足：開場樹林片段的軍裝款金釦紅色外套、各類風姿綽約的 shift dress（鬆身直筒連身裙）、接客途中的 PVC 亮膠黑風衣、在古堡扮殭屍的黑色透視長衫裙，沒有什麼 YSL 標記，卻都如影隨形地完美呈現 Parisian Chic。聖羅蘭代表了「完美的法國時裝」，凱薩琳・丹妮芙則代表了「完美的法國女人」，兩人成為繼紀梵希 (Hubert de Givenchy) 與奧黛麗・赫本後，時裝與電影界的另一對黃金拍檔，一直被法國人引以為豪。事實上，1960 年代至 1970 年代，凱薩琳・丹妮芙所有的戲服，都是由 YSL 時裝屋提供。作為聖羅蘭的繆斯女神，她替他出席各種場合宣傳其作品，他們的友誼微妙又神祕，但兩人卻始終未曾結為連理，聖羅蘭這樣評價丹妮芙：「她是一個能令我美夢連連的女人，……作為朋友，她總是讓人感到愉快、溫暖、安全和甜蜜。」他所有創作均是為她而作。

「優雅不在服裝上，而是在神情中」，在馳騁時尚圈的歲月裡，擅長探索新樣式的他總是將立足點放在傳統精神的繼承上，並藉此賦予高級時裝以時代意義，因此和他的啟蒙老師克里斯汀・迪奧相比，他可以說是一個傳統的改良者，而非時尚革命家。如今，斯人已逝，而他一手開創的 "YSL" 品牌卻將繼續在這個多姿多彩的世界中為我們創造昔日的輝煌。

紀梵希：奧黛麗・赫本的半世情緣

紀梵希創立了 4G 精神：「古典 (Genteel)、優雅 (Grace)、愉悅 (Gaiety)、Givenchy」，他解放了迪奧一直倡導的 "New Look" 束縛，讓職業女性上班的外套變得更加利落、簡便。奧黛麗・赫本為他的外套作品做出了最好的詮釋。「真正的美是來自對傳統的尊重，以及對古典主義的仰慕。」紀梵希如是說。

創辦半個多世紀了，每當人們提起 Givenchy 這個品牌，腦海裡馬上會浮現出奧黛麗・赫本那倩麗的身姿，幾乎每個人也都會把 Givenchy 與華貴、典雅和浪漫的法國情懷聯繫在一起。

說到 Givenchy，幾乎所有的人都會想起奧黛麗・赫本，《龍鳳配》中她以船領連衣裙和外套出場，這立即在人群中掀起一陣旋風。而全世界的影迷都將永遠記得那個「麻雀變鳳凰」的瞬間——女主角穿著 Givenchy 套裝回到紐約，簡約且有著不露聲色的高貴。紀梵希因本片被授予一項奧斯卡服裝設計獎，而 Givenchy 由各個方面滲入這位紅伶的生活中，她幾乎無時無刻不在穿著 Givenchy。

當穿著長褲、芭蕾舞鞋，短髮、頭戴一頂船型草帽，脂粉未施，身材瘦平、脖子纖長的奧黛麗出現在紀梵希面前時，二十六歲的紀梵希正在準備他一生中的第四次時裝發表會。他接到通知說「赫本小姐」到巴黎來了，她想馬上見他，他還以為是已經很有名的凱瑟琳・赫本 (Catharine Hepburn)，因為當時使奧黛麗・赫本上了《時代》雜誌封面並為其贏得奧斯卡最佳女主角獎的電影《羅馬假期》尚未上映，紀梵希並不熟悉這個默默無聞的女演員。儘管初次見面的誤會使紀梵希略顯失望，但很快他就發現了這個裝束怪異的女孩的魅力所在。

紀梵希依然記得，當時奧黛麗的眼神是多麼殷切，想要得到他的幫助（從一開始赫本就偏愛紀梵希，她認為他是那時「最新潮、最年輕，也是最令人激動的女裝設計師」），但他確實忙得抽不出時間來幫她，只是她依然堅持：「求求你，總是有點什麼讓我試一試吧。」紀梵希最終還是讓步了，他建議她試穿一下掛在辦公室裡的一些樣品，那還是上一季的服裝，即 1953 年春夏服裝系列。

當奧黛麗試穿著第一件服裝，一件具有爵士樂特徵的深灰色羊毛套裝出現時，紀梵希無法相信自己的眼睛，他回憶說：「那天早晨來的這個女孩的變化簡直令人難以置信。她穿上那套衣服緩緩走來，真是神采飛揚。她說這正是她想在戲裡做的裝扮。你真的可以感受到她的興奮與喜悅。」

此後，紀梵希為奧黛麗的許多電影設計了服飾，如《甜姐兒》(*Funny Face*)、《黃昏之戀》(*Love in the Afternoon*) 和《第凡內早餐》(*Breakfast at Tiffany*) 等等，同時她的私人衣櫥也多由紀梵希打理。

在外套設計中，除了奧黛麗的情感牽引，紀梵希還深得另一位大師巴倫西亞加的精髓，兩人一起致力於不收腰、不突出胸的寬鬆式丘尼克或修米茲・多萊絲式的設計。丘尼克式設計追求放寬肩膀，解放腰身，後來形成了風靡全球的布袋裝 (Sack Dress)，成為一種非常普遍的外套款式。特別是流芳後世的貝提娜 (Bettina) 女式短上衣，呈現出在當時具有革命性的「單件服裝可

影片中奧黛麗・赫本身著 Givenchy 短款外套，嬌俏動人。

獨立與其他不同衣服隨意搭配」的設計理念。在他的設計中，簡潔、優雅成為主線，他解放了迪奧一直倡導的“New Look”束縛，讓職業女性上班的著裝變得更加利落、簡便，在材質上則大量運用羊毛、喀什米爾等精細面料，顯示出其一貫追求的優雅貴族風範。

他的忠實顧客還包括另一位時尚領袖賈桂琳・甘迺迪。作為美國前第一夫人，她以自己獨特的個人魅力與著裝風格影響了美國一代人。以前她一直只穿美國本土設計師設計的衣服，一次出訪法國時，她被紀梵希所創造的那種優雅風格所吸引，以後就成為紀梵希的忠實顧客。上世紀 1960 年代當賈桂琳・甘迺迪身著紀梵希特意為其設計的白色三件式套裝向喜愛她的民眾揮手時，其精緻高雅的形象永遠留在了人們心中。當總統遇刺後，悲傷的甘迺迪家族都穿著紀梵希的套裝出席葬禮，而賈桂琳的套裝是紀梵希特意為她定做空運過來的。據說，紀梵希的工作室裡存有甘迺迪家族所有女性成員的服裝號碼。

君　立

真實的安娜‧卡列尼娜

托爾斯泰家族的女人們

2010 年是俄羅斯文學巨匠列夫‧托爾斯泰逝世一百週年，值此之際，講述托爾斯泰晚年生活的傳記電影《最後一站》也成為 2010 年奧斯卡的奪獎熱門。安娜‧卡列尼娜、娜塔莎、索妮亞、吉娣……，托爾斯泰以他神奇的藝術之筆塑造了一個又一個鮮活的女性形象，然而，如果沒有托爾斯泰家族中的那些女性，也就不會有《戰爭與和平》、《安娜‧卡列尼娜》等小說中的女子，他的姑姑塔基揚娜、他的妻子索菲婭、他的女兒薩莎，她們用她們的愛與責任共同成全了一個偉大的作家列夫‧托爾斯泰。

蘇菲・瑪索充分詮釋了托爾斯泰 (Leo Tolstoy) 筆下的安娜・卡列尼娜這一女性形象。（圖片出處／ CFP）

沒有她們，就沒有托爾斯泰

托爾斯泰的一生，從來不乏溫柔可親的女性圍繞。作為托爾斯泰的精神支柱，他的遠房姑姑塔基揚娜 (Tatyana Aleksandrovna Yergolskaya) 為小說《戰爭與和平》(*War and Peace*) 提供了原型；而他與妻子索菲婭 (Sophia Tolstaya) 的戀愛故事則完完整整地出現在了《安娜・卡列尼娜》(*Anna Karenina*) 裡；他的小女兒，作為他的「精神薪火」，則將托爾斯泰的名字永遠鐫刻在了俄羅斯文學的里程碑上。

流光溢彩、燕語鶯歌的宴會上，他終於得到了一個機會邀請她跳舞。輕柔的音樂響起，他拉著她跳起了華爾滋。她低著頭微笑了，她的微笑也傳到了他的臉上。她漸漸變得沉思了，而他也變得嚴肅了。在他的眼裡，她那穿著樸素的黑衣裳的姿態是迷人的，她那戴著手鐲的圓圓的手臂是迷人的，她鬆亂的鬈髮是迷人的，她那生氣勃勃的臉蛋也是迷人的。沃倫斯基看向安娜的眼神只剩下謙卑與順從。

於是，一個美麗而又絕望的故事開始了⋯⋯。

的確，要認識列夫・托爾斯泰筆下的女性形象，就該走進那些燭火輝煌、舞步翩躚、裙裾婆娑的舞池，那是年輕的娜塔莎一置身其中就陷於戀愛狀態的地方，「不是愛上某個特定的人，而是愛所有的人」。或者，也可以走進那些既可以拿望遠鏡看人、亦任由別人看你的劇院包廂，那是美豔驚人的安娜・卡列尼娜挑戰惺惺作態的貴婦人們的地方。當然啦，還可以去那些流光溢彩、爾雅溫文、燕語鶯歌、馥郁著法語和流言的客廳、沙龍。到處是白淨的肩膀、裸露的胸脯、光澤的頭髮、璀璨的珠玉、迷人的微笑，眼角眉梢，風情萬種，鴉黃粉白，含嬌含態。

到彼得堡去，到莫斯科去！

可是，若要瞭解托爾斯泰身邊的女性，那些真實如你我、沒有為藝術之燈照亮的女性，我們就要換一個背景，到莫斯科以南一百三十英里遠的雅斯納雅・波良納 (Yasnaya Polyana) 去，那裡是托爾斯泰伯爵的莊園，是那些真實的和想像的女人們出沒的地

電影《最後一站》(*The Last Station*) 中，海倫・米勒飾演托爾斯泰的妻子索菲婭。（圖片出處／Alamy）

方。我們要拭一拭被都市的華麗與風光迷離了的雙眼，要習慣於在林中空地和黯淡陰影中去分辨，分辨光彩照人的藝術形象背後的那些生活影像，分辨一代文豪背後那些謙卑有時又不甘寂寞的女人形象。當我們的視力漸漸適應於這些朦朧但是真實的陰影時，一種別樣的輝光又開始在眼前顯現出來，那是生活女性的輝光。

沒有這些家族生活中的女性，就沒有《戰爭與和平》、《安娜・卡列尼娜》等小說中的那些女性形象，也許也就沒有列夫・托爾斯泰。

托爾斯泰塑造了女人，托爾斯泰也是女人塑造的。

非常年輕的時候，托爾斯泰就對女性懷有獨特的見解與強烈的渴望。他特別珍惜那些聖潔的女性，她們慈愛如母親，親切如姐妹，溫柔可相依。他不滿於驕奢淫逸之風對女性的負面影響，說:「女人比男人富於感受性，因此在道德的時代，女人比我們好；可是在現在這個墮落的道德敗壞的時代，她們就比我們更壞了。」所幸的是，托爾斯泰從小就沐浴在道德女性的光輝中，在他成長的歲月裡，也不乏溫柔可親的女性圍繞。他的那個未能做他父親的妻子、最終卻在很大程度上做了他母親的遠房姑姑塔基揚娜，是一個自我克制、自我犧牲的榜樣，是托爾斯泰的精神支持，並為《戰爭與和平》提供了原型。

到了結婚的年齡，托爾斯泰忽然對婚姻躊躇起來。他先是拿不準該不該結婚，繼則猶豫該找什麼樣的女子結婚。托爾斯泰這般躊躇的理由有些讓我們驚訝，據說他對自己的長相很不滿，全然忽視了未來的小姨子塔尼婭——《戰爭與和平》中娜塔莎的原型——對他的評價：他生有一雙智慧的眼睛。他甚至想進修道院，從修道院的高樓上平靜地、快樂地觀察別人的戀愛與幸福。但他最終選擇了別爾斯醫生家的二女兒索菲婭・安德烈耶夫娜，他們漫長的四十八年的愛恨情仇也從此拉開了序幕。在托爾斯泰的日記裡，索菲婭經常以暱稱索妮亞出現，他們不斷地生兒育女，不斷地猜疑嫉妒，時而為愛淚流，時而因恨哭泣，爭吵、發病、出走、和好、再爭吵、再發病、再出走，離不開又合不攏，留給雙方無盡的苦痛與遺憾，留給世人種種的臆斷與猜測。

幸福而不幸的婚姻成就了藝術家托爾斯泰，成就了《戰爭與和平》、《安娜・卡列尼娜》。他把他和索菲婭的戀愛賦予了列文與吉娣，也把他們的部分情感與獨占欲賦予了安娜・卡列尼娜等主人公。他對情感、對婚姻、對女性有豐富的想像，這些想像部分在自己的婚姻中得以實現，部分在他的藝術構思中獲得了滿足，部分則體現在了他的那些女兒們身上，比如那個後來去了美國的小女兒亞歷山德拉・托爾斯泰 (Alexandra Tolstaya)，他更願意稱呼她薩莎 (Sasha)，她成立了托爾斯泰基金會，資助了俄羅斯文學發展的同時，也進一步確立了托爾斯泰的文學地位。

生命暮年、最後一站來臨時，托爾斯泰忽然渴望愛撫和溫存的柔情，他想向女性偎依，在女性的懷裡哭泣。可是，那些可以偎依的女性，大都已化作歷史的輕煙，只能向夢裡追尋。

塔基揚娜：一代文豪的引路人

寫作《童年》(*Childhood*) 期間，托爾斯泰給塔基揚娜寫信：「親愛的姑姑，記得你有一次給我的勸告——寫小說嗎？現在我正照著你的勸告在做，並且我向你提及的職業正是從事文學創作。」

有些女性只能活在背後，因為她們身上有一種難得的精神，叫犧牲。

《戰爭與和平》中那個寄居姑母籬下，做著各種幫襯工作，最後又把心愛的表哥拱手相讓的索妮亞，就是這樣的女性，而她的生活原型就是托爾斯泰的遠房姑姑——塔基揚娜・亞歷山大羅芙娜・葉爾戈斯基。

1908 年 6 月 10 日，八十歲的托爾斯泰對母親的思念之情已

對於托爾斯泰姑姑塔基揚娜的容貌，後人只能借助《戰爭與和平》中索妮亞的形象來想像。圖為電影《戰爭與和平》劇照，後排左一為索妮亞。（圖片出處／達志影像）

在《戰爭與和平》中，除了索妮亞這一人物形象來源於現實生活之外，小說的女主人公娜塔莎同樣具有原型，她的靈感來源於托爾斯泰妻子的妹妹塔尼婭・別爾斯。在電影《戰爭與和平》中，奧黛麗・赫本再現了這一真實人物的活潑開朗、熱情奔放。（圖片出處／ Corbis）

經縈繞心頭很久，他在日記中寫道：「今天早晨圍著花園走，同往常一樣回憶母親，回憶我完全不記得、但一直是我的神聖理想的媽媽。我從未聽見有人說她的壞話。我沿著白樺樹林蔭道向前走，快到核桃樹林蔭道時，看見泥地上有女人的足跡，便想到了母親，想到她的身體。我無法想像她的身體。任何與肉體有關的想法都會褻瀆她。我對她的感情多麼美好啊！」

他當然記不得母親的形象，因為他不到兩歲的時候，母親就去世了。托爾斯泰關於母親的記憶更多地混合了他的姑姑塔基揚娜的形象。與小說中的索妮亞身世類似，塔基揚娜是個孤女，由托爾斯泰的祖父母撫養長大。她有一頭黑色的鬈髮，黑玉色的眼睛配上溫婉的微笑，塔基揚娜就是對溫柔最好的定義。青梅竹馬的朝夕相對中，她愛上了托爾斯泰的父親尼古拉伯爵，但因為沒有家產，在那個門第重於一切的時代，她唯一能做的就是克制自己的感情，鼓勵心愛的人娶了家境富有的瑪麗婭・沃爾康斯基小姐。

托爾斯泰在《戰爭與和平》中藉索妮亞給表哥尼古拉寫信，描繪了他的姑姑在這種處境下的心情:「我一想到由於我的原因可能引起施恩於我的家庭的苦惱和不和，我就非常難過。我的愛情只有一個目的，那就是使我所愛的人能夠得到幸福，因此，尼古拉，我求你把自己看作自由的，而且要知道，不管怎樣，沒有人比你的索妮亞更愛你了。」

於是，現實中的尼古拉與小說中的尼古拉都經過了幾番思量和取捨，最終聽從家人的安排，選擇了與自己門當戶對的瑪麗婭小姐。而在妻子瑪麗婭去世後，尼古拉伯爵再次向塔基揚娜求婚，請她做孩子們的母親。可是塔基揚娜仍然不想破壞她與這個家庭的純潔關係，她拒絕了做妻子的請求，但卻承擔下了所有做母親的職責。塔基揚娜對自己註定要成為一朵謊花的命運安之若素。與其說她愛著尼古拉伯爵，不如說她愛著他的家。她像他家的一隻貓一樣，戀的不僅是家裡的主人，而且是整個家庭。

托爾斯泰開始有記憶的時候，姑姑已經四十歲了，她的眼睛、她的微笑、她暗色寬闊的小手還有手上有力的交叉的脈紋都給他留下了深刻的印象。對於這樣的姑姑，托爾斯泰始終懷著溫柔、熱烈的愛。是她讓托爾斯泰在過早地失去父母之後，仍然能夠懂得並感受到家庭的溫暖，她教給托爾斯泰對一種從容不迫的安靜生活的喜愛。她教導托爾斯泰過純潔的生活，不要貪玩紙牌，要把寫作當作自己的事業。在去高加索服兵役、去塞瓦斯托波爾參戰期間，托爾斯泰會經常給姑姑寫信，把寫作的祕密講給她聽。寫作《童年》期間，他給塔基揚娜寫信道：「親愛的姑姑，記得你有一次給我的勸告——寫小說嗎？現在我正照著你的勸告在做，並且我向你提及的職業正是從事文學創作。」托爾斯泰還對姑姑講述他的宗教體驗，他對未來幸福的憧憬就是能夠在若干年後與姑姑一起繼續住在波良納，把自己寫作的東西讀給她聽，聽她回憶自己的父親與母親。

塔基揚娜身上的那種寧靜、安詳和殷勤好客是托爾斯泰心靈的最好慰藉，她陪伴托爾斯泰在波良納的莊園度過了一個又一個漫長的秋冬之夜。托爾斯泰也承認，他最好的思想和感情都是在那些夜晚培養起來的。塔基揚娜經常用托爾斯泰父親的名字「尼古拉」來稱呼托爾斯泰，在對托爾斯泰的養育中，她混合了對愛人與兒子的雙重感情。

因而，當生命快要走到盡頭時，塔基揚娜不希望自己的死亡給托爾斯泰留下悲哀的記憶，執意要搬到別處去。1874 年 6 月 20 日，她平靜地在另一間屋子裡去世。生命彌留之際，她已不認識任何一個人，可是只要托爾斯泰走到身邊，她就一定會努力睜開眼睛，竭力嘗試著移動嘴唇輕喚「尼古拉」這個名字。尼古拉、尼古拉、尼古拉，在走向死亡的過程中，她終於不可分離地與愛了一生的尼古拉伯爵結合在了一起。

塔基揚娜撫養、引領、塑造了托爾斯泰，也最終被托爾斯泰在《戰爭與和平》中塑造成了不朽的藝術形象。作為一個寄居的孤女，一個安靜而執著的戀人，她是尼古拉的意中人索妮亞；作為一個富有母性與犧牲精神、帶著別人家孩子的女子，她又是尼古拉最終的妻子瑪麗婭公爵小姐。這個在現實生活中只是一個偉大犧牲者的女性，卻在愛她的托爾斯泰筆下藉由兩個藝術化身獲得了最終的幸福，因為終於，她成了尼古拉名正言順的妻子。

塔基揚娜或者瑪麗婭，索妮亞或者瑪麗婭公爵小姐，姑姑或者媽媽，在列夫·托爾斯泰的心底與筆端，她們是兩個人，抑或只是一個人，一個引導了托爾斯泰文學創作之路的女人。

索菲婭：不僅僅是妻子和文學幫手

世人完全沒有必要因為托爾斯泰的崇高而譴責他身邊一個已經不平凡的妻子，她付出的已經很多，她承受的卻更多：她的精神疾患，她的自殺念頭，還有世人的非議與中傷……。

「我怎麼能讓她走掉，自己留下來呢?」列文恐懼地想著，拿起粉筆。「等一下，」他說著在桌旁坐下來，「我早就想問你一件事。」

列文盯住她那雙親切而惶恐的眼睛。

「請您問吧。」

「您瞧，」列文說著寫了十四個字母，加上一個問號。那是組成十四個單詞的第一個字母。意思就是：「您上次回答我『這不可能』，是說永遠呢還是指當時?」吉娣能不能懂得這個複雜的句子，他毫無把握，但他望著她的那副神情，彷彿他一生的命運都決定於她能不能懂得這句話。

吉娣一本正經地對他瞧了一眼，一隻手支著緊蹙的前額，讀了起來。她偶爾對他瞧瞧，彷彿在問：「我猜得對嗎?」

「我明白了。」吉娣漲紅了臉說。

這是《安娜・卡列尼娜》中列文向吉娣求婚時的一個場景。這個場景完全來自現實生活，來自托爾斯泰本人的經歷，他就是用這種方式向索菲婭・安德烈耶夫娜・別爾斯試探求婚的，當時他三十四歲，索菲婭十八歲。

《安娜・卡列尼娜》、《戰爭與和平》的靈感之源

二十五年前，九歲的托爾斯泰愛上的卻是索菲婭的母親，一個與他同齡的姑娘，並且因為嫉妒她跟別人講話，憤怒地將她從陽臺上推了下去。因此，當愛吃醋的女婿終於跟自己的女兒完婚後，這位岳母常常開玩笑地跟他提起這件往事：「顯然你是存心在我小的時候把我從陽臺上推下去，後來好娶我的女兒!」

托爾斯泰可是下了很大決心、鼓足了勇氣才決定向索菲婭求婚的，他先是猶豫要不要結婚，接著又在索菲婭的姐姐莉莎和她之間舉棋不定。在用首字母寫了那些試探性的句子後，他又一次來到索菲婭家，隨身帶著求愛信。索菲婭的妹妹塔尼婭在唱歌，托爾斯泰用鋼琴伴奏。原來托爾斯泰彈琴的時候也在試驗自己的命運：「如果那個高音符唱得好，我今天一定把這信交給她；如果

電影《安娜・卡列尼娜》中的另一對主角列文與吉娣，現實中，他們的原型正是托爾斯泰與妻子索菲婭。（圖片出處／ Getty Images）

唱得壞，我就不能交給她。」一會兒後，索菲婭手裡拿著一封信，奔下了樓。

求婚後不到一個星期，他們就舉行了婚禮，那是 1862 年 9 月 23 日。

在《安娜・卡列尼娜》中，托爾斯泰濃墨重彩地描繪了他們那莊嚴而隆重的婚禮：燈火輝煌的教堂，穿著燕尾服、繫著白領帶的男人，天鵝絨、綢緞、鮮花簇擁的婦女，神聖的祈禱與祝福，唱詩班的吟誦之聲。一切都完美無缺，除了列文因找不到襯衫遲到了一會兒，除了新人在交換戒指時傳來傳去，最終還是沒有拿對。

對許多人來說，信仰就如外衣一樣，可以隨意脫換，但對托

少女時代的索菲婭同樣充滿才華，她偷偷寫過的一篇小說在情節上成了《戰爭與和平》的胚胎。

爾斯泰來說，信仰卻是那件貼身的襯衫，如果找不到合適的，他情願等待，哪怕延誤了結婚儀式。至於結婚戒指，無論是他還是索菲婭，都是抱著滿腔的熱誠要戴到對方的無名指上去的，但是弄人的命運卻不顧夫妻雙方真心誠意的努力，讓他們一錯再錯，錯到生命的盡頭。

索菲婭知道丈夫需要那樣的襯衫麼？至少她嘗試追問過，也嘗試縫製過。

索菲婭在戀愛期間就曾幫助過未來的丈夫，她偷偷寫過一篇小說，描寫托爾斯泰求愛時的心神不定，這篇小說在情節上成了《戰爭與和平》的胚胎，可惜後來索菲婭把它燒掉了。也許，在索菲婭看來，面對這樣一個才華橫溢的丈夫，她只要盡心盡力做好妻子、母親和文學幫手就夠了，而在這方面，她從來沒有懈怠過。在他們漫長的婚姻中，索菲婭為托爾斯泰生下了十三個孩子，而且都是自己餵養(一個女兒除外)，哪怕要忍受哺乳的疼痛。1881年，當丈夫無法分心、管家又乘機中飽私囊時，她開始接手管理家庭財產。在丈夫一心撲在救災活動中時，她也滿腔熱情地投身其中。索菲婭還有一種特殊的能力，能夠辨認丈夫那一塌糊塗的字體，並用奇特的方式猜出他匆忙摘錄下來的札記、斷句裡的意思。

當然，她有自己的不是，她像托爾斯泰一樣愛嫉妒。她不能容忍自己的女兒伏在一個陌生女人的胸脯上，不能容忍丈夫跟自己的妹妹走得太近，她嫉妒一個管事年輕漂亮的妻子，因為她跟自己的丈夫長時間熱烈地談論文學和信仰，晚年的時候她更嫉妒丈夫所信任的崇拜者契訶夫，為了托爾斯泰的日記與著作權，他們之間展開了曠日持久的爭奪戰。這種強烈的占有欲最終幻化成了安娜・卡列尼娜之後對沃倫斯基的歇斯底里。可是，哪一個愛得專一而投入、癡迷而執著的人不嫉妒呢？索菲婭不是因為嫉妒而愛，她是因為愛而嫉妒。

誰該為這樣的疏遠負責？

「世界上的幸福家庭都是相似的，不幸的家庭各有各的不幸」，《安娜・卡列尼娜》中的這則開篇語，用於感慨托爾斯泰的家庭生活同樣再合適不過。托爾斯泰和索菲婭都是個性很強的人，這兩個人結合在一起，不可避免地會發生糾紛，尤其是在婚前，托爾斯泰就給索菲婭看了記述自己年少輕狂行為的日記。他的本意是向自己的未婚妻懺悔，並保持真誠，可是，這本日記卻永遠地

他們漫長的四十八年的愛恨情仇成就了托爾斯泰，也間接將托爾斯泰帶向了深淵。

成為了索菲婭心中的一根刺。

她像母親照顧兒子，又像情人那樣要求對方，更像警察一樣密密地監視托爾斯泰。從1876年托爾斯泰外出的一個日子開始，索菲婭就讓自己陷進了偷窺丈夫日記本的瘋狂行為。她的本意是希望更加瞭解丈夫的所思所想，能與托爾斯泰在精神上進行交流，但實際的效果卻適得其反，日記逐漸成了他們夫妻間引發矛盾的導火線。一個不讓看，一個偏要看。無奈之下，托爾斯泰開始記兩個版本的日記，一本是寫給自己，另一本寫給一定要偷窺的妻子。再以後，托爾斯泰索性將自己的日記藏了起來。

十九世紀1880年代以後，托爾斯泰越來越迫切地想解決他在生活與信仰之間的不一致，完成自己的精神革新，他與妻子之間更深的溝壑越來越突出了。托爾斯泰希望放棄全部的財產包括貴族頭銜，索菲婭為家庭和子女的未來著想，堅決不同意；索菲婭想獲得丈夫的著作權，收藏他的日記，托爾斯泰卻認為，他的作品應該讓任何一個讀者都無償享用。和解是暫時的，爭吵卻無休無止。對索菲婭來說，「生活在世上真是艱難、痛苦。長久的鬥爭，緊張地處理家裡家外的事務，教育子女、出版書籍，管理屬於子女的產業，照顧丈夫，維持家庭平衡」，所有這些事情都使她疲憊不堪，「人們期待和要求他放棄私有財產、放棄自己的信念、放棄對子女的教育和優裕的生活安排，這種異常困難的、難以捉摸的要求我實現不了，……而且不只我實現不了，甚至成千上萬篤信這種信念為天經地義的人也都實現不了。」

因為這份精神上的無法溝通，1884 年、1897 年托爾斯泰曾兩次試圖離家出走，他在 1897 年給妻子的信中寫道：「我不責備你，相反的，卻懷著愛和感激之心，銘記著我們共同生活的三十五年漫長的歲月，尤其是前一半，當時你以你天性中慈母般的自我犧牲精神，那樣誠摯地、堅定地盡到了你所看重的你的責任。你已經盡你所能地給予我、給予這個世界以大量的母愛和自我犧牲，我不能不為此而尊敬你。但是在我們共同生活的後一階段——近十五年間，我們漸漸疏遠了。」誰該為這樣的疏遠負責呢？托爾斯泰希望居家即能成聖，而且希望家人能夠與他一起同步完成這樣的精神探索。索菲婭可以用謄抄稿件的方式參與丈夫的寫作，可以用料理家務的方式參與丈夫的日常生活，可是她又能夠用什麼樣的方式參與到這本質上是孤獨的、無法分享的靈魂重生呢？

面對這位一直頑強地守候在偉大作家身邊的女性，世人已經沒有必要因為托爾斯泰的崇高而譴責他身邊一個已經不平凡的妻子，她付出的已經很多，她承受的卻更多，她的精神疾患，她的自殺念頭，還有世人的非議與中傷。

1910 年 10 月的一天，已經八十二歲的托爾斯泰在睡夢中被驚醒了。透過鑰匙孔朝隔壁的書房望去，索菲婭在搜他的寫字臺，最後她在他藏起來的靴筒裡終於又一次翻到了他的日記本。托爾斯泰渾身都冰涼了。一想到索菲婭看到日記後又一輪爭吵將不可避免地發生，托爾斯泰決定離家出走。10 月 28 日，托爾斯泰留給索菲婭一張字條「別去尋找，別去抓捕，讓他安靜」後離開家，10 月 31 日，托爾斯泰病倒在阿斯塔波爾火車站。聞訊後的索菲婭急忙趕到那裡，她知道病中的丈夫需要她。但托爾斯泰並不知道妻子的到來，因為周圍的人都擔心她在身邊，托爾斯泰的心臟會受不了。最終當她突破重重阻力、見到病床上的丈夫時，他已經處於彌留之際了。

11 月 7 日，托爾斯泰在阿斯塔波爾逝世，兩天後下葬於波良納。丈夫去世後，索菲婭繼續在莊園生活。為了維持龐大的家庭，她出售了部分田產，沙皇又給了她一份年金。她幾乎每天都要到托爾斯泰的墓前，回憶他們往昔的婚姻生活。後來，莊園的樹木不斷被砍伐，各種事務又被木材商和農民壟斷著、經營著。在相對落寞而平靜的生活中，索菲婭於 1919 年 11 月 4 日結束了她七十五年的風雨人生。

薩莎：托爾斯泰的「精神薪火」

為了父親的事業，她終生未嫁。面對記者的疑問，她的回答是:「我不願意用任何人來取代我的父親。」薩莎用她的一生繼承並發揚著父親的精神。

薩莎剛從睡夢中醒來,還有些迷糊,她覺得有什麼人在一個勁兒地敲門。「誰啊?」她走過去開門,看到父親站在門口,手裡拿著蠟燭,已經穿戴好了,上身是一件短衫,褲子下面是一雙靴子。他說:「我現在要出走了……徹底地走……你幫助我收拾一下行李……。」

這是 1910 年 10 月 28 日的淩晨,列夫・托爾斯泰和他的小女兒、和波良納、和他整個的生活真正地、徹底地告別。薩莎,或者亞歷山德拉・列沃芙娜・托爾斯泰,是整個家族中托爾斯泰與之正式告別的唯一的人。

她是他可以告別的人,她就是為了他的告別而生的,她用了長長的一生也沒有完成與他的告別,她始終活在父親浩瀚的精神世界裡。

最好的心靈慰藉

1884 年 6 月 17 日(俄曆)夜裡,托爾斯泰跟妻子索菲婭又爆發了一場激烈的爭吵,一怒之下,托爾斯泰離家出走了。在去圖拉的路上,想到妻子即將分娩,他又返身回家。他也應該回來,因為他能夠與之告別的人即將出生。18 日淩晨,經過長時間的陣痛後,索菲婭為托爾斯泰生下了第三個女兒也是第九個孩子亞歷山德拉,同時也為自己生下了一個敵人。

多次的分娩、哺育，索菲婭已經精疲力竭，所以這一次她拒絕給薩莎餵奶，而是雇傭了一個奶媽，為此夫妻倆又爭吵了一次。在托爾斯泰看來，讓奶媽拋開自己的嬰兒而哺育別人的孩子，這是最不人道、最不合理也是反基督的行為。也許是沒有親自哺乳的緣故，索菲婭總覺得，跟其他孩子比起來，這個小女兒最不像是她親生的。

薩莎不是那種有奶便是娘的孩子，她跟父親一樣，渴望更多的精神乳汁。從這個意義上說，敬仰父親、熱愛父親，她有太多的理由。

薩莎長相一般，但有活力、有朝氣，非常機靈。她喜歡騎馬，

晚年時期，小女兒薩莎的陪伴成了托爾斯泰最好的心靈慰藉。他經常會走到女兒的房間來，看書寫字，薩莎則依然在打字機旁敲擊著鍵盤。兩個人沉默無語。對於托爾斯泰來說，這已經足夠了。薩莎成了托爾斯泰的「精神薪火」，為了父親的事業，她終身未嫁。

還有一套由英國裁縫精工縫製的騎士服，她在溜冰場上靈活矯健的身姿也深得父親的欣賞。而薩莎最為托爾斯泰喜歡的地方還在於，她遺傳了他的性格，繼承了他的精神，是他的知音。父母之間出現無可彌合的裂縫後，薩莎代替母親成了父親重要的文學幫手和精神夥伴。十七歲時，薩莎開始用歪歪斜斜的字體抄寫父親的手稿，這是她最喜歡的工作，她能謄抄一整夜而不覺得疲勞。謄抄的過程也是女兒吸收父親情感與思想的過程，這個過程讓父女倆的精神世界不斷融合，她為父親思想的深邃而折服，濡染之間，她成了父親最忠實的信徒。1901 年，托爾斯泰被革除教籍，薩莎旗幟鮮明地站在父親一邊，並直言不諱地表達對俄國沙皇專制的不滿與反抗。

如果說晚年的托爾斯泰因為與妻子深深的隔膜而飽受精神的折磨，那麼小女兒的陪伴就是他最好的心靈慰藉。在雅斯納雅・波良納，在克里米亞，在莫斯科火車站，只要人們能見到托爾斯泰的地方，就會見到薩莎。托爾斯泰已經離不開這個女兒了，他有時會走到女兒的房間來，躺在沙發上，薩莎則依然在打字機旁敲擊著鍵盤。兩個人沉默無語。「我們不用說話就能相互瞭解」，托爾斯泰會說，「假如再說什麼，那就是多餘的了。」

1910 年春，薩莎患上麻疹又併發嚴重的肺炎，醫生囑託，要恢復健康就必須儘快離開潮濕的波良納，到南方的克里米亞去。4 月，在克里米亞療養的薩莎差不多每天都會接到一封父親的來信，信中親切地稱她為「親愛的女兒和朋友」。薩莎從療養院回家時，給父親帶回了一件禮物，她在那裡學會了速記法，這樣就可以更便捷地做父親的文學祕書了。不過她還是有些擔心，因為自從生了麻疹後，她的頭髮成束成束地脫落，所以不得不剪短了頭髮，而父親是不喜歡剪短髮的女子的。見到終日思念的女兒後，托爾斯泰用手撫摸著薩莎那一頭羊毛般鬈曲的黑髮說：「不管你剪光了還是剃光了，對我反正都一樣，我是多麼、多麼地高興啊。」

托爾斯泰當然從心底感到高興，有誰會像薩莎那樣體貼、關心父親呢？托爾斯泰生病期間，她每天早晨為他梳理柔軟的頭髮，給他洗臉，幫他按摩細瘦的雙腳。這樣的女兒是值得信賴、值得把最珍貴的東西託付與之的。因此，在經過多次的猶豫和反覆後，托爾斯泰決定把自己的全部著作權只留給薩莎一個人：「你現在是留下和我一起生活的唯一的親人，因此我把這件事委託給你是十分自然的。」

傳承托爾斯泰的精神薪火

如果說，薩莎是父親貼身的小棉襖，那她可是母親的天敵。在那部對父親充滿無限敬意與溫情的回憶錄《父親》中，薩莎時常流露出對母親的鄙薄與非議。她不願意跟母親去聽音樂會，因為在演奏複雜的交響樂過程中，母親常常妄加評論；她不願意跟母親一起齋戒，有時推託說腳疼，有時乾脆斷然拒絕；她說當她跟父親一起為父親創作的神話故事笑得前合後仰時，母親卻在旁邊氣得想大哭一場；當 1901 年一家人陪薩莎去克里米亞休養時，父女倆會陶醉於那些膜拜托爾斯泰的群眾，陶醉於長著山毛櫸的山崗、果園，還有波光粼粼的大海，可母親直到快要回去時才變得高興起來，因為她終於可以離開她討厭的克里米亞了。

就像托爾斯泰跟妻子一樣，薩莎跟母親在文學、社會、自然、財產等諸多問題上都不是同路人。其中的是非恩怨糾結太多，只有在索菲婭臨終時，母女倆才第一次嘗試言和。彌留之際，索菲婭跟女兒說：「親愛的薩莎，請寬恕我！我不知道我過去是怎麼搞的。……我永遠愛他，我們兩人的全部生活彼此都是忠誠的……。」那個恨了母親三十五年的薩莎流著眼淚說：「請你也饒恕我，我在你面前有許多罪過。」

不過，對父親，薩莎根本無須說這樣的話。托爾斯泰離家出走後，她一直陪伴在他身邊。父親去世後，他的精神薪火在女兒薩莎那裡得到了最好的傳承。為了踐行托爾斯泰的博愛思想，薩莎在第一次世界大戰期間奔赴土耳其前線做護士，為此她獲得過聖喬治勳章。1917 年以後，她因為信奉父親的非暴力教義和自由思想，支持言論與集會自由，曾五次被捕，一次入獄。在艱辛的日子裡，她靠鹹菜度日，甚至用自己的衣服換點兒食物。1921 年，她被任命為托爾斯泰博物館館長。1929 年離開蘇聯後，薩莎經由日本去了美國，當時口袋裡只有五十美元。1939 年，她成立了托爾斯泰基金會，長期從事國際難民的救助活動。為了讓來到美國的難民能夠有尊嚴地生活，她又跟朋友一起買下了一塊地——里德農莊。為了父親的事業，她終身未嫁。面對記者的疑問，她的回答是：「我不願意用任何人來取代我的父親。」薩莎用她的一生繼承並發揚著父親的精神。

在她 1979 年以九十五歲的高齡去世前，托爾斯泰基金會已經幫助了超過五十萬的難民在美國重新開始生活，其中最著名的就是後來以《羅麗塔》(*Lolita*) 馳譽世界的弗拉基米爾・納博科夫 (Vladimir Nabokov)。

從某種意義上說，薩莎的援助活動拯救了父親曾作出重大貢獻的俄羅斯文學，同時也進一步確立了托爾斯泰的文學地位。因為，納博科夫在美國大學的講臺上曾經為俄國作家排過座次，列夫・托爾斯泰高居榜首。

納博科夫給托爾斯泰評定的分數是：A^{+}。

高宏　劉佳林

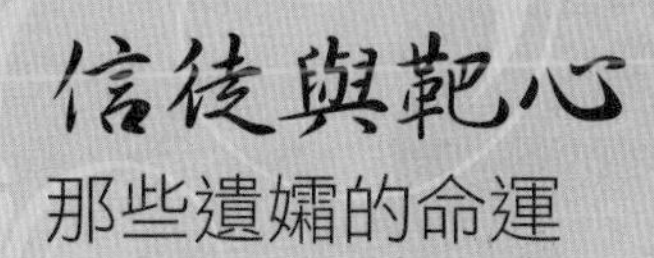

信徒與靶心

那些遺孀的命運

她們看似擁有很多名字但其實只得一個名字——大師遺孀。她們曾滿懷憧憬奔向的男人是最神聖的理想也是最寒冷的高地。作為大師生命中最後的繆斯、伴侶、助手甚至母親，她們奉獻了自己的青春與美貌，用智慧協助她們的神來塑造不朽的傳奇。沒有她們的攙扶，年邁的大師只能在藝術的殿堂裡踽踽獨行；沒有她們的頑強，大師的遺志只能在財產的爭奪戰中損耗殆盡。然而對於她們的付出，世人得益卻並不領情。在輿論的冷槍暗箭中，有的人永遠地倒下，有的人繼續帶傷前行，任何緩和的企圖都顯得徒勞，因為這是註定的，一個遺孀的命運。

《齊瓦哥醫生》(*Doctor Zhivago*) 劇照（圖片出處／ Alamy）

名人遺孀——示眾的材料

與名人的婚姻就是這樣一種公開的盛宴，香檳塔前華麗滿目可見，轉過身來荒涼俯拾皆是。這種婚姻從一開始就把她們變成了一種示眾的材料，待到身邊那個可以為她說話的人一離開，她們便會被公眾的壓力沒過頭頂，無從解釋，不能選擇，也沒法掙脫，而這，就是一個遺孀的命運。

不管人們願不願意承認，「遺孀」這個詞確實代表著一個特殊、敏感又有些尷尬的群體。在那些似是而非的同情面紗下，世人對於遺孀，當然，主要是那些名人、大師和天才們的遺孀，總是抱有一種奇怪的挑剔或過分的幻想。作為這些神話般的名人的身後人，她們由不得自己選擇地被賦予了延續光環的責任，也不由分說地被推到了接受公眾挑剌的浪尖，從此無邊無盡的謠言和抱怨就將她們包圍，通常還伴隨著曠日持久的財產爭奪。由此看來，做名人的遺孀還真是件鬥智鬥勇又耗費體力的差事。然而，這一切似乎又是不可避免的，因為這個世界上的大師或者天才只有那特殊的一個，而你竟然將他據為己有，而且還要享受他身後的榮光與財富，這簡直是不可原諒的！

如果她是與大師相濡以沫，一路風雨兼程地並肩而行，那麼或許她就應該像南希・雷根那樣，在古稀之年仍要一絲不苟地穿上最好的套裝，挽著歐巴馬總統的胳膊，出現在亮如白晝的鎂光燈下，為延續一位過世總統的神話而奮鬥；而如果她碰巧是一位不怎麼懂得丈夫文章偉大之處的家庭主婦，那麼就有些糟糕了，因為整理大師遺作，確保由最恰當的出版社來出版它們當然是她責無旁貸的責任；最壞的情況還是這樣的：一位年輕的遺孀，她在大師的暮年才進入他的生活，沒有承擔過大師成名前的苦寂清貧，卻在大師身後享受著他的財產和名譽帶來的巨大便捷，在人們看來，這就不僅僅是霸占天才的罪名了，她根本是一個不勞而獲的盜竊者，這種人是可以遭到唾棄的。

所以 1980 年，當那支罪惡的槍管對準藍儂扣下扳機時，小野洋子成了這個世界上最「罪不可赦」的遺孀。她搶走了這個世界只有一個的天才藍儂，卻竟然沒有保護好他。至於賈桂琳・甘迺迪，在那位熱愛夢露的總統先生被子彈奪取生命之後，也經歷了一段比好萊塢巨星更甚的閃光燈生活，而她用一次轟動的改嫁堵住了那些尖酸的嘴，因為第二任丈夫歐納西斯對待媒體的脾氣可不算好。而名人和大師們在為自己妻子擔憂的同時，卻也不放過對別人的遺孀進行非難：海明威指責費茲傑羅的「黛西」用自己填不滿的享樂欲望毀掉了這個寫作天才；雨果批評巴爾扎克那貴族氣十足的太太在大師臨終前冷漠無情……。然而他們卻忘了，吉爾達 (Zelda Fitzgerald) 才正是費茲傑羅的靈感源泉，而巴爾扎克當年也正如自己筆下的那些外省青年一般，渴慕著娶一位真正的貴族。至於小野洋子那個 “Yes” 字條給予藍儂的滿心溫暖，和賈桂琳在夢露為自己丈夫唱生日歌時強忍的平靜，都統統被掃到了一邊。做一個名人的遺孀，悲哀和痛苦正在於此，你永遠無法因為個人的原因而受到關注，那個男人生前身後的不幸卻都得由你來承擔，而你所有的付出只會換來一個結果——大眾的視而不見。

可是人們通常會忘記，在婚姻的最初，結合的都是兩個獨立的個體。他們有各自獨立的思想，在沒有欺騙行為存在的情況下，這種結合是合法也是合理的。這些遺孀們作為獨立的人，有自主選擇大師走後生活的權利，但可惜的是，這種權利卻一直被公眾理所當然地予以剝奪。所以她們有的人選擇逃避到公眾視線之外，過上稍微輕鬆但未必釋然的隱居生活，成為歷史中的一道塵煙；有的選擇嫁給另一個更負盛名的男人，用他富可敵國的財富保持自己頭上耀眼的光環，讓挑剔的大眾「敢怒而不敢言」；而另有一些卻留了下來，為大師的事業做著艱鉅而繁重的後續工作，卻仍然被人們毫不留情地推到流言蜚語和指責挑剔的深坑中，因為在他們看來，「攀附有錢人」和「攀附大師」在性質上都是一樣坐享其成的可鄙。這中間有些人因為資質貧弱，最終還是成了輿論的炮灰，而有些則強打精神，以鬥士的姿態與流言蜚語抗爭。或許她們在深夜一個人哭泣的姿態也是可憐的，或許她們在夢中也曾無力地渴望援助，然而不管她們起初是否明白，與名人的婚姻就是這樣一種公開的盛宴，香檳塔前華麗滿目可見，轉過身來荒涼俯拾皆是。這種婚姻從一開始就把她們變成了一種示眾的材料，待到身邊那個可以為她說話的人一離開，她們便會被公眾的壓力沒過頭頂，無從解釋，不能選擇，也沒法掙脫，而這，就是一個遺孀的命運。

賈桂琳·洛克：
子彈就像我的「畢卡索太陽」

1986 年 10 月 15 日凌晨，一位叫賈桂琳·洛克 (Jacqueline Roque) 的女人，鄭重地對著自己太陽穴開了一槍。晨曦伴隨子彈穿透了她的生命，終於地，她拋開了大師遺孀的一切責任與負擔，朝著畢卡索——她永恆的太陽跑了過去。

畢卡索最後的情人

事實上在賈桂琳之前，畢卡索的情史已然赫赫有名。瑪麗·泰蕾絲 (Mari-Thérèse Walter)、奧爾加·柯克洛娃(Olga Kokhlova，首任妻子)、朵拉·瑪爾 (Dora Maar)，還有那位女皇般的法蘭西絲·姬洛 (Françoise Gilot) ……。作為大師多如繁星的情人中最著名的幾位，她們都在畢卡索疾如飛奔的情感世界裡被拖得遍體鱗傷。所以在 1953 年，也就是與法蘭西絲分手的前一年，當畢卡索邂逅賈桂琳這位沉默寡言的棕髮美女時，誰也沒想到她真的會成為大師最後的妻子。

與其他那些著名的情人相比，賈桂琳實在乏善可陳，這個 1926 年出生於巴黎的女人在遇到畢卡索之前，過著再普通不過的生活：兩歲時她和母親與哥哥就被父親拋棄，不得不擠在愛麗舍

畢卡索一生中唯一主動離開他的情人，法蘭西絲・姬洛。

廣場附近的小屋裡，靠身為縫紉女工的母親超時工作來勉強糊口。賈桂琳十八歲時，母親死於中風，她不得不去當祕書以維持生計。二十歲那年，年輕的她嫁給了工程師安德魯・哈廷並生下女兒卡茜。隨後她跟著負責建造鐵路的丈夫遷居到西非，未料僅僅四年哈廷就有了外遇，離婚後的賈桂琳帶著女兒搬到了法國蔚藍海岸，在瑪都拉陶藝室做助理。而從這一刻起她一生的命運即將改變，因為當時在那裡製作陶器的碰巧是畢卡索。

杏仁眼和棕色長髮，健康的體型更是讓畢卡索回想起加泰隆尼亞的農婦，他對她一見鍾情。那是畢卡索和法蘭西絲關係的末期，那位自我意識強烈的女畫家正在準備去找回自己，而這些違背和反抗的意識是如此讓畢卡索憤怒，那麼面前這個低眉順眼的西班牙女人才真是稱心如意。於是畢卡索花了六個月時間來追求她，直到她終於癱倒在這個足以當她爺爺的男人懷裡。那時的大

賈桂琳在教畢卡索芭蕾舞動作

師七十二歲，依然精力旺盛；而賈桂琳二十七歲，是一個單身母親，一切是那麼難以置信。有時候她也會故意使性子打斷他與其他情人的談話，但是很快她就會悔過，「對不起，我錯了，我真蠢。」畢卡索覺得這才是個乖孩子。

1961 年，名不見經傳的賈桂琳正式成為第二任畢卡索夫人。驚喜交加的她好似被封為皇后那般尖叫道:「一個人能幸運地守在畢卡索面前，她連太陽也不屑一顧。」時年三十五歲的賈桂琳就這樣開始守著她八十歲的太陽翻開了人生的新篇章。他毫不扭捏地叫她「賈桂琳媽媽」，在生命的最後階段，他已是垂垂老者，沒法再勾引年輕的小妞，他選擇的是一個情人、母親、保姆和看護多位一體的女人。

主人，我來了

麻煩還是接踵而至，畢卡索迅速衰老，開始頻繁出入醫院，終於在 1973 年 4 月 8 日與世長辭，而賈桂琳作為一位大師遺孀的生涯也正式宣告開始。

首先要面對的當然是財產分割。畢卡索身後給全世界留下了 1885 幅油畫、7089 幅素描、三萬多張版畫、1228 件雕塑，以及難以計數的插圖，同時還有一位妻子、一個兒子和三位非婚生子女，沒有遺囑。所以這場遺產爭奪戰可謂是空前混亂和慘烈，律師、拍賣估價人和公證人幾乎組成了一支軍隊，大家耗時八年，

賈桂琳・洛克在畢卡索的晚年充當著妻子、母親、保姆和看護多位一體的角色。

共召開六十多次會議才最終達成一致：遺孀賈桂琳繼承了二億四千萬遺產中的 30%；兒子保羅（與前妻奧爾加所生）的子女瑪琳娜與貝爾納（當時保羅已去世）各自繼承 20%；瑪雅（與瑪麗・泰蕾絲所生）、克勞德和帕洛瑪（與法蘭西絲所生）則每人得到了 10%。而早已分好的畢卡索的作品則是由大家抽籤來決定的。

除了財產之外，畢卡索的兒女與許多傳記作者對賈桂琳在大師晚年對他生活的封閉也進行了猛烈攻擊。在傳記中，作者寫道：兒女們前來探望時總被賈桂琳擋在外面，但是水管工卻能隨便進出。面對父親突然拒親友於千里之外的情況，克勞德一直對賈桂琳頗有微詞，而瑪雅則更為直接：「你得記住，那時的他已經很年邁，也許賈桂琳要將他和所有家庭成員隔開……，因為這樣她才能牢牢控制一切。」就連畢卡索的朋友，攝影家安德烈・維拉斯也抱怨道：「賈桂琳拒絕了畢卡索的大部分朋友。我所有的朋友都有過這種經歷。」但事情更嚴重的還在於她拒絕了畢卡索的孫子、保羅的兒子帕布利托前來參加爺爺的葬禮，當天晚上，帕布利托就喝漂白劑自殺。雖然後來獲救，但是他的消化系統被漂白劑摧毀，三個月後就痛苦離世。兩年之後，帕布利托的父親保羅，由於長期飲酒引發肝硬化去世。1977 年，畢卡索曾經的情人瑪麗・泰蕾絲在她與畢卡索相識五十週年的紀念日那天吊死在一個地下車庫。人們把這些帳都算到了賈桂琳頭上，在這些人的口中和文字裡，賈桂琳被描述成了一個貪婪和控制欲極強的女人，而長期以來人們對這種女人從沒什麼好言辭。

這時已經失去了太陽的賈桂琳才真的意識到自己作為一個大師遺孀的命運。在畢卡索生命的最後兩年裡，她日以繼夜地照顧他，不惜因此與親生女兒關係破裂，然而現在她只能在酒精與安眼藥的作用下痛苦地挨過一天又一天。儘管如此，賈桂琳還是為整理畢卡索的作品做了大量工作，並成功建立起一個畢卡索博物館。與大師的子女不同，她從不出賣大師的任何作品。直到自殺前夕，她都還在忙著為博物館籌備的畫展捐贈作品。但是她的太陽已經永遠地落下去，枯萎變成了必然。

畢卡索曾經預言：「我的死亡，將會成為一次沉船事故，當一艘大船沉沒時，船上的人是無法全身而退的，他們將隨著大船一起沉沒。」他實在是太有先見之明了，他早就知道了一個遺孀的命運。可憐賈桂琳至死都還在對著他的肖像哀求：主人，請吩咐我。

瑪利亞・兒玉：
時間吩咐愛情照亮幽暗叢林

在賈桂琳・洛克自殺的同一年，世界的另一頭，一代文學大師、阿根廷最偉大的文豪博爾赫斯 (Jorge Luis Borges) 也匆匆離開了這個世界，剩下他新婚的太太瑪利亞・兒玉 (María Kodama)，僅僅出嫁兩個月即被冠以「大師遺孀」之名。

「地老天荒的愛情在幽暗中蕩漾」

她在日內瓦向陽的街道上漫步，身邊走著的是剛剛成為她丈夫的男人，一個比自己大四十七歲的文學老人。如果他的眼睛還沒有盲，他就會看見新婚妻子那張瘦削而極具東方色彩的面孔像一首等待描繪的詩。但即使看不見，這一刻，他依然觸摸到了幸福的輪廓。那是 1986 年 4 月 24 日，四十歲的日裔阿根廷人瑪利亞・兒玉如願嫁給了八十七歲的詩人博爾赫斯。此時距離她在十二歲那年初遇大師已過去了整整二十八個年頭。那時的博爾赫斯已過了花甲之年，但兒玉還只是一個熱愛文學的小姑娘，是對詩歌的鍾愛讓她有緣得識這位大文豪。

一開始，兒玉就不在乎他們的結婚證書是在雙方都不在場的情況下由巴拉圭一個偏僻小鎮開出來的，雖然這意味著在阿根廷這個天主教國家它根本不合法；她也從不在乎大師和第一任妻子實際上並沒有離婚，只是分居，她對這位「比金字塔還要神祕」的男人的仰慕壓倒了一切。

兒玉自幼喜愛詩歌，並視博爾赫斯為文學領域的神。在整個學生時代，她的生活常常被這樣的畫面占滿：在某個春風沉醉的下午，博爾赫斯捧著原版書，她抱著語法書，兩人靜靜在一家名叫「三桅船」的咖啡館裡悉心鑽研冰島文。那時，名詞與動詞統治著他們的世界，形容詞則主宰著情感的湧動，咖啡豆悠長的芬芳引領愛情踏入了少女的視野但暫時沒能被她命名。

中學畢業之後她就進入大學學習文學，結束學業之後兒玉就一直忠實又安靜地充當起了大師的祕書和陪護，成為博爾赫斯生命中除了母親之外，第二位重要的女性。對於陪伴了自己大半個人生的母親，博爾赫斯擁有一生無法捨棄的依戀。十八歲那年，父親強迫博爾赫斯去與妓女幽會，當年少的他從那個房間走出來時，非但沒有像畢卡索一樣從此將妓院當作第二個家，反而顯得驚慌失措，並從此失去了與女人自在相處的能力。長期以來，如果沒有母親萊昂諾爾・阿塞韋多女士悉心為患有眼疾(後又因撞傷而失明)的兒子充當祕書、經紀人和嚮導，陪他到世界各地去演講、簽合約、旅行，恐怕作為詩人的博爾赫斯就會被另外一個隨處可見的「博爾赫斯」所代替。這位偉大的母親頑強地活到九十九歲，這堅韌的生命更多還是為了兒子在延續。母親的去世讓博爾赫斯身處黑暗卻頭一次看清了哀慟和茫然，他哀傷地為自己定罪：「我犯下了人們所能犯的最深重的罪孽，我從不感到幸福。」是的，與自己耀眼的文學成就相比，博爾赫斯的愛情生活可謂一敗塗地。1939年和 1945 年，他曾愛過兩個漂亮的女人：艾德・蘭赫與埃斯特拉・坎托。但他的緊張和軟弱讓愛情不了了之。直到 1967 年，在自己六十八歲時，博爾赫斯才與孀居的埃爾薩・阿斯泰特・米連結婚，但這段婚姻也只維持了三年。

兒玉讓博爾赫斯在晚年感受到了真正的愛情（圖片出處／法新社）

直到相識多年的兒玉鼓起勇氣，決定要代替他的母親來繼續給予他不可或缺的溫暖，大師才終於確信真正的愛情造訪了他這個可憐的老頭。他將全部作品中唯一的愛情詩篇〈烏爾里卡〉獻給她，並在結尾處用一個老人因興奮而有些顫抖的聲音深情宣稱：「地老天荒的愛情在幽暗中蕩漾。」我們完全有理由相信這不是一位老人神志不清的幻覺，他那失明的眼睛裡迸發出的是快樂的愛的光輝。

八週的婚姻與永遠的遺孀

幸福的婚姻生活僅僅持續了兩個月，1986 年 6 月 14 日，博爾赫斯因肝癌醫治無效在日內瓦逝世，全部遺產均留與兒玉。面對這位悲痛難當的遺孀，媒體並沒有一絲憐憫，而在遙遠的阿根廷，大師的親友們則忙著質疑兩人婚姻的合法性，以期望那筆巨大的財富不要落到「一個外人」手上。對於突然得到大筆金錢的女人，人們總是心懷怨氣的，何況八週的婚姻在他們看來更像是一場蓄謀已久的鬧劇。

對於這個讓大師在生命最後階段品嘗到愛情甜蜜的女人，人們從來沒有過美好的感激，他們投向她的刀劍依然無比鋒利。

在不少博爾赫斯的傳記裡你都可以看到這樣的橋段，他們說在兒玉作為大師的祕書（後來又成為他的夫人）陪伴大師的最後十年裡，他們被迫同大師完全隔絕，只要筆者稍不順兒玉的意，不能樹立她作為遺孀的權威，她就會在提供一手資料方面製造麻煩……。為了錢財，也有很多博爾赫斯的親友都與她打過官司，但均以失敗告終。兒玉還是獲得了那份龐大的遺產，而生活卻早已不是她想要的模樣。大師將她一手牽至世人面前，贈予她財富、名譽和榮光，而公眾為她準備的卻是犀利的冷眼與尖酸的挖苦。

顯著的落差驅趕她重新尋找自己的人生定位，堅強地扛下這個無法挑選的角色。

在世人必然的誤解和刻薄的咀嚼中，兒玉不留時間來思考作為遺孀的不幸與孤獨。本來，大師留給她的財產足以供她去世界上任何一個都會信步閒遊，然而那麼多的時間與財富她並沒有用享樂來對峙——她單槍匹馬地展開了與俗世的戰鬥，無懈可擊的微笑和膽識幫她優雅地掃蕩了各式絆腳石。經過十年的挑選，兒玉終於選定一位以頑強著稱的紐約文學經紀人來擔任在世界範圍內出版和推廣博爾赫斯作品的工作，並且成立了以博爾赫斯作品研究專家為骨幹的編輯委員會，負責新版全集的出版。1989 年她成立了博爾赫斯基金會，1994 年又買下二十世紀 1930 年代博爾赫斯和家人居住過的一處住所，建成博爾赫斯紀念館。直到現在，她都堅持每年親赴世界各地，與眾多學者共同推廣大師卷帙浩繁的遺作。

當然，人世總還有鼓舞人心的地方。2000 年 12 月，中文版《博爾赫斯全集》在北京舉行首賣會，兒玉替大師了卻了生前最大的心願——撫摸萬里長城。迎著古都遼遠蒼涼的藍天和灰色蜿蜒的古城牆，兒玉開始相信這世上不再有無法泅渡的冬天，那些叫人絕望的壞天氣歷來如此，它們在最初沒能打敗她，今後也將永遠不能打敗她，她情願記得的，是這個世界潔淨友好的萬家燈火，而她就站在其中一處，靜靜回望那片陪侍大師左右的時光之海。

濟娜伊達 & 伊文斯卡婭：殊途同歸的「齊瓦哥遺孀」

鮑里斯・列奥尼多維奇・巴斯特納克 (Boris Leonidovich Pasternak)，這位在蘇聯時期歷盡坎坷的詩人，造就了這個世界上最著名的「醫生」——齊瓦哥。可惜，如同小說主人公一樣，這位偉大的諾貝爾文學獎得主在生命中也總是糾結在他的「東妮婭」和「拉娜」之間，以至於到最後大家都忘了到底誰才是他的遺孀。然而混淆並沒有讓兩個女人輕鬆一些，她們的命運是從一開始就註定的。

兩個女人和「齊瓦哥」的愛情

巴斯特納克對這兩個女人的態度同齊瓦哥醫生對妻子東妮婭和情人拉娜的態度一樣：對妻子深感內疚，下不了決心離婚，因此也就無法同情人正式結合。

奧爾佳・伊文斯卡婭 (Olga Ivinskaya)，被許多人尊稱為「巴斯特納克夫人」，實際上並不是巴斯特納克的遺孀。作為這個世界上最著名的情人之一，她和巴斯特納克的愛情故事早已像《齊瓦哥醫生》一樣深入人心。人人都知道：「普希金沒有凱恩，心靈不充實；葉賽寧沒有鄧肯，寫不出天才的詩句；巴斯特納克沒有伊文斯卡婭，便不是巴斯特納克。」

1946 年，當詩人在《新世界》編輯部裡第一次看到伊文斯卡婭時，就被她超凡脫俗的美貌震驚了。如同每一個文藝女青年可能有的表現那樣，當時正在寡居的伊文斯卡婭不顧巨大的年齡差距（當時巴斯特納克五十六歲，伊文斯卡婭三十四歲）毅然與大師相愛了。這便成就了巨著《齊瓦哥醫生》中動人的女主人公拉娜。她在認識大師前的經歷幫助其塑造了人物，她後來的種種遭遇又進一步豐富了主人公，可以說，她既是拉娜的原型，又參與了塑造拉娜，這在世界文學史上並不多見。這種從生活演繹到書頁中的愛情一時燃起了萬頃荒原，不料卻為他們帶來了一場災難。

電影《齊瓦哥醫生》劇照，其中的男主人公齊瓦哥醫生正如現實中的巴斯特納克一般，徘徊在妻子與情人之間，難以決斷。

在當時的蘇聯，「不識時務」的巴斯特納克處境頗為艱難，許多友人在「清洗運動」中失去了生命，自身難保的他只能將內心的空虛和彷徨寄託在《齊瓦哥醫生》的寫作上，然而連這一點也不為蘇聯作協所容。為了迫使他放棄小說的寫作，1949 年，當局以偽造委託書的罪名逮捕了伊文斯卡婭。他們對她連翻審訊，甚至把她扔進太平間，直到發現她懷孕之後才悻悻然把她送入了勞改營。在那裡，伊文斯卡婭流產了，她失去了孩子，也失去了與愛人聯繫的可能。但這些都沒能打垮她，1953 年，她終於重獲自由。

獲釋之後的伊文斯卡婭同巴斯特納克的關係更像是一對經歷了生死考驗的夫妻，在陰雲籠罩的日子裡共同進退。從此巴斯特納克的一切出版事宜皆由伊文斯卡婭承擔，她也是唯一能勝任此項工作的人。對於《齊瓦哥醫生》的海外出版，伊文斯卡婭絕對是功不可沒，然而這也為她引來了第二次災難。1958 年，瑞典文學院宣布將諾貝爾文學獎授予巴斯特納克。消息傳來的當天晚上蘇聯作協就要求他發表聲明，拒絕領獎。在反而被駁斥之後，他們便剝奪了伊文斯卡婭的工作。幾小時後，巴斯特納克給瑞典文學院拍了一份拒獎電報，同時也給黨中央發了份電文：「恢復伊文斯卡婭的工作，我已拒絕獎金。」回家之後巴斯特納克長時間沒有動靜，妻子奈豪斯 (Zinaida Nikolaevna Neuhaus) 連忙上去探視，只見巴斯特納克已經暈倒在地板上。

是的，這裡出現的妻子並不是伊文斯卡婭。濟娜伊達・尼古拉耶夫娜・奈豪斯現在已是一個極陌生的名字，在零星幾點提到她的資料中，也不過是被一帶而過地綴在大師生命的最後幾天：「巴斯特納克身心交瘁，不久便離開了人世。他的妻子不准伊文斯卡婭前來告別，她就這樣在門前站了一夜，最後，只能在人群後面，遠遠地望著徐徐向前移動的靈柩……。」在這樣的敘述裡，我們滿是對這位不近人情的大師妻子的不悅。在大師生前她默默無聞，在大師走後她更是毫無建樹，她的無名和無為讓我們不屑於去體察她的心情。對於她與巴斯特納克的愛情，總是一句簡短的話就可以概括：第二任妻子奈豪斯雖決然離開前夫，義無反顧地把身心獻給他，但因文化修養的差異不能同他在精神上產生共鳴。這話仔細想來有些可笑，濟娜伊達的前夫是著名音樂家亨利・奈豪斯 (Heinrich Neuhaus)，他們的兒子史坦尼斯拉夫・奈豪斯 (Stanislav Neuhaus) 後來也成為著名的鋼琴家。本來她與前夫的生

巴斯特納克與妻子濟娜伊達在一起。

活可謂琴瑟和諧，但自從 1929 年與巴斯特納克相識，在那輛從基輔駛往莫斯科的火車上她就被詩人熱烈的愛之表白融化了，在雙方均未離婚的情況下大膽地追隨他的腳步。1934 年，巴斯特納克正式迎娶了濟娜伊達，愛情開初的甜蜜有那本著名的《第二次誕生》(*Second Birth*) 為證。

在困苦的生活中，濟娜伊達像母親和衛士那樣守護著虛弱的詩人。她忍受他的怪誕，堅韌地與貧困作鬥爭。當丈夫為小偷把家裡僅有的六百盧布放到壁爐上時，這位曾經的貴婦人為了生活不得不一次次鋌而走險。她把錢偷出來，再「還」回去；再偷出來，再「還」回去……。直到有一天丈夫心血來潮要點點這些「為小偷先生準備的錢」時，發現數額不對，勃然大怒地對她吼道：「你是想讓我難堪嗎？是想告訴人家我盜竊了小偷的錢嗎？」然而她還是忍耐著，像任何一個主婦愛丈夫那樣去愛他，同時還要照顧久病在床的兒子。1945 年，事情發生了轉折，這一年巴斯特納克的父母相繼去世，他們的大兒子亞德里安 (Adrian) 也病逝了，這些打擊讓她變成了一個嚴苛又悲傷的女人，而這種局面在伊文斯卡婭出現之後更是變得無法挽回。

於是在 1960 年 5 月 30 日，大師離去之時，濟娜伊達以一個妻子的姿態把那個在裡外都代替了她的情人排除在了家門外。在巴斯特納克生命最後的幾天裡，她不允許伊文斯卡婭進入她的房子，後者只得等在街頭趁護士交班的空隙前去詢問愛人的情形。但是直到出殯，濟娜伊達都沒有給她任何機會靠近他。這在伊文斯卡婭是一種充滿悲劇美的死別；在濟娜伊達則是退出歷史視線的最後一幕。

同樣的命運

她們把守著各自在大師身邊的位置，卻擁有殊途同歸的命運。

在詩人離開以後，濟娜伊達的生活便再無人問津。巴斯特納克基本沒留下什麼遺產，面對著無數的詩人手稿和一部未完成的戲劇，本就對文學無所鍾愛的濟娜伊達沒有，也無法擔負起整理的責任。在世人心中，作為一位文學大師的遺孀，濟娜伊達是不稱職的，不論她是否有這個意願和能力，也不論大師選擇她的開初是不是想要她來繼承事業和發揚遺志。於是在強大而堅韌的伊文斯卡婭面前，濟娜伊達攥著自己巴斯特納克夫人的名義在大師逝世八年之後的夏天追隨他而去了。她就這樣被歷史的塵煙掩蓋了過去，作為名人的遺孀，她被徹底忘記了，這種忘記不是善意的，它比傷害更讓人屈辱。她也是在大師被人扔石頭的時候站在他身邊的人啊，她也是在大師最艱難的時刻想辦法讓家人填飽肚

《齊瓦哥醫生》劇照，劇中女主角拉娜的人物原型正是伊文斯卡婭。（圖片出處／法新社）

子的人啊！然而這些都不管用了，當她成為大師的遺孀，她就再無從選擇和解釋了，一個資質平凡的女人是無法在世人眼中擔負起這個角色的。

而伊文斯卡婭有了足夠的能力，結果卻是一樣的辛酸。大師死後，她和女兒伊琳娜很快就再次遭到逮捕。當局把對亡人的氣都撒在了她身上——她被判處四年徒刑，伊琳娜兩年，直到赫魯雪夫下臺後才被釋放。

長久以來她對整理大師作品做了很多具體工作，甚至還就大師的作品手稿同其後人進行了一場殘酷的鬥爭。儘管如此，人們對這位沒有名分的「遺孀」竟還是存有微詞，有人說她是蘇聯國家安全委員會 (KGB) 派到大師身邊的間諜，還有人則開始清算起那筆出版《齊瓦哥醫生》的「也許數額可觀的稿費」……。

在經歷了人生的驚濤駭浪之後，伊文斯卡婭出版了自傳《時間的俘虜》。對於命運給予她的一切苦難，她都像拉娜那樣，深情而尊嚴地承擔了下來。1995 年 9 月 12 日，這位堅強的拉娜以八十三歲的高齡去世，在生命的末尾，她彷彿又聽到大師在吟詠自己的詩篇：

別睡，別睡，藝術家，
不要被夢魂纏住，
你是永恆的人質，
你是時間的俘虜。

荊棘王冠，無法摘除的光環

不可否認，正是大師頭上顯赫的光環將這些遺孀拱上了最尷尬的位置。不甘淪為炮灰的她們，有的懷揣鉅款銷聲於這個光華繁世；有的則代替大師，吃力卻並不討好地行使著部分權利。她們就這樣頭戴荊棘王冠地出場了，如履薄冰地行走在早已規劃成形的命運裡，不能放棄，不能塌陷，因為這是一旦戴上就無法摘除的光環。

金錢引燃的喧譁

大師留給遺孀們的財產為她們帶來巨大的便捷，同時也引燃了輿論的喧譁。

不論這些遺孀在大師生前是如何將人生最飽滿、最豔麗的部分毫無保留地供奉上藝術的祭壇，在世俗的天平上她們很難獲得一塊善意的砝碼。人們總是蠻橫地斷定：她們打著熱愛藝術和追崇愛情的幌子，以豐饒的肉體和豔麗的美色輕易俘獲了暮年大師們不甚清醒的心靈。然而關鍵還是在於那些金錢，對於突然獲得大筆財富的女人，公眾很難平心靜氣地說一句好話。想想看，在大師事業的開拓期她們不曾與其風雨同舟，在大師事業的發展期她們不曾為其出謀劃策，而到了大師功成名就風光無限的晚年，她們就「忽如一夜春風來」，之後她們銀行裡的巨額帳戶更是對芸芸芸眾生辛勤勞動的莫大諷刺。人心的黑暗與矛盾由此得到充分發揮：對著這些女人手中一紙難以估價的遺書，有多少人敢說自己不會心生豔羨甚至嫉妒？當這些原本默默無聞卻僅憑一個身分便與大師共同載入史冊的女人在世界各地奔走，又有多少人願意承認她們其實是在為大師的後續事業貢獻自己的力量？站在輝煌的紀念館門前，人們只來得及瞻仰自己崇拜的天才，而全然遺忘了那些曾被天才視作繆斯女神的遺孀們所遭受的磨難和付出的代價。青春、美貌、事業、孩子……，這些在生命中最能冷暖自知的要素都被這樣一個身分徹底剝奪了，而世人卻連起碼的體諒和尊重也沒有留下。

文字拼湊的面具

才剛退出遺產爭奪的修羅場，她們又被迫迎向傳記作者的口誅筆伐，在那些虛虛實實的文字中間，辯解是最沒有意義的。

傳記作者或許是世上最難應付的族群之一，他們動輒十幾萬字的評傳往往比八卦記者的花邊新聞更具引導力。而在這些傳記

博爾赫斯死在離祖國阿根廷很遠的日內瓦，他希望以此來保護他的兒玉，但他不明白，一個遺孀的命運是早就註定的。（圖片出處／Corbis）

中，對大師遺孀們共同的指責都有一點：她們壟斷大師晚年所有的對外管道，成了一個「垂簾聽政」的「專權者」。

而當大師遠去，所有關於大師的權威資料都由她們一手掌握，且不一定會被柔情萬分地奉獻出來。於是被怠慢的憤慨引導了他們的文字，而毫不知情的公眾也只能追隨這種情緒，藉著文字的刀光劍影去相信他們認為應該相信的「事實」：賈桂琳成為拒人千里還欠著三條人命的妖女；兒玉是將大師架空、獨斷專行的天皇；伊文斯卡婭則作為圖謀不軌的間諜活該遭到囚禁……。在大眾看來，她們的初衷不再是為了肅清大師身邊不必要的閒言碎語，而是要控制大師的所有生活，把持甚至壟斷他們與外界的正常交流，使得不僅僅是媒體，甚至連大師的親友都難窺箇中真相。而讀者也只能這樣用拼湊代替傾聽，任憑遺孀們的辯解在耳邊變成毫無意義的符號。

身分註定的軌跡

不要以為只有菟絲花般依附於大師的遺孀們才會受到公眾無情的指責，那些頭腦精明、行事果敢的遺孀，日子也並不好過。

一個有趣的現象是，我們提到的遺孀們，不論之前是怎樣心高氣傲的才媛，一旦進入大師的生活，她們的經濟就基本要依附於這段婚姻。於是，在旁觀者眼中，她們更像是黏在大師身上的蟲子，如果有誰膽敢用富麗堂皇的說辭來粉飾自己的「盜竊」行徑，那就是不知廉恥、罪加一等了。可是假使這些女人們自身富有又精明，能在男權社會大展拳腳，向無數鬚眉投去俯視的目光，那麼公眾又會作何評價呢？南希・雷根當年因為過多插手白宮人事被戲稱為「南希女王」；孀居的宋美齡移居長島，當地報紙只想為她寫個訃告，「因為她給世界帶來了很多痛苦」。

千百年來，社會的主流話語權始終被男人攥在手心，當毛特·岡和波娃在歐洲街頭揮舞她們纖細的胳膊，公然向這個社會索要女性權益時，毫無疑問她們正進行著全人類最偉大的革命。然而當她們真的扛著天賦人權的大旗衝鋒陷陣，令曾經信心百倍的男人們無所適從時，男人們就又開始懷念城堡中曾經溫馴的金絲雀與小綿羊。眼前這些強勢女人對他們來說只是逾了本分、越了倫常。

於是年輕的遺孀們不得不收斂氣焰，遵循公眾的惡趣味，將各種可笑的頭銜隨身攜帶。人性的隱祕與醜陋無時無刻不在動盪著她們的決心，考驗著她們的耐力，最好的選擇也許就是服從命運的召喚，頭戴荊棘王冠，小心翼翼地徘徊在藝術與世俗的交界線上，直至生命的盡頭。

這便是作為一位大師遺孀避無可避的責任，也是命運賦予她們的最極致的悲愴。

蓮澗雨　陳思蒙

那些飄落的愛情與掙扎的自我

俄羅斯白銀時代女詩人

十九世紀末二十世紀初，在本土傳統和西方文化的撞擊下，俄羅斯文化出現了一個創作大繁榮的時代——「白銀時代」。在這個被稱為「文藝復興」的白銀時代，繼以普希金為首的黃金時代後，俄羅斯詩歌又一次出現了精神的噴湧和浪花飛濺。這些詩人的存在就像天鵝，她們有著高傲的靈魂，堅信「美」能引領生活，在迷惘與企盼、彷徨與觀望中，這些孤獨而高貴的靈魂，被動盪的時代所喚起，又被時代的動盪所埋葬。

今天，我們閱讀安娜・阿赫瑪托娃、瑪麗娜・茨維塔耶娃、季娜依達・吉皮烏斯三位白銀時代女詩人的一生，看到的是人的尊嚴，藝術的尊嚴。她們的才華，她們一生的遭遇，已變成俄羅斯精神的象徵。

詩歌之所以美麗，是因為它浸透了詩人的血和淚。

安娜、瑪麗娜、季娜依達三位白銀時代的女詩人，已成為俄羅斯精神的象徵。

安娜·阿赫瑪托娃：白銀的月亮凝立如冰

在搜集資料時，才發現 2009 年是她誕辰一百二十週年了。1989 年，為紀念這位白銀時代的月亮一百年誕辰，聯合國教科文組織將這一年定為「阿赫瑪托娃年」。她開創了璀璨白銀時代最重要的詩歌流派，她為整個俄羅斯民族留下了歷史的真相，她是第一個將〈離騷〉翻譯成俄文的作者，諾貝爾文學獎得主約瑟夫·布羅茨基自認是她文學上的遺孤——安娜·阿赫瑪托娃 (Anna Akhmatova)，白銀的月亮凝立如冰，燦爛地照耀著整個身處的時代。

1966 年 3 月 4 日的夜晚極其幽靜，安娜·阿赫瑪托娃整晚一直伏在案頭寫詩。事實上整個春天她都感覺心臟疼痛頻發，畢竟她已經七十七歲了。

窗外的大雪無聲無息地落下，電話緘默，只有回憶的聲音在腦海的深層發出清晰的聲響。巴甫洛斯克公園松林的銅十字架、莫斯科大爐子的熱空氣、輪船的螺旋槳……，有關過去的聲音、呼喚、味道都捲著記憶走向事件發生的彼時彼地。在這時時都感到是「最後的時光」裡，她仍然獨自一人品味著生命中美好和悲哀的一切。

俄羅斯的高貴

1889 年 6 月，安娜・阿赫瑪托娃在黑海沿岸的小別墅裡出生。童年時期，小安娜就跟隨父母移居普希金的故鄉皇村。悠遠的詩歌傳統孕育了她最初的詩情。十一歲那年，她就在媽媽記錄家庭支出的本子裡開始寫自傳，並嘗試寫出了第一首詩。後來，因為父親反對使用真姓「戈連科」(Gorenko) 發表詩歌，於是安娜就選擇了外祖母的姓氏作為筆名，阿赫瑪托娃，這個姓氏來自成吉思汗後裔韃靼族，安娜外祖母的母親是韃靼可汗的郡主。

安娜的美成為眾多詩人、畫家靈感的來源，她是詩人的繆斯、白銀時代眾星捧月的月亮。

安娜真正開始在詩壇嶄露頭角，是在二十歲嫁給了詩人古米廖夫 (Nikolay Gumilev) 以後。是古米廖夫將她帶入了這個活躍的文藝圈，他們一起創建了白銀時代最重要的詩歌流派「阿克梅」，只是在那次彼得堡著名的「塔樓」聚會之前，人們對安娜更習慣的稱呼是「詩人漂亮的妻子」。而在那次聚會上，人們邀請漂亮的「詩人妻子」也朗誦一下自己的詩歌。拗不過眾人的熱情，安娜略帶羞澀地站了起來，吟誦了〈最後相會的歌吟〉，「胸口是那麼無助地冷卻，而我的腳步卻那麼輕快。我把左手的手套 / 往自己的右手上戴。 / 彷彿感到臺階無數地多， / 可我分明記得它總共才三級！……」

這首清新奔放的小詩讓所有在場的人都大吃一驚，曾經嘲笑安娜「過於浪漫」的詩壇前輩伊萬諾夫甚至放下了以往的傲慢，激動地走到她的面前，一邊吻著她的手，一邊興奮地說：「這首詩的誕生是俄羅斯詩歌界的一件大事！」

此後，安娜經常與丈夫一起出入各種文藝場所，在眾多藝術家聚集的「流浪狗俱樂部」裡，安娜幾乎成了一道獨特的風景。她的肩膀上總是搭著一塊玫瑰紅的披巾，穿著高腰的絲裙端坐在壁爐邊，神色凝重而高傲，纖巧的手指夾著一根香菸，不時發出幾聲咳嗽，冷靜地獨自觀望喧鬧的眾人。這不就是一幅活脫脫的古希臘女神像嘛！安娜的美逐漸成為眾多詩人、畫家靈感的來源，她所特有的俄羅斯的高貴使得眾多的仰慕者終日圍在她身邊，紛紛為她作詩作畫，其中以阿爾特曼和莫迪里阿尼創作的最為著名。至今阿爾特曼所畫的《安娜・阿赫瑪托娃像》仍被收藏在俄羅斯國家博物館裡。

比她的美貌更令人吃驚的是她的才華，1912 年安娜在自己的兩百首詩中挑選出四十首，結集出版了第一本詩集《黃昏》。諸多詩人紛紛發表評論，評論家們甚至覺得，「《黃昏》更像是俄羅斯詩歌創作的早晨」。1914 年，安娜的第二本詩集《念珠》出版，雖然六個星期後，俄國對德國宣戰，詩集即被停售。可就是在這樣戰亂的情況下，《念珠》仍然受到了讀者的熱烈歡迎，評論界認為她是「普希金傳統的最理想繼承人」，民間甚至興起了以《念珠》中的詩句做接龍的遊戲，一位革命黨人說：「如果有人送我一冊《念珠》，我就是在獄中待上一段時間也願意。」隨著第三本詩集《白色群鳥》的問世，安娜在詩歌界獲得了更高的聲譽。與普希金的「黃金時代的太陽」相呼應，安娜・阿赫瑪托娃日後被封為「白銀時代的月亮」。

一生中最重要的事

在安娜的詩歌作品裡，「愛情」是最重要的主題，她的美貌和才情吸引了無數的追求者，然而她的愛情卻充滿了波折和痛苦。

十月革命前後，許多藝術家紛紛選擇流亡國外，可是安娜卻毅然決然地留在了俄羅斯，她宣稱「永遠不活在異國的天空下，永遠不活在別人的憐憫中」。而後一句，冥冥中似乎也成為了安娜日後生活的注解。

1921 年，前夫古米廖夫因莫須有的「反革命罪」被槍決。本性柔弱的安娜將所有的悲憤都傾注在詩歌裡，評論界的熱烈討論加上前夫罪名的牽連，使得安娜從二十世紀 1920 年代中期開始，所有詩歌都被禁止發表和出版，本人也被禁止出入公眾場合。單純迷戀詩歌的安娜不知道時代的洪流要將她沖擊到哪裡去，可是，在三十五歲就被迫提前退休的歲月裡，她攥著只夠買火柴的養老金，仍然裹著深色披肩，緊抱雙臂，頭髮挽於腦後，神態舉止依舊是宛若女王的貴婦。

在被命運鞭笞時，她的模樣從不難看，而且愛情更奇怪地眷顧了她。1922 年，安娜患了嚴重的肺結核，多年的朋友、平時總是容易發怒的文藝批評家普寧 (Nikolay Punin) 來到她的床榻邊。他細聲細語地關懷她的病情，之後遞上一條熱毛巾，臨走時，他說「我會再來的」。之後，沒多久，她就被普寧接回了他的住處，可是開了門卻看見他的妻子阿蓮斯。家裡有兩個女人，卻只有一個男人。她和普寧一個房間，阿蓮斯和女兒睡在另一個房間，他們就這樣一起生活了整整十五年。

物質和精神的雙重掙扎，使得與普寧之二女共事一夫的事實一直成為詩人心中的隱痛。而 1945 年的那場驚世之戀，則徹徹底底將她帶進了苦難的深淵。

那是 1945 年冬天一個飄雪的夜晚，一間沒有窗簾的小屋子裡，穿一身舊衣服的安娜正在和一名女訪客談話。有人敲門，她起身，開了門。這一開，就是與年輕自己二十歲的英國學者、日後被評為二十世紀最著名思想家的以賽亞・伯林 (Isaiah Berlin) 的傳奇愛戀，同時請進來的還有「集淫蕩與禱告於一身的蕩婦兼修女」的官方判詞和被作家協會除名的沉重苦難。

伯林在那間月光映照的小屋，用一種英式紳士俄語，向她表示由衷的敬意。安娜則用溫柔而華美的類詩體慢節奏，講述一件件令他嚮往和驚詫的「家常」。不知被什麼情緒驅使，她在那個寒冷靜謐的夜晚，一下子就把這個陌生拘謹的英國人，視為心中最可親近的人。而伯林也不知受什麼影響，渾然忘記了英國外交官的身分，和這位不平凡的俄國女人，一邊分吃一小盤清水煮馬鈴薯，一邊「進行著人的一生中只可能發生一兩次的最純粹交流」。當冬日和煦的陽光把小屋照得四處透亮，伯林和安娜才戀戀不捨地分開。那時已是第二天上午 10 時許，他們傾談並共處了十三小時。心情激蕩的伯林，神魂顛倒地步行返回賓館，到了賓館，他一頭倒在自己的床上，嘴裡念著：「我戀愛了！我戀愛了！」列寧格勒之行，能見到「俄羅斯的高貴」，成為伯林一生「最令人激動的事情」。

一個半月後，伯林奉調歸國。與安娜分別時，他們怔怔地望著對方，既沒有擁抱，也沒有承諾。因為兩人都很清楚，這是一次永無結果的相聚。兩年後，冷戰開始。他們被迫站到兩個世界。

而安娜・阿赫瑪托娃的苦難也同時達到了最頂端，繼安娜被作家協會除名後，1949 年秋季，她的兒子和相依了多年的普寧，先後被捕，普寧更是在 1953 年死在了流亡地。她則每日處在嚴密的監視之中，必須每天走到窗口兩次，以便被驗證沒有自殺。安娜明知這一系列悲劇都與伯林有關，卻毫不後悔，並多次堅決拒絕「主動」出國。她依然每日坐在自己的書桌前，孜孜不倦地撰寫著不朽的俄羅斯自由詩篇。

哀泣的繆斯低聲淺吟

苦難不是經歷了什麼，更在於感受了什麼，思考了什麼。如果沒有那足足十五年不許「從大地上爬起」的經歷，安娜・阿赫瑪托娃依然是一個擅長寫愛情詩的作家，然後藉由這些命運的鞭笞，俄羅斯哀泣的繆斯浴火重生，低聲吟唱出感動整個歐洲的《安魂曲》。

安娜・阿赫瑪托娃一生的代表作《安魂曲》是在那個苦難的時代寫出的。上世紀 1930 年代，大清洗。她的兒子列夫因受父母牽連，在 1931 年再一次坐牢。安娜憂心如焚，為了探視兒子，她在探監隊伍裡排了整整十七個月的隊！ 在一次排隊時，一位婦人認出了她，她站在安娜身後，湊近她的耳朵，低聲問：「您能描寫出這兒的情形嗎？」她回答說：「能。」婦女的臉上浮起一絲會心的笑意。

安娜清楚自己作為詩人的使命，那就是講真話，讓俄羅斯聽到真實情況，不管多麼可怕。也正因此，這位白銀時代的月亮受到後世的敬仰。圖為俄羅斯民眾拜祭安娜雕像。（圖片出處／達志影像）

在 1935 年至 1941 年期間，國難家仇萃於一身的安娜・阿赫瑪托娃成就了她最重要的代表作《安魂曲》。這是一部真正具有人民性的作品。在人人自危的恐怖年代，安娜用組詩《安魂曲》讓人道主義發出了最強音。「在這類痛苦面前／高山低頭、大河斷流／但牢門緊閉／『苦役的洞穴』／和催命的焦愁藏在門後……。」它不僅是一部關於自己的命運、自己兒子的命運的作品，而且也是一部關於整個民族背負十字架苦難的作品。在相當長的一段時間裡，《安魂曲》主要依靠民眾口口相傳才得以保存。據說，當時為了保存這部作品，安娜不得不像生活在荷馬時代一樣，寫完某些片段，便給自己最可靠的朋友朗誦，然後由後者背誦，在腦子裡「存檔」，再毀棄手稿。在沒有電腦的時代，被人腦存檔的《安魂曲》，直到 1987 年，安娜・阿赫瑪托娃去世二十一年後，才得以全文發表在《十月》雜誌上。

各種榮譽在安娜生前就已經開始向她走來，蘇聯、歐洲的各界人士爭先拜訪她，以至於她的家門口常常排滿長長的隊伍。1964 年，她借了托爾斯泰遺孀的衣服去義大利領取文學獎；1965 年，與伯林相識二十週年，經以賽亞・伯林親自提名，牛津大學授予俄羅斯唯一自沙皇時代享譽至今的偉大詩人——安娜・阿赫瑪托娃名譽文學博士學位。患有嚴重心臟病的安娜，力排眾議來到倫敦，實現了與伯林在人間重逢的心願。

可是僅僅一年後，1966 年 3 月 5 日清晨，安娜・阿赫瑪托娃死於心肌梗塞。在她漫長的人生裡，經歷了兩次世界大戰、熬過了冷戰，有足足十五年，不許「從大地上爬起」。她承受了比一般人更為深沉的痛楚，卻總能忍耐著挺過來。即使是在政治恐怖的年代，貧困的安娜依然固守著知識分子的雍容風度，因為她自始至終都清楚自己作為詩人的使命，那就是講真話，讓俄羅斯聽到真實情況，不管多麼可怕。

瑪麗娜・茨維塔耶娃：孤單夜鶯的絕唱

瑪麗娜・茨維塔耶娃 (Marina Tsvetaeva) 似乎生而

為詩歌，她六歲便開始寫詩，十一歲成集，十八歲時就已出版了第一本詩集。這位白銀時代的夜鶯除了與生俱來的詩歌才華外，她的經歷也充滿了詩意的情節：那些浪漫中鍥入的坎坷、溫柔中醞釀的風暴、忠貞下的屢屢背叛……。瑪麗娜・茨維塔耶娃，她作為一個詩人而生，並且作為一個人而死。

1941 年 8 月 31 日，蘇聯韃靼自治共和國葉拉布加鎮一間茅草房裡傳出一聲尖叫。

一位俄羅斯老婦人，癱倒在門口，在她的正對面，一個俄羅斯婦女懸掛在窗口，脖頸上套著一根生銹的鐵環，腳下橫著一張凳子。

老婦人趕忙叫人把她從鐵環上抱下來。可是婦女早已斷氣。

「好好的人為什麼要自殺呢？她的粥還沒有喝完呢！」老婦人開始為她整理遺物。陳舊的被子，陳舊的蚊帳，陳舊的拖鞋，床頭一堆陳舊的衣服，「她怎麼連一件像樣的衣服也沒有」。

幾天過去了，屍體依然沒有人認領。她就被一張草席裹著，匆匆入土，埋葬。

俄羅斯的瑪麗娜就這樣徹底消失了。很多年以後，諾貝爾文學獎委員會主席埃斯普馬克說：「她沒有獲得諾貝爾文學獎，既是她的遺憾，更是諾貝爾文學獎的遺憾！」

她，瑪麗娜・茨維塔耶娃，一個旋轉著自燃的愛人，一個天才的詩人，一個時代的孤兒。

「我生來就只能寫詩」

天性敏感的瑪麗娜生於一個藝術之家，父親是莫斯科大學藝術史教授、普希金國家造型藝術博物館的創始人，母親則有很高的音樂天賦，是著名鋼琴家魯賓斯坦的學生。有著這樣的出生背景，瑪麗娜坦言：「我生來就只能寫詩。」

小瑪麗娜六歲便開始了詩歌練習，充滿靈性、崇尚高貴美的她，早在母親第一次帶她去看歌劇時就預言了自己的愛情。她愛上了戲中的葉甫蓋尼・奧涅金和塔吉雅娜，愛上了他們的愛情，並開始了自己的尋找，「我恰恰是從那一刻起便不想成為幸福的女人，為了我心中不幸的、不能實現的愛情的全部激情。」

瑪麗娜十六歲時暗戀上了年長自己許多的大學生，因為遭到拒絕，她拿了把手槍站到校慶舞臺上試圖自殺，幸虧槍內裝的是一顆啞彈。她沒有征服那個男孩，可是，卻開始了對俄羅斯詩壇的征服。1910 年，十八歲的瑪麗娜自費出版了第一本詩集《黃昏紀念冊》。那充溢的靈感和豐富的想像力，不摻雜一絲匠氣，這本薄薄的「紀念冊」如同不合軌道的彗星，撕開俄羅斯文學星空的序幕，震撼了整個俄羅斯的詩人世界。各個詩歌流派的領袖紛紛向她伸出友誼之手，象徵主義詩歌領袖寫文章稱讚她；「阿克梅派」創始人說她有「阿克梅」的靈魂。可是這位天才拒絕與任何流派扯上關係，因為她更加崇尚普希金所推崇的自由，她自信自己就是一個整體，她不需要屬於這個派別，也不用屬於那個團體，她註定是要屬於所有的世紀。面對她的奇襲，詩人們只能折服，莫斯科第一詩人沃洛申 (Maximilian Voloshin) 親自登門拜訪，誠懇

畫家筆下的瑪麗娜神采奕奕，清麗脫俗。

地讚揚她：「你不是在詩歌中思考，你是生存在詩歌中！」

十九歲時，瑪麗娜自動放棄學業，專攻詩歌創作。隨後，她接連出版了兩部詩集，鋒芒更勁，成為詩壇一道獨特的風景。也許是懼怕成為不幸的女人，同一年瑪麗娜閃電式結婚，丈夫謝爾蓋・艾伏隆 (Sergei Efron) 是民粹主義領袖的兒子，天性柔弱，這椿婚姻雖從一而終，卻也夾雜著說不盡的苦難與傷痛。

「吻過我的人，都將會失去我」

愛情是瑪麗娜·茨維塔耶娃生活的空氣，她不會與丈夫離婚，同樣她也不會停止追求別人，與其說瑪麗娜追求的是愛情，毋寧說她更追求的是張開自己的靈魂之翼。因為瑪麗娜從不活在自己的唇上，「吻過我的人，都將失去我」。

瑪麗娜·茨維塔耶娃有多少情人？誰招架得住她那近似瘋狂的愛情？這似乎是個無解的問題。在丈夫艾伏隆的眼裡，沒頭沒腦地投入感情風暴是她的絕對需要。有了愛情，她的靈感就像地下湧出的泉水，源源不斷地撫慰著缺乏安全感的心靈。婚後不久，她就愛上了大自己七歲的女詩人索菲婭·帕爾諾克，進而寫下了一生中最出色的組詩《女友》。可是沒多久這段感情就被鄰居家的兒子打斷，繼而是苦悶的詩歌愛好者、衰落的貴族男爵……。丈夫再也無法忍受，報名參加戰地醫護，遠走他鄉，可是在貧困交加、女兒嗷嗷待哺的生活中，她依然不改自己的追逐。後來她的女兒總結說：「她的一生只愛過兩個人，這兩個人她一直沒愛夠，我父親和你。」這個「你」就是不敢領取諾貝爾文學獎的《齊瓦哥醫生》小說作者巴斯特納克。

巴斯特納克把他們的關係稱作「初戀的初戀」，「我如此愛你，似乎在生活中只想著愛，想了很久很久，久得不可思議」。他們由始至終保持了十四年的通信，正式見面的次數卻只有屈指可數的一兩次。當得知她欣賞的詩人中也有隱居瑞士的里爾克 (Rainer Maria Rilke) 時，他馬上寫信介紹他們相識，於是他們三人之間開始了頻繁的通信,世界文學史上最奇特的三人戀情由此形成。1926年間,在十月革命後被迫流亡法國的路上,在瑪麗娜獨自承擔著小女兒被餓死的憂傷,並要照顧起重聚後病重的丈夫時,她與世界上最具才華的兩個人談著這場曠世的精神之戀。他們所有的親吻和擁抱都停留在紙片上,九個月裡三人間源源不斷的通信,直至里爾克生命的最後一刻才告終結。

瑪麗娜在寫給里爾克的第一封信裡,激情就迅疾燃燒過去,「萊納・馬利亞・里爾克!我有權這樣稱呼您嗎?須知你就是詩的化身……我愛您——勝過世上的一切」。里爾克那顆近乎衰竭的心被瑪麗娜「雄壯的美麗」點燃了,這位偉大詩人的獻詞也意味深長,「我們彼此接觸。用什麼?用翅膀。/我們從遠方締結著自己的姻親」,「我接受了你,瑪麗娜,用整個的心靈,用我全部的

在丈夫眼裡,沒頭沒腦地投入感情風暴是瑪麗娜的絕對需要,是她生活的空氣。

意識……，你的心靈之流在湧向我」。里爾克的回信更讓她激情澎湃，她想去見里爾克，雖然掙扎在流亡的貧窮中，連路費都要伸手向里爾克討，可卻依舊難以遏制她的期盼，「我想去見你……我想和你睡覺——入睡，睡著……單純的睡覺。再也沒有別的了。不，還有，把頭枕在你的左肩上，一隻手摟著你的右肩……還有：要傾聽你的心臟的跳動。還要——親吻那心臟」。

就在瑪麗娜向著瑞士傾訴時，她同時傾聽到來自莫斯科的淩亂的腳步聲——那是巴斯特納克非常克制的妒意。他開始在信中更多地談起了她的詩，他表示自己對她的理解如同自己。敏感的巴斯特納克抓住一個絕望的驚嘆號：「原來，我只是一個我，這叫我多麼悲傷……。」

藉由這場精神之戀，瑪麗娜、里爾克、巴斯特納克三人抵達了人生激情的高峰。也就是在這一年，里爾克完成了生平最重要的作品《杜依諾哀歌》和組詩《致奧爾弗斯的十四行詩》。而三人的書信也成為文壇最激動人心的三重奏，日後被集結成《三詩人書簡》屢屢再版。

不能在那裡，又不適合這裡

自從十月革命勝利後，瑪麗娜就隨著丈夫「白軍」的身分被不由自主地捲入了流亡海外的大軍。她拖著生活留給她的支離破碎不斷選擇新的棲息地：布拉格、柏林、巴黎。

巴黎，俄羅斯流亡文藝家的聚集地。他們一家來到這裡，因為他們是標準的流亡人。她在為自己尋找靈魂上相通的人群，尋找她的「這裡」。可是因為不願反蘇，瑪麗娜漸漸被移民圈視為異

生來就只為寫詩的瑪麗娜最後無家可歸，落魄困頓，迅速蒼老，讓人唏噓。作為一個人，她選擇了懸樑自盡。

己，連過去爭相發表她作品的報刊也拒絕刊載她的文章。她越來越清楚自己的聲音是向著「那裡」的。隨著時間的推移，她的俄羅斯越來越讓她想念，想念得發狂。

所以在 1935 年，當一直身在俄羅斯的巴斯特納克來到巴黎參加反法西斯大會時，在他提著大大小小的禮物，花了半天時間才終於找到她狹小的房屋時，進門的剎那，他哭了，她也哭了。她死死地抱住這個來自俄羅斯的戀人，她終於見到了這個世上唯一還能愛她理解她的男人。

巴斯特納克沒想到他的瑪麗娜過得如此艱難。她臉色蠟黃，眼袋下垂，身體枯萎，儘管穿了一件她所能尋找到的最好的衣服，卻仍舊遮蓋不了她的尷尬處境。她向他哭訴：「我要回到那裡!」「我的文字在那裡可能像高爾基 (Maxim Gorky) 說的沒有『政治態度』，不存在價值，但是，至少我可以靠我的雙手，幹點苦力，維持生活。那裡還有我的地方吧？我還能回到那裡吧？你會幫我嗎?」他沒有說話，把目光轉向一邊，「別回俄羅斯，那裡太冷，到處都刮穿堂風。」可惜瑪麗娜沒有聽懂這話的含義。

1939 年，她終於返回了日思夜念的俄羅斯。她要在那裡開始新生活了，她滿懷希望地盤算著。可是僅僅過了兩個月，毀滅性的打擊便接踵而至：女兒 8 月份突然被捕，緊接著重病在身的丈夫也被抓走。瑪麗娜從貧困的流亡中走進徹底無助的黑暗邊緣，「那裡」把她的俄羅斯連根拔起，然後，送給她一個標籤：無家可歸!

1941 年 8 月，那一天大雨滂沱，她打著破舊的雨傘，來到作家協會申請宿舍!「我來申請一間宿舍。」她矗立雨中，敲響了接待處的窗子。漆黑的窗裡傳出嘶啞的聲音:「你叫什麼名字?」「瑪麗娜・茨維。」許久，那個嘶啞的聲音說:「沒有住房，連一平方公尺都沒有!」

然後她流亡到了邊城葉拉布加。沒有錢，她來到汙水橫流的作協飯店。「你要幹什麼?」兩個老女人露出黑色的牙齒發問。「我想做洗碗工。」她膽怯地回答。「我們不需要!」

還能怎麼樣?「生活：刀尖，……她等待刀尖已經太久!」很久很久以前的詩句如今卻成了她一生的讖語。然後，四十九歲的她，作為一個人，選擇了懸樑自盡。

1992 年，諾貝爾文學獎獲得者約瑟夫・布羅茨基在一次國際研討會上稱「瑪麗娜・茨維塔耶娃是二十世紀最偉大的詩人」。有人問,「是俄羅斯最偉大的詩人嗎?」「不,是全世界最偉大的詩人!」

季娜依達・吉皮烏斯：謙卑蟄伏在我高傲的杯底

她與安娜・阿赫瑪托娃並稱為俄羅斯白銀時代詩壇的莎孚 (Sappho)；她的創作引領抒情的現代主義整整十五年的歷史；她一手推動著流亡巴黎的俄國僑民文化的繁榮，有人說她是妖精，有人稱讚她是頹廢派教母，然而自始至終她都是季娜依達・吉皮烏斯 (Zinaida Gippius)，一個矛盾複雜、特立獨行的女詩人。

「我的失敗，真誠地歡迎你！ / 我愛你，正如我對勝利的眷戀；/ 謙卑蟄伏在我高傲的杯底，/ 歡樂與痛苦原本是一體相聯。」在吉皮烏斯的所有詩歌創作中，〈乾杯〉這首詩傳達出了她整個思想的淵源——宗教。

1869 年 11 月 8 日，吉皮烏斯誕生於圖拉省別連瓦城一個貴族家庭，父親的遠祖屬於十六世紀移居莫斯科的德國僑民，母親則是一名迷人的西伯利亞女郎。童年時代，吉皮烏斯就顯得與眾不同，她經常穿著一件玫瑰紅的短毛衣，從不扣上衣服的最後一粒鈕釦，面部表情永遠嚴肅而孤傲，極少與人交往，一直沉溺在自己的內心世界之中。

這種異常的舉止很大程度來自吉皮烏斯憂鬱的天性。與其他孩子愛慕父母那種純粹的天倫之愛不同，她的愛摻合著太多虔敬

吉皮烏斯是最具宗教感的詩人之一，她把寫詩看成是對上帝的祈禱。

的成分，到了近乎宗教崇拜的邊緣。由於父親的堅決要求，稍長一些的吉皮烏斯被送進了基輔學院。可是，她無法承受這種親人離別的悲傷，以致於幾乎所有的時間都不得不在學院的附屬醫院度過。顯然，對這位略帶神經質的少女來說，每一次離別都無異於一次深刻的死亡。而在她剛滿十一歲時，父親的因病去世，更是給她烙下了深深的創痕。十一歲的小姑娘第一次體驗到死神那掌控一切的威懾力，她在學校裡變得越來越沉默，像一個「懷著大悲哀的小人兒」。

1889 年，二十歲的吉皮烏斯嫁給了著名作家德米特里・梅列日柯夫斯基 (Dmitry Merezhkovsky)。與其他詩人的浪漫多情不同，他們的婚姻更像是一場同志式的結盟。婚禮的現場很簡單，婚慶完畢的當晚，這對新人依然各自進行自己早已成為習慣的閱讀。然後，新郎睏了，起身，回到自己的旅館，而新娘則倒頭便睡，全然忘記了自己已經嫁為人婦的事實。直到第二天清晨，母親來敲門：「你還在睡，你的丈夫已經來了。快起床!」這便是吉皮烏斯新婚生活的開端，對從小個性獨特的吉皮烏斯而言，精神上的眷戀遠遠大於肉體的親近。自從那一年結婚以後，他們在一起生活了五十二年，沒有分開過一次，也沒有分離過一天。

在整個俄羅斯詩歌史上，吉皮烏斯或許稱得上最具宗教感的詩人之一。她把寫詩看成是對上帝的祈禱，「詩我寫得很少，只有在不能不寫的時候我才寫」。1904 年，吉皮烏斯出版了第一部詩集《詩集 1889～1903》。這部詩集收入了很多在當時驚世駭俗的作品，「我既沒勇氣死，也沒有勇氣生／……上帝離我很近／我卻不能祈禱，我渴望去愛／又不能付出愛情」，「我追求我一無所知的東西，……我追求的東西呀，這世界上沒有」。她描述孤獨、愛、死、個性，人的無力感和漂泊無依。而這則與當時的社會背景有關。

吉皮烏斯厭惡沙皇的專制和官僚的腐敗，她發自內心地渴望自己的祖國能夠出現變動，希冀從革命中創造一個新俄羅斯。為此，她熱烈歡呼 1917 年二月革命的來臨。可是，現實的粗鄙、暴力和血腥與她的理想差距很遠，她不久就感到了失望。所以，她根本無法接受隨之而來的十月革命。她與投身革命的朋友決裂，痛恨他的改弦更張，且將親自登門拜訪提議她出版詩集的高爾基，三番五次地「請」出了家門。

1920 年初，吉皮烏斯與丈夫偷渡出境。此後，他們便一直僑

謙卑蟄伏在我高傲的杯底，歡樂與痛苦原本是一體相連。
——吉皮烏斯

居巴黎，在法國舉辦沙龍「文學星期天」，沙龍裡集聚了一大批僑民知識界的精英人物，推動了俄羅斯僑民文學的第一個浪潮。

在巴黎，吉皮烏斯是老妖精式的人物。她總是一副睥睨一切的神態，彷彿君臨天下，同誰打招呼都是一種恩賜。她喜歡戲弄別人，以樹敵為樂，這當然是最有效的突顯自己的方式。當吉皮烏斯攻擊起人來，則是極為惡毒。對於十五歲剛剛出道的納博科夫，她就毫不掩飾厭惡之情，斷言他「是個毫無文學前途的平庸之輩」。上帝的信仰使得吉皮烏斯認定自己是特殊的人，該是眾人崇拜的對象。她仇恨布爾什維克，在二戰時希特勒進攻蘇聯時，曾與丈夫公開表示支持，讚譽那是又一次「十字軍東征」。如此極端的思想，使得到了上世紀 1980 年代末，蘇聯詩人想要在雜誌上發表吉皮烏斯的詩時，書刊檢查機構都堅決不批准。詩人神通廣

在有關吉皮烏斯的畫作中，她的形象更似惡毒的黃蜂，以樹敵為樂，曾斷言納博科夫「是個毫無文學前途的平庸之輩」。

大，電話竟打到了蘇共中央主管意識形態的領導那裡，主管一聽見吉皮烏斯的名字，彷彿被開水燙了一樣，連聲喊道：「反蘇分子，反蘇分子，不能發表！」已經過去了那麼多年，吉皮烏斯惡毒的形象在自己的家鄉仍然沒有改觀。

如果說她曾流露過些許的溫柔，那也體現在 1945 年 9 月 9 日，吉皮烏斯臨死前寫的一首詩裡：「通了電的電燈線啊，光明是它們最溫柔的墳墓。」冷冽之中，倒是有了點溫柔的纖維。

由十九世紀末到二十世紀初，俄羅斯白銀時代燦爛的星空裡，安娜・阿赫瑪托娃、瑪麗娜・茨維塔耶娃、季娜依達・吉皮烏斯，她們以自己的獨特個性，用自己的信念，甚至生命，抒寫著那只屬於個人的、永不再來的白銀時代。

阿來　周瓦　汪劍釗

女人讀經典

十本經典小說串起的情感瞬間

不知你是否還記得很久之前翻過的那些經典小說，《簡愛》、《咆哮山莊》、《傲慢與偏見》……，一個個閃亮的名字串起的是我們最初懵懂的情感歲月。書中的情感觸發著我們內心最隱衷的機關。曾經也為主角的情感聚散感動落淚，也為書中人的柔情蜜意動容展顏。現在回過頭再看這些書架上的經典小說，它們仍靜靜地閃爍著微暗的光，折射出我們當下的心情。

閱讀中的女人

作家卡爾維諾 (Italo Calvino) 在〈為什麼讀經典〉一文中精闢地詮釋了何謂「經典作品」——「對讀過並喜愛它們的人構成一種寶貴的經驗；但是對那些保留這個機會，等到享受它們的最佳狀態來臨時才閱讀它們的人，它們也仍然是一種豐富的經驗。」那些在我們青春歲月看過的小說都曾帶給我們閱讀的樂趣，歲月與閱歷似乎已將其淡化，然而事實是，當我們處在人生成熟的年齡，以自身擴展了的眼光和心智再次閱讀，仍能從中品出獨特而豐富的滋味，並從當下的角度發現更多以前不曾注意到的細節與美。因為經典，是可以不斷重溫的。

《小婦人》：青春期道德指南

整部《小婦人》(*Little Women*) 都流露出一種溫婉與優雅的感覺，女孩們對任何事都保持著積極樂觀的態度，在人生成長的道路上，始終以自我修養的完善為人生座標。

〔美〕露易莎・梅・奧爾科特著　1869 年首次出版

情節簡單而溫馨感人的《小婦人》，最早可能是因為同名動畫片為我們所熟知。看過的人，大都會被其親切平實的故事風格、故事中包含的人間溫情所打動。我們讀《小婦人》，會有一種甜蜜而溫暖的感覺，書中描寫的家庭瑣事如此親切真實，親人間的感情又如此溫柔細膩，整本書令人感覺明淨而舒適。一百五十年前

露易莎・梅・奥爾科特 (Luisa May Alcott)

美國小鎮上一個充滿溫馨與歡笑的家庭，家中性情各異的四姐妹，展現了一個精彩的少女世界，很容易引起女性讀者的共鳴。

雖然《小婦人》一直被定位為兒童文學，事實上它是從少女的角度，述說成人世界的道德標準，反映當時婦女的自立問題。馬區一家家境雖不富裕，卻從未因此消沉；生活中不乏困擾，卻從未喪失精神世界的富足與美好。四姐妹由於性情各異、理想不同而時有摩擦、衝突，但她們依然在互助互勉中漸漸成長、成熟。父親是戰地牧師，母親既像保姆又像家庭教師，每每在女兒失誤莽撞之後搬出《聖經》等道德訓誡教育、感召，目的便是規範女兒的言行，使之成為受人歡迎的完美女性。所以整部《小婦人》都流露出一種溫婉與優雅的感覺，女孩們對任何事都保持著積極樂觀的態度，在人生成長的道路上，始終以自我修養的完善為人生坐標。小說既強調她們的個性，又表現出她們的自我約束，旨在培養善良、無私、自尊、寬容、堅韌……這些永恆的美德。而這些行為規範，也成為日後美國中產階級的道德基礎與價值取向。

永不褪色的純真

《小婦人》的作者奧爾科特以自身的經歷為藍本，塑造出了無與倫比的喬・馬區。我們都喜歡喬，她與眾不同、率性自主，在姐妹中總是最有故事的一個。書中前半部分的喬是個多麼鮮活的形象，真實而叛逆，然而故事的結尾，卻讓熱愛她的讀者失望——孩子長成大人，假小子變身為溫柔淑女。喬的身上集中體現了自然生長的天性與社會約束之間的矛盾：既希望獨立自主、做

1933 年《小婦人》的故事首次被搬上銀幕，將書中四姐妹的故事演繹得生動傳神。此後這個題材也曾被多次翻拍，圖為 1949 年版電影的劇照。

真實的自己，又希望成為社會生活中討人喜歡的成熟「小婦人」。

《小婦人》是那種能把讀者帶入故事中的小說，我們或許都曾希望自己如大姐梅格般溫柔堅強，像喬一樣灑脫自如，像貝絲那樣聰慧嫻靜，我們不喜歡艾美的任性，卻不得不承認她卻最具備現實而成人化的頭腦。以當代的眼光看，艾美也是社會中最吃得開的一位，她的行為舉止、處事方式，儼然一位優雅、成熟的「社交女王」。

在我們的少女時代，尚未被種種社會規範約束的時候，我們都希望按照自己的意願活下去，如同少女喬，熱愛寫作所以努力寫下去；做不來甜美乖乖女，就大大咧咧、直來直去。然而，我們在成長的道路上，卻不知不覺向艾美的形象靠攏：渴望討人喜歡，渴望像許多「成功女性」那樣優雅圓熟。我們真實的自我往往被我們扮演的社會角色所掩蓋。上帝創造女人，社會中的女人卻是由她所處的文化與時代背景共同製造的。電影《超完美嬌妻》中的故事就是一個極端的案例。

當我們經歷過人生風雨，重讀《小婦人》，除了依然喚起心中的溫存，我們還會放輕好惡，更能理解書中的四姐妹。這本書並不僅僅如我們年少初讀時那樣單純美妙，我們從中還會讀到種種難言而無奈的矛盾：自然天成與社會約束的矛盾，自我實現與自我犧牲的矛盾，個人理想與家庭責任感的矛盾……。就像喬的結局留給我們的遺憾，儘管她得到了世俗認同的幸福生活，我們內心深處仍希望她還是那個不忘初衷的最純真的少女：自由、勇敢、無拘無束、從心所欲。

名句摘錄：

「玫瑰能夠代替珠寶成為貧窮女孩身上的最好裝飾，因為，只有自然才是最好的。」

「心靈空間是那麼大，我的心總是那麼不知足地敞開著。」

相關閱讀：

露西・莫德・蒙哥瑪利：《綠色屋頂之家的安妮》

珍・奧斯汀：《曼斯菲爾德莊園》

《簡愛》：倔強愛情的勝利

簡愛對愛情熱誠而專一，從不因處境的變化而動搖；更可貴的是她在愛情中也始終保持清醒，絕不被愛沖昏頭腦，執著追求兩顆心的平等結合。

〔英〕夏綠蒂・勃朗特著　1847年首次出版

一如我們印象中的英倫天氣，雲層很低，陽光溫暖不了風中的寒意，空氣潮濕而清冷，《簡愛》(*Jane Eyre*) 給人強烈的冬天的感覺，「遠處是一片灰濛濛的霧靄，眼前是濕淋淋的草地和風雨中的灌木叢……綿綿不停的雨……刷刷地飄向遠方。」《簡愛》給人如此深刻的印象，以至於多年之後，提起這本書便讓人想到陰霾灰濕的氛圍裡，一位其貌不揚卻很硬骨的家庭女教師的形象。

作為一個女人，簡愛似乎不占任何天生的優勢：沒有優越的家境，沒有傲人的美貌，性格也談不上人見人愛。然而她卻憑著自己頑強的生命力、獨立的靈魂，得到了屬於自己的真愛，一種超越地位、財富、世俗眼光的純粹之愛。不願意依附他人生活，不願意出賣自己的靈魂去換取所謂的幸福，如此純淨、自尊、個性強烈的女人，即使她本人並不怎麼可愛，我們對她總存有一份敬意。

這本書既塑造了簡愛這樣一個女性自立的典範，又描寫了基於自立而生的真誠愛情。她對愛情熱誠而專一，從不因處境的變化而動搖；更可貴的是她在愛情中也始終保持清醒，絕不被愛沖昏頭腦，執著追求兩顆心的平等結合。與所有帶有自傳色彩的小說一樣，簡愛身上同樣帶有夏綠蒂・勃朗特 (Charlotte Brontë) 的影子，也許是出於個人美好的意願，夏綠蒂為簡愛匹配了一個擁有對等靈魂的貴族愛人羅徹斯特，讓他懂得欣賞簡愛的美麗，而這一安排也使這部初讀壓抑的小說有了一個明亮而圓滿的結尾。

像雜草一樣堅韌

簡愛如果生活在現代，應該會是《流星花園》中杉菜那一型：家境、相貌皆平庸，卻自生來一股不妥協、不畏懼的反抗態度，如同一株雜草，平凡卻不乏能量。她們的美不在外表，在乎心靈的強韌。誠然，簡的極度自尊源於她內心深處的自卑，重要的是她並未因為童年親情的匱乏、自身處境的不如意而變得怨天尤人、憤世嫉俗，越是被壓抑，她越要捍衛自己的獨立人格；越是不被重視，她越要成為自己的主人，如她自己所言：「我關心我自己。

越孤獨，越沒有朋友，越沒有人幫助，我越要自重。」

其實從今天的眼光看，《簡愛》可算是當代「灰姑娘與王子」童話的前身，簡與近年流行的醜女貝蒂、金三順等人都有一定相似之處。而看慣了此類傳奇的我們，再讀簡愛與羅徹斯特的愛情，也難免起了疑心，覺得羅徹斯特不過是見慣了溫順美麗的貴族女子，才對不服從、不合作的簡愛生出好奇之愛；而簡愛最終得到愛情、得到尊重、得到一筆財富，如此完美的結局也讓人懷疑這只是作者的美好幻想；至於簡愛身上具備的幾乎完美的品質，似乎也更像是一種寄託……，這一方面源於時代的局限，另一方面也源於作者夏綠蒂本人的眼界局限，「她的思想不過是一個鄉村牧師女兒的想法」（伍爾夫語）。

《簡愛》書封（好讀出版）

不可否認《簡愛》一書具備的獨特吸引力，但在女性主義早已不算新鮮，社會上湧現越來越多獨立女性的今天，我們與其沉浸於書中不切實際的愛情裡，幻想只要擁有自尊自愛就能天降奇緣，不如多一點清醒的自省，培養真正強大的內心，擁有如陳寅恪所言的：「獨立之精神，自由之思想。」這或許是更為現實的。

名句摘錄：

「英格拉姆小姐不是一個值得嫉妒的對象，她不配使人產生那種感覺。原諒我這種看來自相矛盾的話，我是這樣認為的：她很喜歡賣弄，可是她沒有真才實學；她長得挺美，也有很多出色的技藝，但她的見解淺薄，她的心靈天生貧瘠，在這樣的土地上是不會自動開出花朵的，沒有經過強迫的天然果實是不會喜歡這種新鮮土地的。她並不善良，也沒有獨特的見解，她常常背誦那些書本上的誇張的詞句，卻從來沒有講過、也不曾有過自己的意見。她鼓吹高尚的情操，卻不能理解同情與憐憫之情，而且也沒有溫柔和真誠。」

「你以為我會留下來，成為你覺得無足輕重的人嗎？你以為我是一架自動機器嗎？一架沒有感情的機器嗎？能讓我的一口麵包從我嘴裡搶走，讓我的一滴活水從我杯子裡灑掉嗎？你以為，因為我窮、低微、不美、矮小，我就沒有靈魂沒有心嗎？你想錯了！——我的靈魂跟你的一樣，我的心也跟你的完全一樣！要是上帝賜予我一點美和一點財富，我就要讓你感到難以離開我，就像我現在難以離開你一樣。我現在跟你說話，並不是通過習俗、慣例，甚至不是通過凡人的肉體——而是我的精神在同你的精神說話；就像兩個人都經過了墳墓，我們站在上帝腳跟前，是平等的——因為我們是平等的！」

相關閱讀：

湯瑪斯・哈代：《黛絲姑娘》

珍・奧斯汀：《傲慢與偏見》

《浮華世界》：浮華社會的兩生花

試想那個時代裡，像貝琪那樣聰慧而精悍的女子，除了婚姻，也找不到其他進階之門。對於貝琪來說，每一次成功與失敗都是經驗，她的目標，始終是爬向社會食物鏈的上端。

〔英〕薩克雷著　1848 年首次出版

十九世紀初的英國，追名逐利的時風與「先敬羅衫後敬人」的陋習同在。貝琪與艾米是出身天差地別的麻雀和鳳凰，在學校的時候就一個是反叛的黑羊、一個是純潔的公主。進入社會後，貝琪抓住一切機會力爭上游，卻陰差陽錯地嫁給了失去繼承權的羅登；艾米對訂婚對象喬治一往情深，對方卻趨炎附勢，對破產的艾米家冷酷變臉，卻對風情萬種的貝琪大獻殷勤。一場滑鐵盧戰役，喬治帶著還沒有被拆穿的真相死去，艾米窮困潦倒；羅登僥倖逃生，卻不堪忍受貝琪野心勃勃周旋權貴的做派，離婚遠走，客死他鄉。若干年間，兩個女人的身分在麻雀與鳳凰間頻繁交換，貝琪機關算盡，一度獲得了她幼時起就深深渴望的金錢權力，到頭來也不過萬事皆空；艾米抱著對丈夫感情的幻想守貞多年，刻意忽略身邊一直守護的都賓上校，直到都賓離開才知錯。

毫無疑問，薩克雷 (William Makepeace Thackeray) 筆下的浮華世界帶著濃厚的社會批判意味，任何經濟起飛時期無一不伴隨

《浮華世界》英文版書封（Norilana Books 出版）

著社會價值觀的重置。然而試想那個時代裡，像貝琪那樣聰慧而精悍的女子，除了婚姻，也找不到其他進階之門。對於貝琪來說，每一次成功與失敗都是經驗，她的目標，始終是爬向社會食物鏈的上端。

職場動物的淨化

貝琪與艾米的這種搭配可謂經典，一個是草根，一個必然含銀匙，前者不動聲色地謀劃藍圖，後者被出賣還幫人數錢。如若說這本書是兩個女人的關係，又有些言過其實，畢竟她們倆還沒有墮落到爭同一個男人的地步。只是兩個涉世未深的女孩子，因為出身與性格註定展開不一樣的人生。

十九世紀，女性只能藉由婚姻進入社交界，進而逐鹿名利場，今天這種角逐則來得更直接，而這種能力也成為安身立命的基本素質。如今再像艾米不諳世事般待人垂憐，不僅僅是不智，更是無能的表現。貝琪身上咄咄逼人的野性反而有種生命力。事實上，非議一種制度，爭論它的得失，發難甚至顛覆，那是作家以及革命家要做的事；對於小女子貝琪來講，遵從它、適應它以至掌握它、操縱它，總比端著不從流俗的架子悽愴地死去要更有價值。

不介意付出最大努力，準備好承擔最壞結果，才是出來闖世界的人應當有的態度。在這點上，無論在何種惡劣情況下都能夠找到出路的貝琪與當代女性更能共通。

然而貝琪的代價還是太大，為了避免行差踏錯，她從來不敢放縱自己的感情，每一次行動都帶有功利目的。現代社會的女性，不介意逢場作戲，但如果不曾忘情恣肆地投入愛情，那也太過可惜。這一點上，艾米從一而終，清心寡欲，視金錢如糞土，視守節為歸宿；那道重啟心門的門檻提得越無價，都賓越覺得自己的感情付出是值得的。人類始終是智慧動物，口腹之欲永遠不是終極目標，男人們也嚮往那份獨一無二與海枯石爛。當然不能說艾米是有心立牌坊抬身價，但她對都賓這麼多年的忽遠忽近卻多少表現她其志不堅，更何況結尾處都賓離開她時她那個幾乎是一百八十度的大轉向呢。

其實，這是兩個女人的紅塵故事吧。既然我們都來浮華世界上走一遭，怎麼著也要華麗麗地演一場啊！

名句摘錄：

「威廉離開了她，又叫她心酸。她想到以前他一次又一次地替自己當差，不知幫了多少忙，而且對自己又尊重又體貼；這一切都湧到眼前，日日夜夜使她不得安寧。她依照向來的習慣，暗底下難過，想起從前把他的愛情不當一回事，現在才明白這種感情的純潔和美麗。只怪自己不好，輕輕扔掉了這樣的珍寶。」

「唉，浮名浮利，一切虛空！我們這些人裡面誰是真正快活的？誰是稱心如意的？就算當時遂了心願，過後還不是照樣不滿意？來吧，孩子們，收拾起戲臺，藏起木偶人，咱們的戲已經演完了。」

相關閱讀：

亦舒：《燈火闌珊處》
李可：《杜拉拉升職記》

《窗外有藍天》：愛與不愛間的猶疑

露西對於他們的選擇，就如同面對內心力量的爆發，選擇做一個「蒼白」的姑娘，過著田園牧歌般的生活，或許選擇做一個新時期的職業女性。

〔英〕愛・摩・福斯特著　1908年首次出版

這或許是最能當得起「神仙眷屬」的一對情侶。喬治風流倜儻，露西情竇初開。小說用大量筆墨刻畫了義大利佛羅倫斯腐敗而野性的美，也從容講述了故事的每個細節。露西身上兩種力量的拉鋸明顯，她一方面可以將貝多芬彈得激越澎湃，令畢比牧師不敢逼視；但離開鋼琴，她又像是走下神壇的聖女，畢比說「發現她不過是一個蒼白、靦腆、寡言的姑娘罷了」。很明顯，露西的兩位追求者喬治的率性與西索的保守針鋒相對並意味深長，這不但體現在對露西的態度上，連他們的職業：一位供職鐵路（在二十世紀初那還是一個不受尊重的異端工業），一位是殷實的貴族都表現了這一點。露西對於他們的選擇，就如同面對內心力量的爆發，選擇做一個「蒼白」的姑娘，過著田園牧歌般的生活，或者選擇做一個新時期的職業女性。

愛・摩・福斯特 (E. M. Forst)

這個選擇發生了時間的失誤。她原本可以在佛羅倫斯時就選擇喬治的；但在她來得及作出反應前就被表姐強迫離開了；之後她與西索訂了婚卻又必須面對與喬治的重逢。她原想就這麼算了吧。但喬治與自己的投契以及西索與自己的不合拍一再在關鍵時刻出現，使她不得不面對現實。表姐的失信反而讓她驅除了心障，她下決心要與西索攤牌了。至此這個時間失誤解決了一半，卻仍沒能完全調整過來，在那個時代，喜新厭舊是名門淑女的大忌，露西懼怕她的行為被曲解，於是只能被迫一個也不選。

但旁觀者都看不下去了，老艾默森、夏洛特和畢比牧師都樂見其成，才使露西與喬治得以完滿。但露西自己的選擇並不是最後的結局，她背離了西索，卻也不願再爭取喬治——任何事情經歷了這麼久的猶豫和權衡，已經被咂摸得索然無味，再想如當初那樣不離不棄、莫失莫忘、義無反顧地爭取一個全新的局面，人已經沒有了那種激情；患得患失的因子占了主流，行為不再純粹。

情感中的去與留

敢不敢？幸福伴隨冒險，你敢不敢伸手爭取？愛情錯過了時機，你敢不敢一切從頭？

露西是幸運的，她在婚前遇到了自己命定的那個人，她又趕在大錯鑄成前剎住了車。然而我們時常面對的局面是，不管你多麼積極進取，那個最能令你臉紅心跳的男人始終無跡可尋；漸漸地，那股等待的決心被歲月的流逝磨平，在適當的時候進入婚姻，總是人們必須要做的事。雖然「縱然是舉案齊眉，到底意難平」，但也知道在這世界上神仙眷屬幾乎沒有，也便壓下遺憾，埋首過起日子了吧。

然而，愛情總是在你最猝不及防的時候殺將過來。或許婚姻、家庭早就塵埃落定，那個你以為是權宜之計的對象雖不完美卻兢兢業業，多年的情誼、家庭的責任、社會的輿論，已經編製了一張密密的網。衝破它或許並沒有多少技術難度，然而得到一些必然要失去一些；且不論良心安否，即便是子女的歡笑、社會的尊重、生活的安適，也未必就能沒有一絲遺憾地放棄。

「錯的時間碰到對的人」，這句話原本就是悖論。再偉大的愛情，也經不起道德的撕扯。當你必須要把前面的人和事都一筆抹去，那種掙扎很可能是毀滅性的力量。別說什麼年輕不懂事的話，因為一切往事還是要自己去背的。如果露西與西索已經結婚，旁觀者們又怎麼會不遺餘力地撮合她和喬治？即便是露西自己也並非逞匹夫之勇，她的心中未嘗沒有計算過良心愧疚的重量與幸福感的平衡。中產階級紳士的教育在這個時刻依然發揮得淋漓盡致，一切都只是在道德允許的範圍內進行。

然而，所有人都是「只羨鴛鴦不羨仙」的吧，我們羨慕那些可以找到命定的那一半的人。

名句摘錄：

「飯店鋼琴室，貝多芬的曲子，在露西投入的手指下，撥起一圈圈高亢的水紋，在佛羅倫斯的河邊，帶著義大利的氣味。」

「那就做他的妻子吧。他已經成為你的一部分啦。即使你飛到希臘去，永遠不再見到他，甚至忘記了他的名字，但他在你的思想中繼續活動著，直到你死去。愛情是剪不斷斬不絕的。你會希望能把它剪斷斬絕。你可以使它起變化，忽視它，把它搞亂，但是你永遠也不可能把它從心中挖掉。經驗告訴我，詩人們說得對：愛情是永恆的。」

相關閱讀：

伊迪絲・華頓：《純真年代》

拉法耶特夫人：《克萊芙王妃》

《飄》：亂世中的野玫瑰

郝思嘉是這樣一種女人，你可以恨她虛偽、自私、殘忍，卻不得不認可她對抗困境、頑強生存的能量，欣賞她極強的復原能力。如果形容梅蘭是空谷幽蘭，清雅馨香，那麼郝思嘉無疑是山野玫瑰，美而多刺，頑強而熱辣。

〔美〕瑪格麗特・密契爾著　1936年首次出版

凡看過《飄》(*Gone with the Wind*) 或電影《亂世佳人》的人，都會對那位貓一樣的郝思嘉印象深刻。她迷人的綠眼睛，曼妙的身段，孩子氣卻堅定勇敢的個性……，早已成為文學史及影史上的經典女性形象之一。

郝思嘉是這樣一種女人，你可以恨她虛偽、自私、殘忍，卻不得不認可她對抗困境、頑強生存的能量，欣賞她極強的復原能力。我們更喜歡梅蘭做我們的朋友，因為她帶給我們溫存與安全感。男人可以在她面前哭泣而毫不難堪，女人可以對她說出內心的祕密而不必擔心她反咬一口；柔弱的人依賴她，強勢的人也欣賞她。而郝思嘉呢，太弱的男人，到她面前就繳械了，只有白瑞德那樣的熟男有心胸包容她、懂得如何去愛她；手段不夠級數的

瑪格麗特・密契爾 (Margaret Mitchell)

女人，根本無力招架她的陰險招數，而像梅蘭這樣溫柔而內心強大的女人，反倒能成為郝思嘉的精神依靠。梅蘭和郝思嘉也許可以代表我們自己矛盾的理想：希望自己是郝思嘉，活得執著痛快，又希望在生命中有一位梅蘭作知己。如果形容梅蘭是空谷幽蘭，清雅馨香，那麼郝思嘉無疑是山野玫瑰，美而多刺，頑強而熱辣。

梅蘭到底完美得不像真人，倒是郝思嘉的真實鮮活讓更多人從她身上看見自己的影子。我們嚮往她又憐惜她，愛她的剛強、勇猛，又憐惜她在愛情上的一往情深、屢敗屢戰。她每每以婚姻為籌碼換取愛情和麵包時，都讓人替她心疼，多希望她早一點察覺對白瑞德的愛，而不是對一個幻想中的衛希禮念念不忘。即使現在看來，郝思嘉也是一個既務實又奢侈的女人，勇於追求自己的理想，敢於去愛，不怨不悔，直至能量用罄。

獨立女性的楷模

《飄》一書長盛不衰的魅力，正在於它塑造了一個豐富立體、瑕不掩瑜的郝思嘉。她的美銳利而富有光芒，她的優點是顛覆了傳統女性的道德守則，更符合現代女強人的品質標準。

即使沒有郝思嘉的天生麗質，你也可以修煉成她那樣的萬種風情。郝思嘉身上展現的堅強、獨立、積極，其實都是現代女人的必備素質。郝思嘉有著與簡愛相似的倔強，有與包法利夫人類似的虛榮心，但她比簡愛更懂得變通，也比愛瑪清醒而有頭腦。雖然她的人生不乏來了又走的「愛情」與婚姻，她卻比誰都更身體力行波娃的那句名言：「愛情不是有才華女人的唯一機會，因為有才華的女性具備可以擴展或改變自己世界的能力。」你可以像她一樣執著地愛，但切忌深陷苦戀的泥沼自救乏力。沒有人愛你，至少你要像郝思嘉為自己奮鬥那樣愛自己。

現代女人要學習郝思嘉的，與其說是手段，不如說是她的風範：永不放棄、堅韌不屈。無論面對怎樣的困境和痛苦，郝思嘉都是最堅強、最早走出來的一個。即使生活很艱難，她依然不放棄對生活的信念和理想，她可以用母親唯一的遺物做一件漂亮衣服，換來全家人生存下去的希望；她可以勾引妹妹的未婚夫，使莊園擺脫困境。「虛榮」和「貪婪」不一定都是壞事，而是看它的出發點為何，以及能否轉化成積極奮鬥的動力。

當你感到自己變得越來越容易妥協而非爭取，當你總是戴著

克拉克・蓋博和費雯麗的表演是銀幕上的永恆經典。

面具掩蓋真實的自己，當你對人生漸漸喪失激情與愛，不妨讀一讀《飄》吧，那個生命不息、奮鬥不止的郝思嘉，總能喚起我們最初的愛與鬥志。

名句摘錄：

「上帝為我作證，上帝作證，我是不會屈服的，我要度過這難關。戰爭結束後，我再也不要挨餓了。不要，我的家人也不要。即使讓我撒謊、去偷、去騙、去殺人，上帝作證，上帝為我作證，我也不要再挨餓了。」

「我明天回陶樂再去想吧。那時我就經受得住一切了。明天，我會想出一個辦法把他弄回來。畢竟，明天又是另外的一天呢。」

相關閱讀：

考琳・麥卡洛：《刺鳥》
張愛玲：《傾城之戀》
王安憶：《長恨歌》

《一位女士的畫像》：自由選擇的泥沼

伊莎貝爾希望尋找自由，於是她放棄了三個真正愛她的男人，卻投入了一個陰謀家的懷抱。弄不清自己真實的需要，被虛情假意所蒙蔽，卻對真愛決絕地說不。

〔美〕亨利・詹姆斯著　1881 年首次出版

亨利・詹姆斯 (Henry James) 這部 1881 年的《一位女士的畫像》(*The Portrait of a Lady*) 裡，安貧樂道的美國姑娘伊莎貝爾到了歐洲，忽然因為沉痾在身的表哥的饋贈而成為富家女，從路邊的狗尾巴草搖身變為玫瑰園裡的公主，裙下之臣銜著花花綠綠的美元紛至沓來。伊莎貝爾深受自由思想薰陶，排斥策略婚姻與門當戶對，因此置表哥的真情於不顧，又拒絕了誠摯而有產的美國企業家戈德伍德和英國貴族沃伯頓勳爵的求婚，鍾情於一個帶著女兒、自命不凡、長期混跡歐洲的所謂收藏家——吉爾伯特・奧

《一位女士的畫像》英文版書封（Wordsworth Editions 出版）

斯蒙德。從古到今的文藝男青年都一樣令人失望，此人不但自我膨脹，眼高手低，更早就與紅娘梅爾夫人暗通款曲⋯⋯。

1881 年，那時的中國女性還在父母之命下盲婚啞嫁，會反抗「父母之命、媒妁之言」的子君要在十多年後才出生，美國社會的婦女解放運動已經初露鋒芒，追求婚姻自由成為風氣。伊莎貝爾希望尋找自由，於是她放棄了三個真正愛她的男人，卻投入了一個陰謀家的懷抱。弄不清自己真實的需要，被虛情假意所蒙蔽，卻對真愛決絕地說不。

感情彷似一場冒險

當我們手中掌握選擇的權利，你可知道什麼是對，什麼是錯？

愛情和婚姻彷彿自由市場，摩肩接踵熙來攘往。在這個市場中，沒有標檢局，沒有消委會，一切願賭服輸。《民法》管理的是另一個區塊，那裡相對而言更有保障，然而法律卻只能捍衛你不致香消玉殞，至於是否形銷骨立，則不在它關心的範圍。取消了門當戶對的婚姻法則，如同取消計畫經濟的未雨綢繆；然而，當你進入市場經濟，你以為你就可以隨心所欲、得到貨真價實的情感？

實際上，所有問題都可以簡化為經濟問題，真正的女性自主發生在職業婦女經濟獨立之後。伊莎貝爾的情境也是因為財富才改變，她不需要再精打細算將婚姻作為自己的進階工具。婚姻對於伊莎貝爾而言，好像已經可以單純到只談感情。於是她嫌老闆粗俗，嫌貴族僵硬，嫌表哥沒有火花，之所以會愛上奧斯蒙德，似乎就是因為他懂吃喝，文藝腔，再加上半吊子古董掮客的業務素質，帶給一個女人知情識趣的錯覺。事實上，有多少人能夠在感情襲來的時候不方寸大亂呢？奧斯蒙德能夠如此不疾不徐，遊刃有餘，始終保持翩翩風度，還不就是因為他是情場老手，在什麼樣的局勢、對什麼樣的反應該念什麼臺詞，早就駕輕就熟了。

這就是談感情的風險，女人總是從一個極端走向另一個極端。反抗三從四德的歷史酷烈而血腥，手中有錢心中不慌的時候，卻仍舊一腳踏入陷阱。貝琪把婚姻與自己打包典當給野心，伊莎貝爾卻將所有願意腳踏實地過日子的男子視為庸脂俗粉。女性在尋找自由的道路上自己為自己設置著一個個路障，感情動物的劣根性暴露無疑，眼光差得連事後的自己都羞憤欲死。等到兜了一個圈子回來，一律以年少無知一筆帶過，又有幾人能無怨無悔？百年之後，這種例子依然層出不窮。

最幸運的是伊莎貝爾還有身家作靠山，即便輸了感情，也不至於流落街頭。作為男性作家，亨利・詹姆斯能夠好心提醒女人們管好錢袋子，應當只是他龐大敘述主題的一個副產品吧。

名句摘錄：

「命運使她接觸到的人都不如她聰明，這是她的幸運，她對周圍事物的感受比別人靈敏，她渴望懂得她所不懂的一切知識。」

相關閱讀：

珍・奧斯汀：《理性與感性》

《包法利夫人》：幸福總在更遠處

愛瑪一生都在追求想像中的幸福，當她終於擁有片刻幸福之時，她又總覺得自己得到的幸福不大對勁。永遠不滿已獲得的一切，永遠追求著自身以外的幸福，因而包法利夫人們的悲劇是必然的。

〔法〕福樓拜著　1856 年首次出版

《包法利夫人》(*Madame Bovary*) 是一部偉大的悲劇，而福樓拜 (Gustave Flaubert) 的偉大，在於他拋開世俗的道德批判，細膩剖析了女性的心理，冷靜而深刻地分析「包法利夫人」們的悲劇根源。她為愛情小說所惑，總想像有美滿的愛情出現，因此在現實中一次次將這種想像寄託在情人們身上，又一次次失望⋯⋯。

每個用心閱讀的讀者，應該都會對愛瑪抱以同情。一個美貌而懷有浪漫情結的女人，渴望愛情、拒絕平凡，本是一件很合理的事情；一個受過教育、懷有夢想的人，渴望改變自己的命運，也是很正常的事情，愛瑪身上有我們大多數人的影子。如果說她有錯，只能說她的幻想太過單純美好，完全將現實的醜惡排除在外。她活在一個詩意的世界裡，「她愛海只愛海的驚濤駭浪，愛青草僅僅愛青草遍生於廢墟之間」。

很多悲劇命運無所謂對錯，而在於一個人的所作所為是否與他所處的情境協調。愛瑪的「不協調」就在於她從來不曾面對現

《包法利夫人》電影劇照

實，總在抗拒當下擁有的一切。她渴望得到浪漫的愛情，企盼丈夫是一個英雄，她的眼界從來都高於現實能夠給予她的。而在理想與現實的巨大落差之間，她沒有看到自身的癥結，而是怪罪於不公的命運。永遠不滿已獲得的一切，永遠追求著自身以外的幸福，因而「包法利夫人」們的悲劇是必然的。

永恆匱乏的心靈

除去依靠男人而活這一點，愛瑪簡直是現代社會物質女郎的寫照：追求虛榮，透支美麗，永遠在追求更高更遠的目標。似乎是欲望太多、容易喜新厭舊，其實從更深的角度看，她們是因為並不清楚自己真正所需為何物，從而為自身盲目的衝動與外界紛繁的誘惑所驅使，以一種不斷尋找、追求的姿態，補償空虛匱乏的心靈。

愛情只是「包法利夫人」們匱乏的一方面，正因為她們始終不懂愛情的真相，才會被愛情小說擄獲，迷失在不切實際的浪漫偉大的想像中。愛瑪最終選擇自殺，是因為她太孤注一擲，而現代的「包法利夫人」還有更多的逃生之路和欲望通道。

現代女性雖然在經濟、人格等諸多方面獲得了獨立，但在思想意識上，仍處於物質世界迷夢的包圍之中，這也可視為是這個時代的特徵：無所不在的廣告、有關消費的指南，不斷帶給女人幻想、虛榮，以及伴隨而來的空虛和失落。話劇「這一夜 women 說相聲」便突出表現了這一點。人們迷失在社會對「完美女性」、「完美生活」的定義中，正如愛瑪迷失於愛情小說對「完美愛情」的詮釋中。愛瑪的絕望源自於她其實並不理解真正的滿足感要向自身內在尋求，而不是求助於他人；而現代物質女性的空虛感，也正因為，她們並未真正確認自我的存在，而是從各種外在事物上尋求滿足感與幸福感。

儘管看上去愛瑪死於她對現實的極度灰心，但事實上，她從未看清自己真實的理想，她只是不斷否決，卻從不知道自己肯定的是什麼。

名句摘錄：

「無論什麼東西，如果離她越近，她越懶得去想。她周圍的一切，沉悶的田野，愚蠢的小市民，生活的庸俗，在她看來，是世界上的異常現象，是她不幸陷入的特殊環境，而在這之外，展現的卻是一望無際、遼闊無邊、充滿著幸福、洋溢著熱情的世界。她被欲望沖昏了頭腦，誤以為感官的奢侈享受就是心靈的真正愉快，舉止的高雅就是感情的細膩。難道愛情不像印度的花木一樣，需要精耕細作的土壤，特別溫暖的氣候？月光之下的嘆息，依依不捨的擁抱，沾滿了淚水的、無可奈何的雙手，這些肉體的熱血沸騰和心靈的情意纏綿，難道能夠離開古堡陽臺的背景？只有在古堡裡，才有悠閒的歲月、紗窗和繡房、厚厚的地毯、密密的花盆、高踞臺上的臥榻，還有珠光寶氣和僕人華麗的號衣。」

「她睜大一雙絕望的眼睛，觀看她生活的寂寞。她像沉了船的水手一樣，在霧濛濛的天邊，遙遙尋找白帆的蹤影。」

相關閱讀：

列夫・托爾斯泰：《安娜・卡列尼娜》

莫泊桑：《一生》

《查泰萊夫人的情人》：荒野中的伊甸園

承認並讚美肉體，尊重肉體的需要，這才是整本書孜孜以求的主題，也是每一個用心領會的讀者所能讀到的，精神荒野中的抒情詩篇。

〔英〕D. H. 勞倫斯著　1928 年首次出版

小說的開頭呈現了一片浩劫之後的廢墟，既是戰後的社會實景，也是人們精神荒原的象徵。勞倫斯 (D. H. Lawrence) 在整部小說裡都滲透著反工業文明的思想：那些所謂文明的產物，灰沉沉的煤礦氛圍，都是浮躁、不安、令人窒息的，克利福德男爵則是與此背景相對應的人物——喪失了自然天性、精神空洞而追求虛幻。他本值得同情，無奈他在失去性能力的同時也喪失了愛人的能力，僅將那些虛幻的夢想作為自慚形穢的補償。在此情境下，誰都不免為守活寡的康妮叫屈，而她與狩獵人梅樂士的相遇，也格外具有「復得返自然」的勃勃生機，並且他們幽會的場景，也多是傳統農業社會的環境：樹林、木屋。勞倫斯細膩地描繪一草一木，也是以草木精神作為自然人性的象徵。

我們喜歡康妮這樣的女人，純潔、真誠、生命力飽滿，如同荒野上的一棵樹。在壓抑與孤獨中，她渴望愛與身心的釋放，丈夫無法滿足她，劇作家米克里斯也令她失望，直至遇見梅樂士。

從她與梅樂士幽會的過程可以明顯看到她的轉變，起初她僵硬、被動、置身事外，為某種道德教條所縛，漸漸地，她穿越了思想意識的障礙，得以盡情感受性愛的真正樂趣，與情人進行直接而自由的交流……。

由於毫不隱晦的性愛描寫，這本書很容易被誤讀為情色小說，而錯解了作者勞倫斯的苦心：「我要世間的男人女人能夠充分地、完備地、純正地、無理地去思想性的事情。縱令我們不能如心所欲地做性的行動，但至少讓我們有完備無理的性的思想」，「要對於性愛有適當的尊敬，對於肉體的奇異的經驗有相當的敬畏；這便要能夠自由運用所謂猥褻的字眼，因為這些字眼是精神對於肉體所有意識的自然的一部分。猥褻之所以產生，是因為精神蔑視和懼怕肉體，而肉體憎恨和反抗精神」。承認並讚美肉體，尊重肉體的需要，這才是整本書孜孜以求的主題，也是每一個用心領會的讀者所能讀到的精神荒野中的抒情詩篇。

純潔而極致的愛

傳統的衛道士會認為，《查泰萊夫人的情人》(*Lady Chatterley's Lover*) 宣揚的是一種不潔的、淫穢的「愛情」，而在現代的讀者看來，它與而今的情色小說相比真算得上是小巫見大巫。其實撥去罩在「禁書」二字上的面紗，勞倫斯要說的，乃是一種自然而然、純潔和諧的極致之愛，並非耽於感官之樂，也不為滿足人們的獵奇之心，所以小說最後一章以梅樂士的長信作結，信中期待二人早日重逢，而在此之前他們會守住貞潔。這顯然是發自內心深處最真誠的愛。

《查泰萊夫人的情人》電影劇照（圖片出處／ Alamy）

如果我們將注意力更多放在「查泰萊夫人」而非「情人」上，會在書中讀到更多關於女性自主的觀點，雖然勞倫斯本人的觀念也是帶有局限性的——與梅樂士的前妻相比，康妮顯然是一種更符合男性理想的女性形象。康妮這個形象的積極意義在於，她厭倦無愛的不幸婚姻，反抗死氣沉沉的生活，並且勇於為自己的幸福作出堅定的選擇。同時，她在與情人的性愛交流中，逐漸體現出一種「自我的覺醒」，她關注、愛惜並尊重自己的身體，而不僅僅在性愛、婚姻中處於被動的地位，這些都是非常難能可貴的。

儘管全書體現了一種「性至上論」，儘管康妮與梅樂士是因為做愛而相愛，但性本來就是一種交流，男女雙方由身體的交流抵達精神的相通是很合理也很純潔的事，在這裡，性是作為人類自然性的表現之一而存在的。經歷過性解放運動的現代人，對性事早已不像過去那麼諱莫如深，但這又會走向另一個極端：從忽視肉體、禁錮肉體，到放縱肉體、不尊重肉體。這兩種相對的狀況都是不健康不自然的。勞倫斯曾說「性愛……漸漸變為機械的、痲木的、令人沮喪的了，只有一種新鮮的內心的瞭解，才能使原來的鮮豔恢復」。性是一個切入點，最終到達的，是肉體與精神的雙重和諧與互相尊重。

名句摘錄：

「無論人怎樣感情用事，性愛總是各種最古老、最宿穢的結合和從屬狀態之一。歌頌性愛的詩人們大都是男子。女子們一向知道有更好更高尚的東西。現在她們知之更確了。一個人的美麗純潔的自由，是比任何性愛都可愛的。」

「家不過是一個生活的地方，愛情是一個不能再愚弄人的東西，幸福是一個人用來欺騙他人的虛偽的語調，父親是一個享受他自己生涯的人，丈夫是一個你和他同住而要忍心靜氣和他住下去的人。至於『性愛』呢，這最後而偉大的字眼，只是一個輕佻的名稱，用來指那肉體的片刻銷魂——銷魂後使你更感破碎——的名稱，破碎！好像你是一塊廉價的粗布做成的。這塊布漸漸地破碎到無物了。」

「我現在愛貞潔了，因為那是從性交中產生出來的和平。現在，我覺得能守貞潔是可愛的了。我愛這貞潔和雪花之愛雪一樣。我愛這貞潔，它是我們的性交和和平的靜頓，它在我們中間，好像一朵熊熊白火似的雪花。當真正的春天來了的時候，當我們相聚之日來到了的時候，那時我們會在性交之中使那小小的火把光輝起來，鮮豔而光輝起來。」

相關閱讀：

阿娜伊斯・寧：《亨利和瓊》
丁玲：《莎菲女士的日記》

《玩偶之家》：玩偶生涯原是夢

當矛盾激化到一個點，原本對「玩偶」身分一無所知的娜拉突然醒悟，之前幸福的婚姻生活、丈夫的疼愛、她對丈夫所作的一切犧牲……，都變成了一場幻夢。

〔挪〕易卜生著　1879 年首次出版

《玩偶之家》(*A Doll's House*) 講述的首先是婚姻關係中男女雙方的平等問題。娜拉幾乎是男人眼中完美的伴侶形象，婦容、婦德、婦功皆無可挑剔。長久以來，她也習慣扮演一個溫柔順從的妻子，一個端莊賢淑的母親，但當她為丈夫無私犧牲，卻得不到對方的尊重時，看似穩定的婚姻中潛藏的矛盾便激化了：丈夫將妻子當成寵物，妻子依附於丈夫生活，沒有自己的主見和生存目標，凡事都以丈夫為中心。就像娜拉所說，作為女兒，她是父親的玩偶；作為妻子，她是丈夫的玩偶；正如孩子是她的玩偶一樣。

當矛盾激化到一個點，原本對「玩偶」身分一無所知的娜拉突然醒悟，之前幸福的婚姻生活、丈夫的疼愛、她對丈夫所作的

易卜生 (Henrik Johan Ibsen)

一切犧牲……，都變成了一場幻夢。在戲劇的末尾，丈夫海爾茂不斷提及過去生活中的和諧、溫馨，希望能挽留娜拉，卻都被她一一駁回。對一個醒著的人而言，過去的夢已經不存在了，對於已有所覺悟的娜拉而言，只要丈夫依然將自己視為玩偶、一件物品而非一個活生生的「女人」，就不存在真正的愛情和幸福的婚姻，即使它看上去很美滿。

雖然在易卜生的時代，「娜拉」們基本上不可能擺脫身為男權依附品的命運，雖然她的覺醒並不徹底——從她與丈夫的對話中似乎可以看出，她離開丈夫其實是因為她發現海爾茂並非她所期望的真正的男人——但在男女平等依然不斷被提及的今天，娜拉的出走仍然具有「一言驚醒夢中人」之功。對不公平狀況安之若素的人們正如作為賢妻良母的娜拉，只有當她們意識到「自我」為何時，才有可能改變自身的遭遇，追求真正的自我價值。

出走之後的未來

相比娜拉向丈夫說出的「獨立宣言」，娜拉出走之後面對的未來一直更為人們所津津樂道，以至於易卜生在文學史上也被稱為「一個偉大的問號」。他成功提出了讓人至今探討不休的問題：出走還是留下，離開還是回來？

在今天看來，劇中娜拉的出走無疑是有點幼稚的，因為在劇中我們不曾瞭解她出走的目的以及她為未來擬定的方向，從她以往的經歷看，她貌似也不具有自力更生的能力。她不滿被當作玩偶，想要有自己的主見、自己的人生，有覺悟，卻沒有付諸實現的能力。人格與情感的獨立是要以經濟獨立為基礎的，否則只是空談。

當今時代，很多女性在經濟上已經相當獨立，倒是精神上卻沒有真正的自立。娜拉要求擺脫婚姻來改變命運，很多女性卻希望以結婚改變自己的命運。「幹得好不如嫁得好」，「夫貴妻榮」的觀點依然流行。一方面，職場女強人大量出現，在某些領域獨領風騷令男人自嘆弗如；另一方面，許多女性的主體意識又逐漸弱化，從追求自我價值的實現，轉變為自動放棄理想、退居家庭，或以才華、學歷作為徵偶的重磅砝碼……。一部分女性為「小三」的身分困擾，另一部分女性又為自己成為「剩女」而感到焦慮。

回頭看《玩偶之家》，對於沒有作好心理和行動準備的娜拉而言，「出走」只是一個姿態；然而對於已經出走，正在尋找出路的現代娜拉而言，如何堅持自我、真正活出自己，是要一直認真思考的事。

名句摘錄：

「你一向待我很好。可是咱們的家只是一個玩耍的地方，從來不談正經事。在這兒我是你的『娃娃老婆』，正像我在家裡是我父親的『娃娃女兒』一樣。我的孩子又是我的娃娃。你逗著我玩兒，我覺得有意思，正像我逗孩子們，孩子們也覺得有意思。這就是咱們的夫妻生活。」

「現在我只信，首先我是一個人，跟你一樣的一個人，至少我要學做一個人。我知道大多數人贊成你的話，並且書本裡也是這麼說。可是從今以後我不能一味相信大多數人說的話，也不能一味相信書本裡說的話。什麼事情我都要用自己腦子想一想，把事情的道理弄明白。」

相關閱讀：

西蒙・波娃：《第二性》
車爾尼雪夫斯基：《怎麼辦?》
魯迅：《傷逝》

《雪國》：冰點與沸點之間

如果駒子對生活的追求、對島村的迷戀是「熱」的一面，那麼現實生活、島村對駒子的回應就是「冷」的一面；一熱一冷，一明一暗，一輕一重，構成了島村以及許多男人欲望的兩極。

〔日〕川端康成著　1948 年首次出版

《雪國》是一部如此清涼的作品，白茫茫的雪國，潔淨、清寒，正像書中所描述的，「這雖是一種冷冽的孤寂，但也給人以某種神奇的媚惑之感」。雖然時處戰爭年代，雪國卻猶如一處世外桃

川端康成與《雪國》電影女主角合照

源，熱情溫暖的駒子和靜穆莊重的葉子，在島村眼裡，都有一種虛無的美的意味。表面看起來，駒子奔放、坦誠，然而她「在根性上也有某種內在的涼爽」，她為了生活而生活，為了愛而愛，明知一切都是「徒勞」仍傾心不已，內在透明純潔得如同雪一樣。而葉子，島村心中永恆的愛的形象，看上去凜然不可侵犯，像難以融化的堅冰，事實上她的個性卻最為剛烈，就像最後的那把火，比雪更乾淨、更決絕。

如果駒子對生活的追求、對島村的迷戀是「熱」的一面，那麼現實生活、島村對駒子的回應就是「冷」的一面；如果駒子對應了島村現實的、官能的需要，那麼葉子就代表了島村理想的、精神中的完美形象；如果駒子是明淨的陽光、輕盈的風，那麼葉子之於島村就永遠是一尊沉靜、凝固的雕像。一熱一冷，一明一暗，一輕一重，構成了島村以及許多男人欲望的兩極，也如同我們後來在村上春樹小說中讀到的綠子和直子。

何枝可依的追問

書中的駒子和葉子，或許只是男人理想中女人形象的一體兩面，「葉子」是最純淨、最本真的駒子，「駒子」則是「葉子」這一精神形象的外化表現。駒子象徵了一種追求和希望，葉子則代表了一種清醒的絕望。就像書中所寫的，「他可憐駒子，也可憐自己。他似乎覺得葉子的慧眼裡放射出一種像是看透這種情況的光芒」。

在現實中我們會喜歡駒子多點，她堅實、有活力，不管是否「徒勞」都一直認真面對生活，她寫了十來本讀書筆記，對著山谷寂寞地練習三味線，只因喜歡，不管有沒有實際意義。相比頹廢的島村、冷漠的葉子，她要親切、可愛很多。她對島村徒勞的愛中寄託了她對生活的希望，只要有一線希望，她便會竭盡全力。書中並未直接透露駒子的意圖，而是借葉子的口對島村說出「帶我去東京吧」，「你要好好待她」。可惜她將希望錯植在了一個軟弱無力的男人身上。

川端康成的小說中，女性總是永恆的主角。他細膩地寫出她們的美麗與哀愁，她們對愛與柔情的渴望，這一點，即使現在讀來依然令人心有戚戚。女作家匡匡在短篇〈時有女子〉中寫道：「我一生渴望被人收藏好，妥善安放，細心保存。免我驚，免我苦，免我四下流離，免我無枝可依。」這種渴望與駒子、葉子的希望多麼契合。時代在進步，女性的焦慮與渴望卻大同小異，或者說，渴望安全感、渴望被溫柔地對待的心理，從來不曾改變。《雪國》一書雖以駒子與島村的感情交流為主線，但愛情其實只是作為那個孤寂背景裡較為溫暖的一抹色彩而存在的。愛情會變質，熱情會減淡，心與心之間的隔閡似乎總是難以逾越。生存的意義倘若只來自於他人的情感，當這種情感消退，我們就會迷失和絕望，所以真正的安撫，真正的安全感只能向自己尋求。這或許是我們在這部悲劇的身後，能夠重新領會到的。

名句摘錄：

「這種摯愛之情，不像一件縐紗那樣能留下實在的痕跡。縱然穿衣用的縐紗在工藝品中算是壽命最短的……，而人的這種依依之情，卻沒有縐紗壽命長。」

「島村總覺得葉子並沒有死。她內在的生命在變形，變成另一種東西。」

相關閱讀：

小仲馬：《茶花女》
茨威格：《一個陌生女人的來信》

小瑩　Lisa

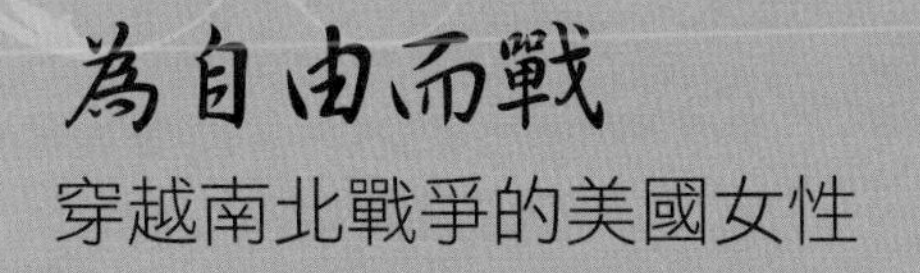

為自由而戰

穿越南北戰爭的美國女性

1861 年爆發的美國南北戰爭就像一場醞釀已久的暴雨，為美國經濟帶來深刻的洗禮。而穿越南北戰爭的美國女性，在動盪不安、緊張混亂的現實社會中迎來了自己活動的理想時機，她們打開緊閉的家門，勇敢地走向歷史的中心，用女性特有的智慧擺脱困境，成為十九世紀美國經濟、文化大發展的重要推動者。

我們在此向你呈現這段穿越一個偉大時代的美國女性歷史，目的是為了再次説明：所有流血的戰爭都不只屬於男人，所有社會的進步都需要依靠女人的才智和專長。

南北戰爭期間，手持國旗的費城女大學生在家中自發組織團體活動，支持北軍。

從「菸草新娘」到世界改造者

1861 年，南北戰爭終於不可避免地爆發了，由此美國女性開始了空前的活躍期，不管是黑人還是白人，都因為這場持續了四年的戰爭最大化地發揮自己的潛能，希望在社會上找到立足的位置，就像十九世紀一位在西部藉由手藝得到財富的加利福尼亞女子給朋友的信中寫的那樣:「在這個國家，一個聰明的女人是可以大有作為的。」

1587 年，一位名叫艾莉諾・戴爾 (Eleanor Dare) 的英國女子搭乘橫越大西洋的輪船，彼時她正懷著孕，同她一起乘船的有十六名女子、九十一個男人和九個兒童。旅途的艱辛難以想像，他們睡乾草、吃醃肉和乾豆，和暈船、各種傳染病作鬥爭，結果當他們半路踏上羅阿諾克島尋找原來駐留的一批人時，發現島上空空如也，只有一具英國人的骨骸，勢利的船長拒絕這行人繼續乘船，於是他們不得不在這個荒蕪人煙的島上停留下來。是年 8 月 18 日，一個女嬰在這裡出生了，取名維吉尼亞 (Virginia)，以表示對英國「童貞女王」的敬意。小維吉尼亞和她的生母艾莉諾・戴爾為代表的這些英國人成為第一批美洲移民，但他們很快從歷史中消失了，三年後當小維吉尼亞的外公來到島上時，發現這裡再次人煙絕跡，沒有人知道原因。維吉尼亞成了孤島的名字。

印第安女子寶嘉康蒂 (Pocahontas)，在英國人為她畫的像中，戲劇化地給她穿上了維多利亞宮廷服裝。

不停地有船隊輾轉來到維吉尼亞，從靠老鼠肉充飢的窮苦移民到擁有種植園的殖民官，一位名叫寶嘉康蒂的美國土著女人在白人編寫的歷史中占據了重要的位置。這位印第安女子因為拯救了約翰・史密斯 (John Smith) 船長、幫忙讓飢腸轆轆的殖民者得到印第安人的食物，成了移民區的大救星。她去英國吸引對維吉尼亞的投資，在英國人為她畫的像中，戲劇化地給她穿上了維多利亞宮廷服裝。然而白人有意宣傳的殖民者和部落間和平友好的歷史，卻隨著殖民者的強大而日益淡化。

1620 年開始，一批批為了滿足新殖民地男人生養需求的「菸草新娘」帶著對菸草種植園女主人生活的美好憧憬被送上輪船，而她們中的絕大部分賣身為女奴，只有一小部分人從混亂的環境中尋找到發展的機會，開飯館、做買賣成了伶牙俐齒的女商販。在殖民階段的早期，黑人和白人結婚是合法的，但到了 1662 年，維吉尼亞立法局明文規定：黑人女奴所生的孩子，不管其父是誰，一律終身為奴。白人奴隸主開始大肆殘害黑人女奴。

獨立戰爭的炮火並沒有解決奴隸問題，而黑人女奴的聰明才智也並沒有因為身分的低下被掩藏起來。年輕的女黑奴想盡辦法穿著得體，用玉米漿使襯裙變得硬挺，用葡萄藤編成裙撐，去教堂做禮拜時，她們比貧窮白人更講究穿著。獨立戰爭期間一位名叫菲莉斯・惠特利 (Phillis Wheatley) 的黑人女奴因為能用流利的英文寫出奴隸疾苦，而成為受華盛頓特邀的嘉賓進入他的營帳。她是第一個獲得國際聲望的美國作家，一支筆為她帶來了自由身，她甚至出席了英國王室的招待會。但這並沒有給她帶來幸福和財富，她最終在一家小酒館裡打工，被黑人丈夫遺棄，所生的三個孩子都夭折了，她去世時才三十一歲。

黑奴試圖依靠自己的力量改變生活幾乎是不可能的。南方種植園主想把奴隸制擴大到全國，在北方卻實行著自由勞動制度，他們主張建立自由州。1831 年，北方的坎特伯雷鎮來了位女教師普露登絲・克蘭多爾 (Prudence Crandall)，她在市中心創辦了一所「淑女學堂」，不停地接受前來求學的黑人孩子，她因此被送上法庭。雖然學堂被迫關閉，但普露登絲・克蘭多爾影響了無數支持廢除奴隸制的人，她的學堂後來成為美國重要的歷史博物館，她也被載入史冊。

工業革命要求美國經濟以更加快的速度向前發展，南部奴隸制度成為阻礙經濟發展的絆腳石，1861 年，南北戰爭終於不可避免地爆發了，由此美國女性開始了空前的活躍期，不管是黑人還是白人，都因為這場持續了四年的戰爭最大化地發揮自己的潛能，希望在社會上找到立足的位置，就像十九世紀一位在西部藉由手藝得到財富的加利福尼亞女子給朋友的信中寫的那樣：「在這個國家，一個聰明的女人是可以大有作為的。」

從「菸草新娘」到躋身改造世界的隊伍中，歷史的腳步必然要走向人權平等，雖然南北戰爭消滅了奴隸制卻沒有解決種族歧視，美國女性獨立自由的精神自始至終都在得到最大體現。

戰前的生活

從 1800 年到 1860 年，也就是獨立戰爭之後、南北戰爭之前的中間時期，美國女性的生活發生了一系列的變化。首先是不少女孩學會了讀書寫字，女性文化的進步使出版業和教育事業繁榮起來；女教師是最早幫助女性進入社會獨立生活的職業；社會更加關注女性健康問題；上流社會的白人女性帶著對奴隸制度的痛恨，一次次走上演講臺發表見解。

《高迪氏淑女雜誌》

《高迪氏淑女雜誌》(*Godey's Lady's Book*) 是十九世紀上半葉

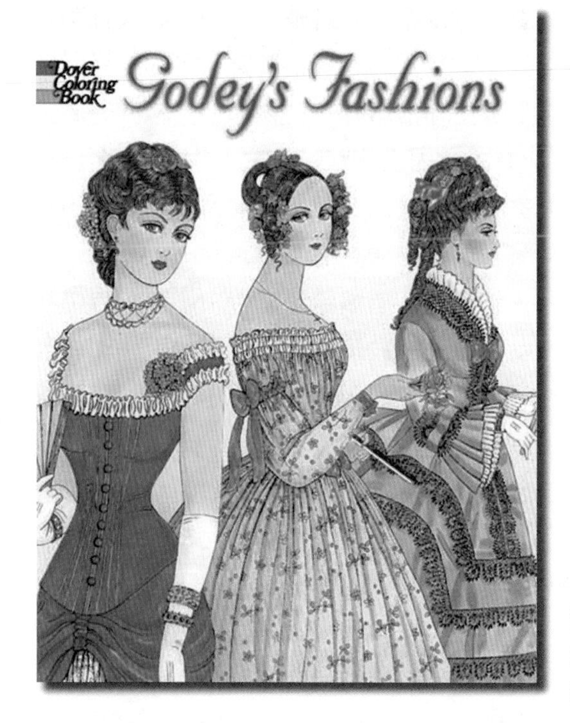

《高迪氏時尚》，全美最暢銷的時尚雜誌《高迪氏淑女雜誌》發行的別冊。

全美最暢銷的時尚雜誌之一。主編莎拉・約瑟芬・黑爾 (Sarah Josepha Hale) 原先是一位熱衷探討奴隸制問題的女作家，她同時也是帶著五個孩子的寡婦。她看到了社會的不平等，但並不鼓勵女性直接藉由政治運動來爭取權利，她認為應該透過對人們的思想進行改造來實現爭取女權的目標。1836 年，她受邀成為《高迪氏淑女雜誌》的主編，在這本時尚雜誌裡，她不單單安排優雅的時裝、園藝、廚藝和家居布置等專欄，並盡最大可能地增加強調女性在社會中積極作用的內容。

有錢的女性會根據雜誌介紹的時髦穿著來打扮自己，貧窮的黑人女奴則努力攢錢購買便宜的布料照著雜誌上的時裝式樣動手製作。當莎拉・約瑟芬・黑爾發現為雜誌繪製時裝畫的都是工廠女工時，她便在雜誌上倡導工作的重要性，在那個女性缺乏職業選擇的年代，她說：「所有的室內工作都是家庭工作。」許多雜誌的忠實讀者受她的影響努力奮鬥成為女教師、女醫生、女牧師甚至女記者，她們是美國第一代女白領。

作家的出身令莎拉・約瑟芬・黑爾給雜誌帶來了不一樣的氣息，她也會在雜誌裡教女性寫作的技巧，她認為編輯工作和教育工作有相同之處，都在不同程度上對民眾有教化作用，她在雜誌裡向讀者推薦書目以便她們在家自學。到了 1860 年，《高迪氏淑女雜誌》的長期訂戶已超過十六萬，從紐約的愛爾蘭女僕到麻薩諸塞的紡織女工都在爭相傳看，她嚴格要求雜誌文章的選擇和作者的選擇，優先選擇美國本土作者，小說必須是美國題材。她的愛國主義精神還體現在她花費多年時間爭取感恩節作為法定節日的行動上。為雜誌寫稿的優秀作者屬於稀有資源，在邀稿困難的情況下，她親筆撰稿，有時最多一半的內容出自她的手筆。

《高迪氏淑女雜誌》還提出這樣一個觀念：「當每個女人都盡好自己的本分，做好自己的事情，這個世界就會被改變。」它陪著精神無助的美國女性度過十九世紀上半葉的大蕭條時期。南北戰爭結束之後，1865 年，瓦薩女子學院成立了，莎拉・約瑟芬・黑爾在雜誌裡宣揚這個新生事物並為學院籌借資金，她還幫助中低階層的女性開拓了團體購書管道，為她們節約開銷。

女子進學堂運動

獨立戰爭時期，女性已經得到了受教育的權利，為的是培養下一代共和國公民。十九世紀 1820、1830 年代掀起的「女子進學堂運動」更是為美國培養大量第一代女教師準備的智力革命。

《高迪氏淑女雜誌》的主編莎拉・約瑟芬・黑爾是「女子進學堂運動」最早的受益者，她畢業於特洛伊女子學院 (Troy Female Seminary)，學院由艾瑪・威拉德 (Emma Willard) 1821 年創辦於紐約州，本著為女孩提供和男孩一樣的智力教育的宗旨，學院開設了專業的大學課程如歷史、語言和哲學等。1837 年，新英格蘭拓荒區的女教師瑪麗・里昂 (Mary Lyon) 在麻薩諸塞創立了霍約克山學院 (Mount Holyoke Seminary)，開始的時候有八十名女學生，校舍是一幢四層的樓房。在學校裡，女孩子們學習知識、自我管理，並樹立對人生的信念，學校還借助母女關係，將家庭教育和學校教育結合起來，向女孩子們強調她們的女性角色。

莎拉・約瑟芬・黑爾是「女子進學堂運動」最早的受益者。

在「女子進學堂運動」之前，女孩子接受教育只在一些中等水準的社團裡，而有了「女子學堂」這個專業的新生事物之後，女孩子便有了屬於自己的學習場所。這場著名的運動使美國成為最早創立女子學院的國家，和美國女性多年來為爭取平等權益進行的系列鬥爭是分不開的。

在南北戰爭之前，麻薩諸塞的在美國本土出生的女性當中有教師從業經驗的占了四分之一的比例。依靠教育，瞭解到什麼叫自食其力，是女子進學堂最顯著的效果。南方女性認為，所有為了收入而從事的工作都不是上等人的行為，因此擔當女教師一職的女性都不是富有家庭出身，在當時的醫學報告中表明，女教師的身體狀況普遍很差勁，她們都被繁重的工作、惡劣的住宿環境和微薄的薪水拖垮了，許多人不得不辭去教職另謀待遇高一些的工作。鄉村女教師的情況更不妙，她們中的大多數住在當地居民家裡，印第安那鄉間一位女教師說她住的那戶人家又小又冷，連個最原始的廁所都沒有。

然而在「女子進學堂運動」後很長一段時期，女人在社會中依然處於弱勢地位，女子學院的最初目的是培養教師和年輕一代的監護人。但這兩種身分之間有所衝突，畢業後的女性如果選擇了當女教師，那麼她在工作期間是不可能當母親的，教育系統的規定是女教師一旦結婚就必須辭職，許多學校還對女教師們有和男性接觸不得親密，夜間不得外出等苛刻要求。

做健康女性

「維多利亞女王又要當母親了，可憐的人！她為什麼不自己餵奶呢?」

在殖民地時期，平均每個美國婦女生育七個子女，1800 年前後，比例明顯下降，到了十九世紀後期，美國嬰兒出生率已經下降了一半，女性採取各種方法節育，而延長哺乳期這個古老的辦法被廣泛採用。

各種避孕藥、墮胎藥、注射洗滌器也在大做廣告,「法國人」成了避孕藥的外號,「葡萄牙人」則是墮胎藥的別稱。國立注射器公司推出一種新型號、可更換注射頭的潔陰洗滌器,既可以用來節育,又有澆灌花草的功能。

但南北戰爭之前的十九世紀上半葉美國女性的健康狀況非常差,各種各樣的女性疾病由於找不到根治的方法困擾著女性,肺結核是奪去人們生命的黑色殺手。這個時期醫生數量的增長是人口數量增長的四倍。在麻醉術還沒有出現的時候,一位名叫馬里恩・西姆斯 (J. Marion Sims) 的醫生研究出一種手術過程,找到醫治子宮瘻病的辦法,這是婦科的重大進步,由於白人婦女忍受不了無麻醉開刀的痛苦,自告奮勇在他手下進行手術試驗的是幾位黑人女奴。成功後的西姆斯醫生在紐約行醫,他的雕像至今樹立在這個城市裡,而那幾個黑人女奴,卻永遠地被人遺忘了。

十九世紀中期還出現了「水療法」,當然和現在的完全不同。當時的水療法是讓患者先在熱水池中洗澡,再進入冷水池中,透過冷熱交替的方式治病;有一種類似水按摩浴池的「浪浴」也流行起來。著名的保健學者奧爾科特建議女性多喝開水、吃素食,少穿束褡,束褡這種緊縛胸腰的玩意兒卻在相當長的時期裡沒有被擺脫掉,人們明知它對身體存在傷害,卻不敢違背社會道德穿上寬鬆的衣服。

1847 年,伊莉莎白・布萊克威爾 (Elizabeth Blackwell) 從紐約西部一家很小的醫學院——傑尼瓦學院畢業了,她是美國歷史上第一位科班出身的女醫生。最初使她產生學醫念頭的是一位患子宮癌的閨密,她說:「如果是一位女醫生給我治病,我的感覺會好很多。」在當時有這種想法的女病人非常多，特別是產婦們，那時受過專業訓練的男醫生在接生時都穿得嚴嚴實實，並轉過頭去，光憑觸感工作。在社會不允許女人學醫的現實下，布萊克威爾在被幾十所醫學院拒絕後，總算在傑尼瓦有了學習機會，她走進教室的第一天，全班男生都異常沉默，像癱瘓了一樣。後來她以全班第一名的優異成績畢業，在紐約開辦診所和一所女子醫學院，成為美國女醫生的先驅。

廢奴運動中的女演講家

廢奴運動從 1820 年代開始，到 1859 年達到頂點，它轟轟烈烈提出黑人與白人平起平坐的要求，也將運動中的女性推向高高的演講臺。

最早發表廢奴演講的女性是一對姐妹，出身上層蓄奴家庭的莎拉・格里姆凱 (Sarah Grimké) 和安潔莉娜・格里姆凱 (Angelina Grimké)，自幼目睹黑奴受鞭笞的姐妹倆對奴隸制度深惡痛絕，父親死後，她們開始公開投入到廢奴運動中。1830 年代，她們聯合主持名為「客廳促談」的活動，參加者是對奴隸問題有興趣的北方婦女。「美國反對奴隸制度協會」聘請了她們，不久她們走進教堂，在公眾面前講演起來。

兩姐妹一週講五、六場，她們不停更換著市鎮，坐公共馬車、騎馬或搭貨車是她們的交通方式，每次都吸引成百上千的聽眾，其中有運動支持者，也不乏衝著觀看女人演講這件事來的。1832 年 2 月，安潔莉娜向麻薩諸塞立法會議發表廢奴請願，成為美國歷史上第一位在立法聽證會上發表見解的女性。她在立法聽證會上發表了兩次演講，第二次居然應要求站上了官方發言人的講臺，目的是讓大家可以清楚地看見她的樣子。三個月後，她又成為第一個為美國婦女爭取婚姻平等權的人。

1868 年兩姐妹發現她們有了幾位黑人侄子，原來是她們的哥哥受到廢奴運動的影響和黑人女奴相好。兩姐妹供養侄子們上大學，其中有一位從哈佛大學法學院畢業後當上「美國促進有色人種進步協會」的領導人，還有一位從普林斯頓神學院畢業後成為華盛頓的一名牧師。

莎拉和安潔莉娜從反對奴隸制度的活動開始一直活躍在政治鬥爭中，1870 年爭取婦女選舉權的遊行上，人們發現頭髮已經花白的老姐妹走在隊伍的最前方。

靠自己的力量度過戰亂

南北戰爭爆發了，不少女性從戰爭中看到機會，南方女性紛紛參加工作，黑人女奴則大批逃向北方。尋找和平、度過戰亂，她們拿出了自己的力量。

安全感從哪裡來？

白人女性和黑人女奴在這場戰爭中表現出不同的立場，她們不甘示弱在這場戰爭中當上間諜，為自己的聯盟效力。

在南北戰爭時期，大約有四百名女性女扮男裝上戰場為了和南方聯盟的丈夫廝守，有的人在丈夫陣亡之後繼續參戰直到被俘。間諜是少數女性涉足的行業，在南方，最出名的是為南方聯盟效力的貝兒・柏伊德 (Belle Boyd)。在她還是小孩子的時候就因不准參加成年人的派對，一怒之下騎馬衝進客廳，她利用北方聯邦士兵抗拒不了美麗少女的誘惑，從他們那裡獲取信任得到調防情報後送給南方。在一次乘船前往英國遞送機要文件時，她被北方聯邦的封鎖部隊抓獲，她順勢勾引了那條封鎖船上的北方聯邦軍官，並嫁給了他，從女間諜變成軍官太太，真是有膽有色。戰爭結束時她才二十一歲，卻成了寡婦，她帶著兒子回到南方，成了明星人物，進入戲劇界。

和代表南方的貝兒・柏伊德相對應的是出生在馬里蘭種植園的黑人女奴哈莉特・塔布曼 (Harriet Tubman)。在南北戰爭之前，她先後組織十九批黑奴從種植園中逃跑北上。她是位化裝大師，有時扮成老太太，有時扮成流浪漢，有時扮成智障人。南北戰爭爆發後，她為北軍打探情報，從南方黑人那裡獲得可靠信息帶回北軍，有份報告這樣說：「蒙哥馬利上校和他的三百名黑人士兵，在一位黑人婦女的帶領下，殺進敵人的陣地，衝進教堂、店鋪和豪宅。」戰爭結束後，她嫁給了北軍一位退伍軍人，收養了許多無家可歸的老人和兒童。她用行動告訴無數黑人奴隸，安全感是憑靠自己的勇氣帶來的，不要恐懼、不要自卑，就會迎來勝利的一天。

勇敢的南丁格爾們

直到十九世紀中期，護士依然由男性和下層女性擔任，直到英國名門閨秀南丁格爾 (Florence Nightingle) 走上前線，為廣大女

佛羅倫斯・南丁格爾，婦女護士職業創始人，受她的影響，南北戰爭期間才會有那麼多美國女性穿上護士服。

性樹立了榜樣，狂熱地「模仿南丁格爾」成為南北戰爭時期典型的社會現象。

1855 年，南丁格爾在克里米亞戰役中重組了野戰醫院的護理體系，使傷兵死亡率從 45% 下降到 2%，一舉成為全世界婦女的偶像。南北戰爭爆發後，至少有三千名婦女在從事護士的職業，志願護士有上千人，在北方，南丁格爾熱潮更加明顯，《美國醫學時報》一位戰地記者在文章中寫道：「我們的女士們現在瘋了似的要去醫院當護士！」

南方聯盟議會進行了一項調查，結果表明被女護士照顧的士兵，死亡率大大少於被男護士照顧的士兵。這項調查使得原本不支持有身分的女性去當護士的觀念徹底消失，所有人認為護士非女性莫屬。

但多蘿西・迪克斯 (Dorothea Dix) 被任命為北方聯邦護士監理時，她規定志願女護士年齡不得低於三十歲，還必須長相一般，隨著戰事越演越烈，對護士的需求越來越多，她才不堅持這些條條框框。在南方，戰爭現場往往離護士們的家園很近，她們不得不一邊救治傷兵，一邊應付突發在家門口的各種事件。不少婦女機構建立「路邊醫院」，為的是讓受傷的官兵一路返回家園。

不管南方還是北方，成為護士的女性都必須面對天花等傳染病的威脅，每天都可能看著傷兵在眼前死去，每天也有可能因為感染病毒面臨死亡的危險，她們的意志被磨礪得無比堅強。

把鋼琴換成紡車！

戰爭讓女性們失去了心愛的未婚夫或丈夫，剛剛結婚沒幾個星期就得再回教堂，參加新郎的葬禮，這類悲劇總是在發生，僅在阿拉巴馬一個州，就有好幾萬名寡婦面如死灰，容顏蒼老。南方有將近四分之一的青壯年男子死在戰爭中，年輕的女子為了盡神聖的義務，有不少嫁給肢體殘缺的復員軍人。

身體的殘損同時還會帶來精神的崩潰，一個陽光理智的年輕男子經過戰爭的洗禮，帶著殘損的軀體回到家，會變得酗酒、多疑、神智不清，女性開始思考一個新問題：是不是真的有什麼事業，值得為之犧牲掉自己的至愛親朋？南部聯盟的一位女性在報紙上撰文號召同胞：「燒掉那些消磨意志的小說，讓寵物離開膝頭，把鋼琴換成紡車！」許多南方女子都是天才日記作者，她們記錄戰時的點滴生活，最著名當推南方聯盟政員的妻子瑪麗・切斯諾特(Mary Chesnut)。她沒有子女，寫日記是最大的精神寄託，她把它當成一項事業堅持不懈寫了十五萬字，1886 年她去世前將日記轉交給一個朋友，1905 年第一次以《南方日記》(*A Diary from Dixie*) 的名稱出版，1981 年，范・伍德沃德 (C. Vann Woodward) 再次將日記進行編輯，名字就叫作《瑪麗・切斯諾特的內戰》(*Mary Chesnut's Civil War*)，它獲得了 1982 年普立茲歷史獎。

戰爭讓女性進入社會開始公眾生活，也讓相當一部分女性從此改變對家庭和婚姻的看法，變得獨立。「我能用自己的能力養活自己，為什麼要待在家裡當靠別人養活的寄生蟲?」一位在私立女子學校工作的女孩如是說。南北戰爭結束後，不少當時走出家門參加工作的女性沒有再回到家裡，1883 年來自阿拉巴馬的調查報告顯示：參加此地教育工作的，有來自最高尚上流社會家庭的女子。

鍍金年代

南北戰爭結束給美國經濟帶來空前的繁榮，戰後幾十年被稱為「鍍金年代」。時尚複雜了，女性獨立了，經過這場戰爭的女人們給後來一戰、二戰的美國女性樹立了榜樣。

大個子最美麗

也許是經過壓抑的社會突然得到釋放，人們的胃口變得大起來，體重低於一百二十磅的女孩不會引起男人的興趣，她所能採取的唯一辦法就是不停地吃！

這也許是美國歷史上唯一的一次以肥為美的時代，和上世紀1930、1940年代流行的豐乳肥臀不同，十九世紀後期美國整個國家都追求多肉為美，那就是不管胸腰比例，厚實笨重的腿、肥嘟嘟的腳、大氣球一般的胸和臀部，再把腰勒得細細的，這樣的身材是當時女歌舞演員入行的基本條件。

體重低於一百二十磅的女孩只有關起門在家狂吃的份兒，而當她們發現自己體重增加時，就會歡呼雀躍，超過一百六十磅的女明星莉莉安・羅素 (Lilian Russell) 是個愛吃分子，她喜歡和別

體重超過一百六十磅的女明星莉莉安・羅素

人進行吃玉米比賽，那時候你要是和一個美國時髦學生談論什麼是飄逸或纖巧，恐怕是沒人理你的，他們的偶像是氣球美人兒，才不是什麼麻稈少女呢！莉莉安・羅素也做了件值得千萬美國女性既震驚又驕傲的事，她騎上了自行車！自行車被看作世界女性解放的重要標誌。

享用食物的快樂在那個年代，幾乎所有男男女女都在享受，沒有人節食，沒有人計算卡路里，攝影師成為時尚職業，不過那個時候的人像攝影都顯得十分滑稽可笑，每個女人都要求攝影師把她們的皮膚拍得雪白，頭髮閃亮，臉頰緋紅，照片必須經過染色才能擁有紅通通的臉蛋，那個時代化妝不是良家婦女作的事，只有蕩婦才化妝。十九世紀後期富婆也會化妝，而她們最熱衷的是假髮、假牙、油彩和各種厚厚的襯墊。

標本帽子和百貨公司

「估計在我死之前會見識到帽子上裝著整隻火雞。」1900 年一位芝加哥作家說。

這位作家有沒有見到帽子上的火雞是個謎，但女性的帽子上裝著整隻雉雞已經出現在十九世紀末期。

受歐洲時尚的影響，「鍍金年代」的每一位時髦女人都有著誇張的帽子，用紗、羽毛、絲帶裝點著，最令人驚奇的是她們愛在帽子上裝著鳥兒的標本。這種標本帽子的風行使得屠殺野生鳥類成為抑制不住的不良風氣，以致於有幾種鳥類被殺得絕了種，人們第一次公開抗議這種行為，這也是美國保護動物的開端。

百貨商場是新鮮的公共設施，1862 年，A. T. 斯圖爾特在曼哈

女演員昆妮・萊頓 (Queenie Leighton) 戴著裝有鳥類標本的帽子。

頓的百老匯和詹伯斯大街開了一家五層樓高的綜合商場，還配備水力升降機，女人們不用爬樓梯了。早上七點到晚上七點有門童開門，商場裡設有供女性補妝和如廁的洗手間。百貨商場是一場革命，沒有強迫購買，價格固定，品質保證，可以全天免費觀賞，它是專為女性開設的，女人是美國家庭的主要購物者，男裝廣告上也體現了這一點，男人的衣服由女人挑選從那時候就定下基調。

貧苦的女性常常結伴逛商場，欣賞櫥窗裡精美的服飾，百貨商場表現出美國式的民主：只要出得起錢，人人都平等。莉莉安・羅素的母親由於在婚前當上布法羅百貨公司第一位女售貨員而出了名。女售貨員是新興的職業，很艱苦，旺季時她們一天得工作十六個小時，淡季休假得不到報酬，帶薪假期簡直是夢想，被提升的機會很少，管理工作還是由男性擔任。

機智的公眾明星

引起美國公眾極大興趣的除了像莉莉安・羅素這樣的大明星，還有舉止優雅的第一夫人弗朗西斯・佛森 (Frances Folsom)。

1886 年，二十一歲的弗朗西斯・佛森嫁給了四十九歲的總統克利夫蘭 (Grover Cleveland)，美國第一鑽石王老五，如此美麗的第一夫人對於當時的美國人還是新鮮事兒，他們見慣了歷任總統身邊站著莊重嚴肅的中年夫人，因此，弗朗西斯・佛森引發的第一夫人狂潮開了先河，後來嫁給甘迺迪的賈桂琳要管她叫前輩。

1864 年出生在紐約上流社會家庭的弗朗西斯・佛森在克利夫蘭當選總統時並沒有和他結婚，十五個月後才嫁給他。她外表端莊、舉止優雅大方，從不作秀，也從不接受記者訪問，看起來就像一個遵從傳統的妻子。但美國人民把她的畫像貼在客廳裡，和其他大明星一起崇拜著。廣告商盜用她的肖像推銷五花八門的商品，女人們模仿她的髮型，有兩個記者閒來無事隨口

第一夫人弗朗西斯・佛森

說她不用裙撐，裙撐就立刻不時興了。

這正是弗朗西斯・佛森機智的地方，低調的她帶給美國女性的是完全屬於一個上流仕女的優雅，娛樂業和傳媒業在彼時發達起來，她以高貴迷人的外貌和穩重得體的穿著方式贏得了良好的聲響，成為白宮歷史上第一個偶像明星。

波士頓式婚姻

單身女性在內戰後一代中明顯增多，而這裡的單身女性是終身制的，人人都接受老處女，絕不會視她為怪物。

女性保持單身，並且堅守一生，老處女不受歧視反而被頌揚，這是美國經濟在南北戰爭後高度發展的另一個奇怪的社會現象。

單身女性在 1860～1880 這二十年間的數量超過 10%，女人開始不依附任何人獨立在社會中生存受到鼓勵和讚美，女大學生中近一半終身未婚，美國單身女性的黃金時代來臨了。1906 年，芝加哥一家報紙舉辦了「最佳女性」競賽，被提名者僅限單身女性，冠軍是羅拉・珍・亞當斯 (Laura Jane Addams)，晚年的她因爭取婦女、黑人權益而獲得 1930 年的諾貝爾和平獎。報紙認為一個未婚女性的美德水準遠遠超過了已婚女性，因為已婚女性受男人影響太多。《婦女家庭雜誌》一位未婚女作者撰文說道：「我不結婚是因為我從沒遇到過一個他的愛可以掩蓋他的缺陷的男人，我肯定這些缺陷令我不愉快。」

男人怎麼了？改革家瑪莉・利弗莫爾 (Mary Livermore) 在 1870 年代全美巡迴演講中宣稱好老公越來越少，男人不是放縱就是酗酒，要不道德敗壞，再不就會因為過度賺錢而英年早逝，剩下的都是殘疾。她說得有些偏激，但反映了社會現狀。這個特殊的年代，許多男人去西部淘金，1880 年在美國有些地方男女比例嚴重失衡，女多男少使得另一種微妙的關係在波士頓出現了。

「波士頓式婚姻」因這座男人稀缺的城市而得名，它是一種兩個女人組成的特殊關係，兩個女人住在一起相伴一生，沒有確切證明她們是否存在性關係，但這個時代不少女性的對話中暗示了她們之間存在身體接觸，十九世紀最後時期女人在一起共同生活的事實表現出美國社會的女性對男人的失望，也有經歷過「波士頓式婚姻」的兩位女性分別尋找到合適的男性結婚對象各自嫁人的事例。報章雜誌對這種同性關係議論相當少，畢竟那是個相對保守的年代。

南北戰爭給女性帶來極大的變化，從無助的家庭主婦到自信的職業女性，再激烈到生活裡已然不需要男人，這是一個特殊的歷史時期，沒有這些經歷，美國女性很難以新的姿態進入二十世紀，迎接一戰、二戰，迎接後來一波又一波的女性解放浪潮。

陳夢涵

現代女性生活剖面

美國1920年代新女性的啟迪

肇始於上個世紀第一個十年後期、活躍於整個 1920 年代的美國新女性是美國的第一批現代女性。九十多年後，如今的美國甜心們還在重演著這些前輩的戲碼，歷史的間斷輪迴和不斷重演再一次被驗證。

那個時期，是一個女性追求極度個性和自由的年代，她們創造自己的生活，但很大程度上，她們又是廣告商、電影公司和時尚從業人士「合謀」下的產物。在與今天相似的消費時代中生存，她們是世界性的，她們代表的不僅僅是美國現代女性，她們身上展露著所有國家現代女性的特徵。

出身上流社會的新女性，大多像這位小姐一樣姿態優雅、穿戴摩登、多才多藝。

女兒與母親的戰爭

女兒要麼是母親的翻版，要麼與她們截然不同。1910年代後期的美國年輕女孩兒，要推翻的是維多利亞時代的女性標準，而她們第一個對抗的對象，不是別人，正是自己的母親。這種「戰爭」，是她們取得自身認同，與社會固有習俗爭鬥的開始。

1915 年 5 月 22 日，在如潮水般的媒體閃光燈和舉著簽名簿的粉絲包圍中，尤金妮婭・凱莉 (Jareckinia Kally) 慢慢地、愜意地站到了紐約曼哈頓上東區約克維爾地方法庭的被告席。這位年僅十九歲、漂亮迷人、大方自信的女孩兒，是紐約銀行業著名家族的唯一繼承人。令人吃驚的是，狀告她的人，竟然是她的母親海倫・凱莉，一位氣質莊重、舉止嚴謹的典型維多利亞時期女性。

母女兩人不同的趣味和喜好，從衣著上輕易顯露。開庭之日，尤金妮婭穿著暗綠色套裝，內襯白色絲綢上衣，衣領豎著，並繫著一條鮮紅色的領帶，她的捲曲秀髮上戴著黑色的三角形無簷草帽，上綴一朵黃花和一個玫瑰花結做裝飾；而凱莉夫人則穿著老式的黑色高領服裝，全身上下包裹嚴實，整套裝束的唯一亮色來自於衣領四周的一圈白色蕾絲，雖高貴卻頗為沉悶。請多加注意，作為新女性的尤金妮婭與母親衣著的迥異風格具有重大意義，可以說，新女性首先是從衣著上將自己與母親一代區別開的，它的起始點可以追溯到 1913 年，紐約的社交名媛瑪麗・菲爾普斯・雅各布斯用兩條白手帕、一條絲帶和一根繩子設計了無背式胸罩，它取代了用鯨骨支撐的既僵硬又限制婦女自由活動的緊身胸衣。正如 1920 年代著名的時尚評論家瑪奇・加蘭曾經說的：「西方文明世界中女性的整體地位，她們爭取平等和成功所作的鬥爭，都反映在了她們的穿著上面。」

回到上面的案件，開庭的幾天前，凱莉夫人向警方羅列了自己女兒的種種罪狀，並要求他們逮捕她。當天晚上，兩個便衣警察在賓夕法尼亞車站的餐廳找到了尤金妮婭，並把她在警局扣押了整晚，直到她的姐姐前去保釋。母親對女兒控狀是：「數月以來，天天流連於百老匯的舞廳，沉迷於爵士樂、香菸、苦艾酒和白蘭地。」更為嚴重的是，「她和一個已婚的老男人艾爾・戴維斯關係曖昧，而他是一個專對懵懵懂懂的富家女孩下手的騙子」。

為了制止女兒的墮落行為，凱莉夫人用盡了各種方法：增加女兒的零用錢，縮減她的零用錢；懇請她待在家裡，命令她待在家裡……；她甚至在午夜之後將宅邸的大門鎖上，心想著女兒不會冒險晚歸而在門廊的臺階上度過寒冷的夜晚，但這一切終究毫無作用。尤金妮婭會砸開銅把手上方的玻璃窗，然後從裡面打開門。迫於無奈，凱莉夫人將女兒告上了法庭，並強調了她「所犯罪行」的「反社會性」。

尤金妮婭在家裡時，對母親的質問只有簡單的一句回答：「哎呀，如果我有一晚上不跑起碼六家夜總會，我就會失去社會地位。」在法庭上，面對律師的種種詰問，她反駁道：「我不會回我母親那兒的，我不準備為我做的任何事向任何人道歉。我不準備和艾爾・戴維斯劃清界限。我母親挑起了這件事，我會奉陪到底的。」她態度堅決。審判後的第三天，尤金妮婭的態度發生了陡轉，「誠懇地承認」了自己的「罪行」，因為她意識到頑抗到底的結果只會失去那一千萬美元的遺產繼承權。看上去官司以凱莉夫人的勝利結束，但不到三個月後，尤金妮婭就和「騙子」私奔並舉行了婚禮，兩年後，她繼承了鉅款，雖然她後來還是離了婚，但她的生活已經跟母親凱莉夫人的生活完完全全地不同了。

這場法庭上的母女之爭，具有十分典型的意義，她們之間的角力，是現代女性和維多利亞時代女性的較量。凱莉夫人的時代，女性受到嚴格禮儀規範的薰陶，它們被稱為「女士禁則」：「沒有女士端坐時會交叉雙腿；沒有女士會把背部靠在椅背上；沒有女士出門時不在包裡帶塊乾淨的亞麻布手帕；沒有女士不扣上手套鈕釦就出門；沒有女士赤足踩在不鋪地毯的地板上……。」

這些母親的戀愛時代，和男朋友的關係是經過仔細斟酌的，在這個問題上，她們也喜歡聽命於父母的安排和意見。十幾歲的她們在自家前廳門廊或客廳接待文質彬彬的男賓時，一舉一動都在成年人的注視之下。她們習慣於在這種「監護」下，和男朋友玩上幾個小時的投圓片遊戲或者只是單純地聊天，偶有兩人獨處的時間，他們會去參加教堂活動或是聽場音樂會，然後規規矩矩地「3 點半到家」，維多利亞時代女性的戀愛是在被看管和限制下進行的。然而到了她們的女兒一代，女孩們「和停在路邊漂亮汽車裡的遊手好閒的小夥子晚上出去兜風，就他們兩人舒舒服服地待在車子裡，想上哪兒就上哪兒，一路上除了他們倆，沒有任何人」。

凱莉夫人對於女兒尤金妮婭行為的「反社會性」指控並非危言聳聽，而是一語中的。尤金妮婭這一代新女性要追求的，是張揚的個性和絕對的自由，浪漫的愛情和激情的性愛。在與母親的家庭戰爭中，她們找尋自我的身分認同，她們要挑戰的，正是已有的社會傳統。

締造和傳播新生活

新女性在十幾年的時間裡，其風靡程度令人難以想像。作為新一代女性，她們堅定地尋找著生活的真諦，創造著鮮明區別於以往任何時代的生活方式，並且把它傳播給更多的女孩。

成為她，你能做到哪一步？

新女性 (New women) 成為一種風尚，無論城市、鄉村，女孩個個要做新女性。少不更事的她們，甚至為此付出難以挽回的代價。

在上文提到的庭審幾年之後的 1920 年，比尤金妮婭更為大膽的新女性在美國的大街小巷已經隨處可見。她們的顯著特徵是：剪著短款鮑伯頭，畫著大膽的妝容，穿著短裙招搖過市。她們喜歡手夾香菸，嗜飲杜松子酒，在爵士樂酒吧度過一夜又一夜，頻繁更換著一批又一批的男伴。她們大多數自己養活自己，喜歡和男性平起平坐，偶爾熱情高漲，還會積極參加投票（她們當中絕大多數人並不關心政治，這也是她們被女權主義者詬病的主要原因之一）。當時，《新共和》的編輯布魯斯・布利文就曾經特別撰文描寫了她們中的一位叫做珍 (Jane) 的女孩:「十九歲的她代表了年輕一代，是美國新女性的典型。她『可憐的』牧師指責她是一個極端可怕的野孩子，她塗脂抹粉、抽菸、喝酒，喜歡參加派對。在兩小時開了六十英里後，將車子停在一邊，從她父母郊外住宅的草坪上慢悠悠地走過……。珍是一個非常漂亮的女孩，她化妝是為了讓自己看起來達到一種完全不真實的效果——蒼白的臉色、鮮紅的雙唇、塗著濃濃的眼線。」當別人對她如此打扮和出格的行為發問時，珍總是輕鬆地對答，但語氣中帶著明顯的挑戰和宣誓意味:「從某種程度上而言，這正好說明我們不喜歡遮遮掩掩。或許這種打扮和獨立、自謀生計以及投票等等所有這類事更為匹配。像遮著你的手臂和腿部這樣的事情，總有點被養在深宮後院的意味，你不這樣認為嗎? 女性仍然渴望被愛，但她們希望這建立在平等的基礎之上，她們真正擁有的品質能夠得到尊崇。如今的女性從古老的桎梏中已抖落下了片片塵埃。」

在整個 1920 年代，這樣的新女性是主導公眾視線的熱門話題。她們是一股強大的力量，影響力深入到美國的每個農場、小鎮和鄉村，當然，這跟當時美國迅速發展的時尚雜誌、電影和廣告產業息息相關。從十幾歲到二十幾歲的女孩，人人都想成為她們中的一員。在芝加哥，有一個十四歲的小女孩由於母親不讓她穿標誌著新女性的服裝而自殺，在報導中讀者得知，「她班裡的其他女孩都穿長筒襪、剪著短頭髮、自稱新女性，她也想成為一名新女性。但是她母親思想古板，和藹但堅決地對她說了『不』，於是這個女孩把煤氣管塞進嘴裡，打開了煤氣。」1922 年，賓夕法尼亞州艾倫鎮的中年婦女安娜・梅斯姆在給自己二十三歲的女兒把風時被捕，她女兒在市場的一家服裝店偷了價值一百五十美元的衣服、長筒絲襪和內衣褲。梅斯姆太太涕淚交加地向法官解釋：「我沒有錢給女兒買她想要的衣服。艾達特別想做個新女性，為了給她弄到那些衣服，我們就決定去偷。我怕她用其他更糟的辦法得到衣服，所以我就幫她偷衣服來讓她打扮得和其他人家的女孩一樣體面。」

美國社會到了 1918 年的時候，時尚雜誌成了最受女性歡迎的雜誌，她們著迷於封面女郎的瘦削身材和靚麗服裝，還為當中的女性專欄文章深深陶醉。如果自己沒有足夠的錢買下那些流行的衣物、不能出入燈紅酒綠的酒吧，那麼在照片和文字的世界裡，她們可以做一次免費的旅行。只要選對了雜誌，那麼她們所獲得的資訊是絕對權威和令人信服的，因為它們出自真正的新女性之手。

給你「美夢和幻想」

新女性的革命，是一場自上而下的變革，她的最初代表者幾乎都是中產階級以至上流社會的女孩。她們具有良好的品味和極強的號召力，如果握有足夠的才華，那麼影響世人更輕而易舉。

1910 年代末和 1920 年代的雜誌封面上印刷著時髦、瘦削的新女性，她們的裙裾在風中飄揚，優雅的衣服自然服貼地襯托著迷人的身段，她們給予其他女性的，是要模仿和成為的對象。針對雜誌的這一作用，《浮華世界》的資深編輯弗蘭克・克朗寧希爾德曾總結，雜誌圖片給予美國婦女的唯一禮物，是「美夢和幻想」。但在戈登・康威 (Gordon Conwell) 身上，這句話可以改寫為，藝術帶給女性「美夢和幻想」。

彼時的美國，有兩位非常著名的封面設計藝術家，一位男性，一位女性。約翰・赫爾德早於戈登・康威出名，和後者相比，赫爾德這位男性對新女性的自由和輕薄感興趣，他筆下的人物喜歡光著雙腿和胳膊，短裙四處飄揚，在他那裡，她們都長著圓圓的腦袋和既圓且亮的眼睛，她們熱衷於懸在半空中像是踩著查爾斯頓舞步，要麼就是被他置於某種頗為尷尬的可笑境地。康威卻是另一個路數，她更注重表現女性的服裝和風格，她畫筆下的女性苗條、時髦且高傲無比，她們的穿著被她描繪得纖毫畢現，面部表情和無關特徵反而變得模糊，給人遠隔萬里之感，康威要表現的是新女性優雅、婀娜多姿的形體和現代裝束。

可以這麼說，康威筆下的新女性，都是她的一個個變體。她似乎生而為新女性，但她的風格是優雅、別致且教養良好，這區別於其他人的大膽和放縱。康威的父親是位富商巨賈，母親是位優雅且開明的女性，從小到大，康威整日生活在歌劇、芭蕾、現代舞、古典與現代詩歌以及交響樂之中，她練習鋼琴、演講和舞蹈，還能自如地說義大利語、西班牙語和法語。就外表而言，她同樣無可挑剔：身材修長、黑髮、舉止優雅，她的好朋友這樣形容她：「就像小鹿一樣優雅。她並不是她母親那樣的古典美，但當她在肩上披上一條老式披肩時，簡直是魅力四射。而我們這些人就像曬在晾衣繩上還沒曬乾的衣服。」長期的都市上流社會生活經驗，賦予了康威飽經世故的頭腦，對於歐洲繪畫所具備的淵博知識和嫻熟技巧，廣闊的人際關係網絡，讓她引起了海沃斯・坎貝爾的注意，坎貝爾是貢迪・納斯出版公司眾多出版品的藝術總監，包括《哈潑時尚》、《浮華世界》和《時尚》。

康威成為專業的封面設計藝術家後，不少於一百一十家的時尚工作室，包括頂級的巴黎時裝店都邀請她為自己的作品設計圖樣；百貨商店委託她設計廣告；百老匯的經理們聘請她設計布景和服裝；倫敦和巴黎的導演在為自己的默片女演員配衣服時，都會向她諮詢。任何一個人只要看過歐洲電影，只要在當地看過倫敦或百老匯的戲劇，都會瞭解她的風格。她就這樣，在藝術界和出版界發揮著自己的才能，透過自己的作品，影響著新女性的生活。

比紐約更紐約

首期雜誌面世於 1925 年 2 月的《紐約客》，在夏天剛過，即面臨關門的窘境，多虧創始人羅斯發現並啟用了洛伊斯・朗 (Lois Long)。這位筆名為「口紅」的小鎮女孩，改變了雜誌的命運，並且在新女性生活方式的推廣上，走得更遠。

和出身上流社會的戈登・康威不同，洛伊斯・朗是個名副其實的小鎮姑娘，正因為如此，來到大城市後，成為新女性的她，在雜誌上所寫的專欄，是她身體力行後的產物，她是在邊認真體會新女性的生活，邊把經驗毫無保留地分享給讀者的，和康威的高高在上相比，她勝在親和力。

二十歲時，朗離開家鄉瓦薩爾，來到夢想中的紐約。在成為《紐約客》的知名專欄作家之前，她做過《時尚》的低級廣告文案、演員和《浮華世界》的戲劇評論員。她和一位女演員共同租住在曼哈頓上東區的一套狹小公寓裡，在那兒，兩個女孩晚上要麼舉辦小晚會，要麼在時髦的夜總會裡穿梭，她的生活，比紐約女性還要紐約。

1924 年，紐約知名的社交紳士哈羅德・羅斯和妻子籌資四萬五千美元，創辦了《紐約客》，「宗旨就是歡樂、機智和諷刺，它

洛伊斯・朗（右）存留的最著名照片。她的出現，挽救了《紐約客》，也指導了新女性的生活。

就是為大都市的讀者出版的。它是大家所說的世故，將對讀者起到頗有助益的啟蒙作用。」和所有時尚類雜誌一樣，他口中的啟蒙，是指對讀者生活方式的指導。在出版沒幾個月後，雜誌發行數量停滯不前，面臨關門打烊的命運。幸虧有朋友跟他推薦了朗。面試之後，這位向來不喜歡女編輯的老闆當即決定錄用朗，他看重的，正是朗新女性的生活方式，那種當下美國社會人人關注的焦點。此後，朗在《紐約客》供職到 1968 年，四十多年間，雜誌的宗旨幾經改變，但朗從未跟雜誌一起轉型，她的作品仍然輕鬆明快、毫不正經，但她的輝煌卻永遠定格在了 1920 年代。

朗（右二）和朋友們在照相館擺著即將遠行度假的輕鬆pose 拍照。左一為卓別林。

在《紐約客》擔任數年編輯的布蘭登・吉爾作為朗的同事，對她的回憶是這樣的：「朗是《紐約客》創刊伊始幾年中衝勁最足的人。羅斯對雜誌的看法常常並不是很明確，但他從未懷疑過，理想的《紐約客》作家，更不用說理想的《紐約客》讀者了，都應該盡可能向洛伊斯・朗靠攏。他認為自己是紐約的外來戶，有點土，在他眼裡朗小姐正是魅力四射的紐約人的體現。」

「朗小姐身材特棒、高個、黑髮。她長相惹眼，有一雙紫灰色的眼睛……。她有無窮的精力，言談舉止都充滿了情感，原來就該是典型的新女性。」在《紐約客》，羅斯每週付給她五十美元，而她的職責就是每週撰寫一篇關於紐約夜生活的專欄，專欄的名稱是「雙人桌」，而朗的筆名是「口紅」。

一個普通的夜晚，朗和朋友們從市中心的戲院、餐廳轉場出來，在路上攔下一輛計程車，在先後去了“21”和托尼酒吧後，她又前往某處「私人俱樂部」，打打乒乓球、麻將或是下下雙陸棋……。朗的夜夜安排雖然並不都如此，但她每天必定會在城裡玩上整個通宵。之後，她會回到《紐約客》的辦公室。這時，她的衣著依然考究，但因為整晚的飲酒而臉色很紅，她用鑰匙打開工作間的門把手後，喜歡跟已經來上班的同事們開心地打招呼，然後逕直走到自己的打字機前，開始打字。

朗跟只單純尋求享樂的新女性也是不同的，她善於明察秋毫、極為幽默，她的文字雖樸素，卻難得地思想尖銳。專欄裡的她，時而輕佻，時而咆哮，時而大起大落，她慣用冷幽默：「我總在懷念所有那些真正興奮的時刻，但情況不妙。我以女孩子那種盡心盡責的方式，整個晚上不辭辛勞地去各種各樣的地方，只有那些在亂哄哄的酒吧裡如魚得水的人才會跟著我，而我卻一無所獲……。星期六和星期二我在『貓頭鷹』，而星期一晚上討厭的匪徒剛把這兒打劫了一通。簡直太不妙了……一句話，所有這些我都覺得糟透了。」朗這樣向讀者描述她一週的生活。

或許朗認為，「老王賣瓜」似的美好並不可信，反而是這種反其道而行之的方式更容易吊足讀者的胃口。總之，她在用自己深更半夜在外面喝酒、吃飯、跳舞的經驗和在城裡經歷的各種冒險故事款待著她的讀者，俘獲她們的心。

新女性的世界性

美國新女性生活的年代，在一戰結束後不久。戰後，美國的經濟很快復甦，廣告業、電影業大規模發展，消費時代來臨。在「高歌」新女性的同時，廣告商們以自己的利益為出發點，塑造著心目中的女性形象。這和現今世界的所有現代女性一樣，她們的生活很大程度上是被大眾媒體左右的結果。

新女性三巨頭

1910 年代末和 1920 年代，好萊塢的電影業發生了巨大變化，從維多利亞時代的衛道士轉向青年文化的供應商。新女性成為導演的拍片核心，當時有三位女明星最著名，被稱為好萊塢新女性三巨頭。然而，作為職業是演員的女性，三人被展露於外的形象有著明顯區別，代表了三種不同的新女性類型。

1923 年年中，毀譽參半的電影《激情年輕人》(*Flaming Youth*) 上映，被電影評論家批評為「電影所拍攝的新女性太有傷風化。其中還有洗澡的場面，這肯定會讓審查機構震驚不已」。令評論家和觀眾欣喜的是，影片的女主角派翠西亞・芬特麗斯在經歷了「新鮮刺激」的生活之後，回到了正常的軌道，結局是令人滿意的。這個出生在富有家庭的女孩，模仿父母的放蕩行為，和年長的小

柯琳・摩爾天生就是個乖乖女，她的天真和無憂無慮剛好跟鮑形成鮮明對比。

提琴手一起離開家，乘船去了歐洲。當對方要誘姦她的時候，她跳進了大海，並被一位正派的水手救起，在他的幫助下，得到教訓的芬特麗斯回到了父母身邊。影片上映後，女主角的扮演者柯琳・摩爾 (Colleen Moore) 成為好萊塢最當紅的女星。

摩爾出生在中產階級家庭，優越的家庭條件給予她的最大優點是天真和無憂無慮；在結婚之後，雖然她每天有十八個小時需要待在片場，根本沒有時間給先生做早餐、烤蛋糕，但她聲稱：「我不認為自己天生就能成為家庭好主婦，但突然之間我覺得訂牛奶、付肉鋪帳單都是很有意思的事！」這是電影公司要求她展現在公眾面前的形象，她是好萊塢打造的規規矩矩的新女性代表。

柯琳・摩爾之後的第二位好萊塢新女性是克拉拉・鮑 (Clara

克拉拉・鮑的坎坷經歷，大概決定了她成為「粗俗型」新女性代表的命運。

Bow)，她是粗俗型新女性的象徵。鮑沒摩爾那般幸運，她出生在貧民窟，父親是個酒鬼，母親情緒極不穩定。成名後，她對自己的童年生活三緘其口，只是略微表示：「我知道什麼叫飢餓，相信我。我們只是活著，僅此而已。」這樣的女孩，必須從小就掌握生存的規則。「在這段孤零零的時期，我一無是處，也沒有朋友。只有一個地方我可以去，可以忘卻家裡的悲慘處境和上學時的痛苦，那就是電影院。」1921 年，十六歲的鮑參加了《電影》雜誌贊助的「名譽與財富」比賽，從此踏入了電影界。她以「新女性」題材的電影聲名鵲起，而且憑藉良好的職業道德而聞名：她總是準時到達片場，和導演合作愉快，也從不搶鏡頭。「她說哭就哭，而且你也會絕對相信她的能力。一個漂亮的女演員，真的漂亮。我經常納悶，這年輕姑娘是從哪兒得到這些知識、這些理解力、這些感情的呢?」一位著名電影公司的道具師說。

露易絲・布魯克的人生，就是一個典型新女性的人生。

但鮑卻更以品行不佳的軼事出名，尤其是以她那頗為放蕩的生活方式出名。銀幕上，鮑飾演的新女性比摩爾式天真的愛爾蘭新女性狂野得多，性方面更為開放，而且她自己在生活中身體力行，成為許多年輕女孩的榜樣。從 1925 年到 1929 年短短四年間，她先後和五個男人訂婚，且都無疾而終。或者可以說，在貧民窟長大的女孩，大概很難成為淑女，特別是在那樣一個社會等級仍然嚴格的時代。

與兩位女星同時期的另一位女演員，是真正的新女性。她的名字是露易絲・布魯克 (Louise Brooks)。三人之中，她是進入電影界最晚，卻也是離開最早的一位。她的特徵是墨黑的短髮、銳利的眼光和舞蹈演員柔軟的身姿，影片內外，她都過著完全的新女性生活。身為法律顧問的女兒，她從小飽覽文學家和社會學家的著作，在同學們還不知道貢迪・納斯這樣大型的出版公司為何物的時候，她已經是《哈潑時尚》和《浮華世界》的長期訂戶了。她陪母親聽音樂會、看舞蹈表演，並接受了專業的現代舞訓練。之後，她成為專業的舞蹈演員。1922 年，她在日記中寫道：「如果我要把自己塑造成自己夢想中的女人，我就得學會上流人士的禮儀，而且也要學會打扮自己。」1925 年，她的情人之一推薦她拍攝了電影《被遺忘者之街》(*The Street of Forgotten Men*)，影片上映後迴響熱烈，隨之，她也成為好萊塢名副其實的新女性。

創造欲望，才有消費

「有獨特想像力的人能夠想像出任何一件商品，他能將商品變為情感的對象，……因此要創造欲望，而不是僅僅創造感覺或想法。」美國新女性生活的時代，是一個充斥欲望的時代，她們被引導著不斷消費，及時行樂。

那時的美國民眾，曾被這樣的一則廣告吸引：一位年輕、新潮的女明星站在一輛高級轎車面前，美女與商品的組合，帶給大家第一次震撼神經的刺激。究竟是新女性推銷商品，還是新鮮出爐的商品烘托新女性，當時的人們分不清，生活在今天的我們依然難辨，因為兩者相互交纏的效果，正是廣告商的目的。

有人曾這樣描述當時的美國：報紙和雜誌是市場，專欄文章是通衢大道，刊登的廣告是十字路口，商販和顧客在那兒相遇。任何一期全國發行的雜誌都是一個世界市集，新世界的商品琳琅滿目。服裝、鐘錶和燭臺；湯、肥皂和香檳；內衣和豪華轎車——

所有新女性需要的最好商品都在那兒。廣告商們用循循善誘的語氣讚揚著這些商品，那是一個消費的時代，每個人都在希望女性們為自己的商品掏空荷包。

「對那些無法改變自己整個生活或職業的女性而言，甚至一款服裝新品都可以成為一種慰藉。當對丈夫、家庭或工作厭倦的婦女看到一件直筒筒的裙子變成一件寬鬆的衣服，或灰色變成了米色時，就會覺得自己的生活得到了提升。」1920 年代的新女性雖然前衛，卻終究逃不出聰明的廣告商的魔咒。

婦女被塑造的最成功例子

「戰爭使我們懂得了宣傳的力量，如今不管有什麼東西要向美國民眾推銷，我們都知道該怎麼做。」1921 年，一位著名的商業分析家洋洋得意地說。廣告商們深諳此道，比如他們 1920 年代打造出的貝蒂・克羅克 (Betty Crocker)，影響了幾代美國人，直到今天，她仍然是不少美國人心中「最完美的家庭主婦」，是美國人最為信賴和熟悉的名字之一。

前面提到，新女性之所以能夠從大都市迅速地傳遍美國的每一個農場、小鎮和鄉村，那是因為廣告業和電影業的迅速發展。這些影像和隨處可見的廣告，喚起了鄉村女孩的美夢，1920 年代，她們越來越多地來到大城市，憑藉自己的力量養活自己。女性取得了一定的社會地位和些許經濟來源之後，一旦成了家、有了子女，總是需要在事業和家庭之中作出選擇。

作為美國最為民眾欣賞的理想女性類型的貝蒂・克羅克，影響力在今天依然還在，據調查顯示，用克羅克的名字和形象做廣告是美國歷史上規模最大，也是最為成功的市場行銷活動之一。她的形象，得到了 90% 的家庭主婦的認可。

1921 年，美國明尼蘇達州的沃斯本・克羅斯公司為推出旗下的「金牌」麵粉而舉辦了一次促銷活動。活動得到了數千名女性消費者的積極響應，她們提出了各種各樣的關於麵包烘烤的問題，答案都由公司虛擬的婦女形象貝蒂・克羅克給出。通用磨坊公司成立後，廣受歡迎的克羅克成為了公司的形象代言人，用以提高它們在產品銷售上的自信。

此後的 1924 年，「貝蒂・克羅克空中烹飪學校」第一次在電臺播出，並成為全國廣播公司廣播網中備受青睞的節目。一直到 1996 年，克羅克的形象發生了多次改變，但始終為全美人民所喜愛。其實，克羅克的意義，遠遠超出了她在產品行銷學上的影響。尤其在 1920 年代後半葉她形象的幾次變化，顯示了那一時期女性生活的變化。

貝蒂・克羅克是商家塑造最成功的女性典型，她數十年間的形象變化，是一部女性文化史的縮影。

起初，克羅克只是推銷麵粉的一個符號，到後來，她身上被賦予的含義越來越豐富，她代表了試圖平衡女性的獨立和承擔家庭責任的代名詞。幾年來，克羅克的一系列形象為婦女提供了一面可供參考的鏡子，它反映出了美國女性形象在保持自身的獨立性之外，也要兼顧家庭的現狀。然而，克羅克輕鬆緩解了這一矛盾，因此她能夠深受女性的推崇，因為她們個個希望自己就是克羅克。

從 1920 年代開始，美國社會中女性角色和女性美的觀念，在日益擴大的大眾傳媒市場中，成為了廣告商賺取利潤的最大法寶。1921 年舉辦的首屆美國小姐選美比賽的動機，和克羅克當初的被虛構一樣，反映了女性如何被看待，以及社會需要她們成為怎樣的人。

告訴你什麼是「最漂亮」

選美小姐們經過嚴格的篩選進入比賽，是為了告訴世人，什麼是「最漂亮」，「女性應該什麼樣」。「美是一個被大眾認同的類型，公開比賽提供了使選美過程合法化的方法，更加有力地宣布婦女應該怎樣示人。」

1921 年 9 月 5 日，美國小姐評選盛會正式開始，從此，這一習俗在美國流傳至今。比賽的組織者規定，美國小姐的參賽選手應該具備健康、自然的氣質，還特別堅持不能夠化妝和剪短髮。和這些保守的組織人員不同，比賽的評委由幾位著名的報紙編輯和漂亮的女性插畫畫家擔任，他們在一千五百名選手中選出了華盛頓特區小姐，十五歲的瑪格麗特・戈爾曼 (Margaret Gorman)。她金髮藍眸，身材嬌小，當時的裝束是過膝的泳衣。美國勞工聯盟主席塞繆爾・甘波斯對戈爾曼非常看好，他在《紐約時報》上對她大加讚賞，並把她描述成「美國需要的那種女性類型——強壯，熱血，能擔負起主持家庭與母親角色的責任。國家的希望就在她這一類型的女性身上」。或許是七十一歲高齡的甘波斯人生經驗豐富，能夠看出十五歲的戈爾曼十幾年後的成功家庭婦女生涯，他對她是「美國需要的那種女性類型」是十分肯定的。而塑造這種「被需要」，正是選美活動舉辦方的目的。

「到 1921 年，美國美女文化的基本機制已初具規模。在物質生活日漸富足、快樂行為準則發展、廣告日趨成熟與提高的基礎上，所有這些都在以後的數十年裡繼續發展。」此後每一年的美國小姐比賽，選手們的服裝越來越大膽、舉止越來越活潑自信，她們在主辦方和廣告贊助商的標準之下，向世人展露著被要求的美麗和智慧。

進入現代社會以來，美國的女性文化很大程度上是由大眾媒體創建的，是它們塑造了理想中的女性形象，然後使得美國婦女對銀幕上、廣告裡和選美比賽中富有魅力的女性甘心認同。現代女性雖然是最富有個性的一代，但同時也是最沒個性的一代，因為她們被統一的標準所限，這也是社會現代化的一個最大特點：世界大同。在消費主義思想盛行的今天，我們生活中現代女性的種種境遇，和當初的她們何其相似！

簡　寧

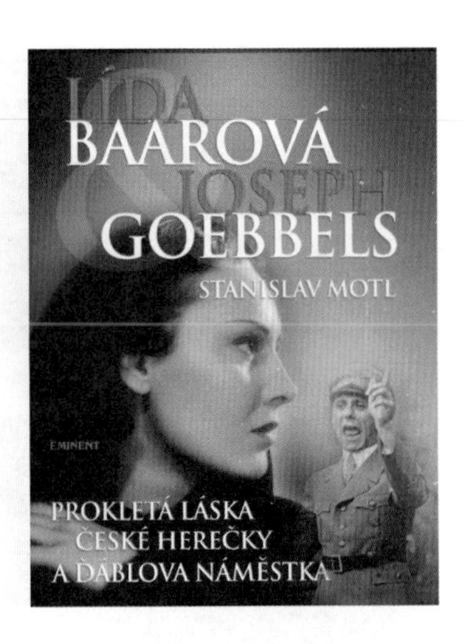

抑或是朵惡之花

二戰時期德國的女明星們

她們是希特勒帝國的宣傳工具、納粹定製的銀幕女神，作為納粹德國最受歡迎的女明星，克莉絲蒂娜・澤德爾鮑姆因其清純的外貌而被塑造成法西斯美德的典範，莎拉・萊安德以其陰鬱的凝視而被設計成戰時痛苦的安撫者。可是她們又絕不僅僅是帝國的玩偶，在利用與被利用、控制與反控制之間，有人於杯盞交錯時由希特勒口中套取重要情報，有人在回眸一笑間令戈培爾甘願放棄江山。

她們同樣美麗、漂亮、充滿活力而又光彩照人，她們曾經萬眾矚目，她們曾經千夫所指，她們紅極一時卻又尷尬一世，她們就是德意志第三帝國的女明星。

莎拉・萊安德 (Zarah Leander) 是納粹時期最受歡迎的女影星之一。

「將婦女從婦女解放運動中解放出來」

希特勒所創造的理想女性形象是與一戰後婦女解放運動風潮下出現的女子形象相對應的，他認為那些女性運動將「女性完全降低為淺薄輕佻地供人娛樂的對象」，因此「我們國家社會主義的女性運動在本質上只包括一點，這一點就是『為了孩子』」。

「好的納粹主義?」，這是 2008 年德國《明星》週刊的一期封面標題，事情源於當時德國最受歡迎的女主播愛娃・赫曼 (Eva Herman)。堪稱現代職業女性典範的她先後多次公開讚揚納粹的女性形象及婦女政策，她認為女性在上世紀 1960、1970 年代的婦女解放運動後日益男性化了，針對德國的低出生率，她要求女性自覺地承擔起作為妻子和母親的傳統角色，透過男女之間嚴格的角色區分來拯救現在岌岌可危的家庭狀況。此言一出，瞬時激起千層浪，因為就在不久之後進行的一次民意調查中，25% 的被訪者認為納粹主義在婦女家庭政策上有好的一面，六十歲以上的受訪者中，贊成的比例更是高達 37%。

時鐘已經走過六十餘載，可是希特勒和他的納粹主義幽靈依然存在著毒化民眾的可能，它究竟有何特別之處?

納粹的女人、希特勒所創造的理想女性形象是與一戰後婦女解放運動風潮下出現的女子形象相對應的，它一開始就宣稱要「將婦女從婦女解放運動中解放出來」。「在第一次世界大戰之後，一些所謂的外國優秀文化漸漸進入了德國，一種關於美的新概念也闖入了我們的頭腦。如：所有的年輕職業女性都紛紛擠出時間來化妝，以一種精心的態度修飾她們的臉和指甲，她們毫不後悔地將大量時間和金錢投入其中，買了許多胭脂香粉、口紅等化妝品，她們認為只有將自己裝飾一番才能呈現在別人面前，尤其是在工作日。除此之外，對苗條的崇拜到了無以復加的地步。」納粹主義認為這種美的概念使得「女性完全被降低為淺薄輕佻地供人娛樂

納粹所提倡的銀幕女性形象崇尚自然、健康。

的對象，將身體健康和自然美感用虛假做作的化妝變為了赤裸裸的對性的貪婪。」

納粹的女性理念就是「對生命和自然美的鄭重肯定」，新女性拋棄所有人造的元素，她們是質樸的、自然的、鮮活愉悅放鬆的現實女性，她們金髮碧眼、亭亭玉立、樂天開朗、勤勞能幹，整天守在家裡圍著一大群孩子忙活。這種自然美的社會表現就是「她們並不盼望擔任公職或者做議員，而是更願意有一個舒適的家，一個可愛的男人，還有一群幸福的孩子」，「我們國家社會主義的女性運動在本質上只包括一點，這一點就是『為了孩子』」。在希特勒的理想體制中，女性就應該遵從其自然屬性，充任繁殖的工具，結婚和母親身分就是人生的唯一目的，女性的特殊價值在於「延續雅利安人的血脈和種族的繁榮」。

為此，宣傳部長約瑟夫・戈培爾 (Joseph Goebbels) 曾下令關閉所有的美容院，因為它們浪費電能、熱能和人類的勞動。他幾乎憤世嫉俗地向女性保證，就算她們沒有精心打扮，也同樣能夠得到從戰場勝利歸來的士兵們的喜愛。而為了使這一新女性形象、納粹的美學觀點更加深入人心，電影這一現代化的傳播手段及其銀幕上的女主角們，自然而然地就被當作完成這項任務的最佳人選而提上日程。從 1933 年到 1945 年的十二年裡，德國最具實力的國有電影公司宇宙（UFA，又譯烏發、環球）以每個月拍攝十部影片的速度，去實踐和發揚戈培爾「將德意志帝國作為一件藝術品來展示」的宏大設想。從劇本內容到演員選取，從影片開拍時間到上映時觀眾的選取，一場大規模的裝飾活動開始了……。

鮮血與祖國：第三帝國銀幕女性形象

在納粹影片中，女性對個性、欲望的追求永遠不會成功。正如蘇珊・桑塔格對納粹文化的總結：「法西斯藝術，將投降光輝化，為愚蠢而歡呼，將死亡壯美化。」納粹電影以理想化的純潔少女和富有自我犧牲精神的女性形象，鼓勵觀眾認同法西斯「鮮血與祖國」這一口號的內涵——服從與服務於權威及國家。

勇於自我犧牲的德國母親

從原則上說，納粹主義既不喜歡致命的女性也不喜歡脆弱的女性，而且也不贊成現代文化中的新女性。它將「德國母親」與富有自我犧牲精神、自我奴隸特徵的女性形象放在了絕對顯著的地位，總是把女演員的銀幕角色和明星形象描繪成努力體現納粹政治精神的人。

戰爭電影或者是為戰爭服務的電影，表現出的故事情節都是壯麗化的、朝向勝利的男性爭鬥，影片充滿對男性力量的幻想和對英雄之死的描寫。為了解決在威瑪時期男性身分認同的危機——這與第一次世界大戰的失敗有關，經濟危機，新德國民主政治的騷亂——納粹的宣傳部門向民眾許諾，他們會因為國家的榮耀而重獲男子氣概與新生。因而，在女性扮演中心角色的大眾電影中，家庭概念由女性來集中體現的情況下，她被安置在這個集體的中心，作為男性行為背後的核心和力量源泉，她們要勇敢地承擔起無限制的苦難，她們的犧牲和受辱最終會誘導觀眾相信，這是出於德國人家庭的利益和德國民族的利益，她們所作出的犧牲最終會物有所值。

這一觀點在多名女演員的銀幕角色上都有所體現，作為納粹政權樹立的理想女性銀幕形象，克莉絲蒂娜・澤德爾鮑姆(Kristina Söderbaum)所扮演的角色無一例外地都受到了殘酷的虐待，在《猶太人聚斯》中，她失去了貞潔；在《偉大的國王》中，她失去了女性的生活；在《黃金城》中，她失去了生命。希特勒與戈培爾皆無好感的莎拉・萊安德，也只有藉由在影片中為了保

克莉絲蒂娜・澤德爾鮑姆既是一個妻子，又像一個純潔的孩子，是納粹政權樹立的理想女性形象。

護私生女而甘願作出自我犧牲的吶喊，才實現了由一個聲名狼藉的蕩婦到一名「德國母親」聖人之間的轉換，進而確立了自己在納粹電影中的主角地位。

納粹強權下的電影演員，實際上是為意識形態服務的工作者。

「明星必須死，電影才能活」

與國際電影市場通常把明星們包裝成有異國情調的夢一樣的人物不同，納粹堅決反對某個明星的地位超出了整個電影拍攝組的地位，「沒有一個人──他的自尊自大被提升到一種妄想的自大地步──能夠、可以、應該，或者將成為未來的英雄，……將明星病從電影中根除掉，明星必須死，這樣電影才能活」。納粹企圖把流行文化中廣為流傳的明星形象融合進法西斯的日常生活中，他們極力將明星還原成普通的勞動者，聲稱演員就像普通的工人和政府人員一樣，將自己獨特的技能奉獻給人民大眾。借助於突出明星普通人的一面，納粹的宣傳使得對集體主義的身分認同更加加強。

因而，納粹時期的演員被提倡有益健康的穿衣態度，強調農民裝和體育裝樣式。克莉絲蒂娜經常穿著農民服裝出現在媒體上。她剛出道時，對她的很多宣傳都向觀眾強化這樣一個概念，即克莉絲蒂娜不是明星，她從來都不希望成為明星，在一篇採訪中，克莉絲蒂娜甚至感慨自己希望做一個真正的農夫，「相比於戲劇表演和電影工作，我對農業知識懂得更多」。一個來自斯德哥爾摩的大學家庭背景的女孩子會有這樣的技術確實讓人搞不懂，然而另一份資料顯示，她來自一個「世代務農的家庭」，這種說法，在介紹以性感形象而聞名的莎拉・萊安德的歷程中，也被逐字逐句地重複提及。納粹的宣傳者們總是喜歡將大眾農民情結作為奢華明星形象的解毒劑，藉此削弱明星的地位，突顯自然、質樸的一面。

去除女性特徵

納粹電影中的女性形象是經過去色情化、去除女性特徵的。與男性追逐野心和欲望的本性相比，女性的特徵更傾向於浪漫的個人感情和安全舒適的生活，這在納粹看來是散漫、消極的。所以，銀幕上的女性除了被塑造成德國母親和妻子，就是被表現成像男人一樣去衝鋒陷陣的女鬥士，她們健康、強健、親近自然，天真得像個嬰兒，無法引人遐想，同時又能幹得像個男人，令人只敢膜拜。被稱為「成人版秀蘭・鄧波兒」的莉蓮・哈維 (Lilian Harvey)，直至三十六歲仍然維持著孩童般的純淨笑容，舉手投足之間依然是納粹所要求的清新做作派。

藉由驅除女性的性特徵，極力避免男女情愛鏡頭的呈現，納粹文化使得男性始終將注意力維持在更高的追求——服從服務於權威和國家，即使是個人生活。而實際上，對色情化的去除，只是更深層次地暴露了法西斯對女性特徵的恐懼。

心甘情願被利用？——希特勒的另類女明星

那些被希特勒視為女強人的明星們，用她們的驚世駭俗來表明她們的明星地位與納粹所提倡的女性形象的對立。她們生活在納粹強權的控制之下，可是藉由自己鮮活的個性，她們證明了自身是生活在銀幕完美形象之外的活生生的人。

麗達・巴洛娃：戈培爾有生最美好的感情

1945 年 5 月 1 日，蘇聯紅軍攻入柏林，躲在地堡裡的戈培爾整了整衣領，準備自殺。他從前胸的內衣口袋裡掏出一張自己隨身攜帶的照片，最後一次看了看照片上那名女子，「你是一個美麗的女人」。將照片投入火爐後，他扣響了扳機。

這位「美麗的女人」便是捷克女演員麗達・巴洛娃 (Lida Baarová)。十六歲時，麗達就扮演了第一個銀幕角色。清新的形象與活潑的性格，使得她旋即成為捷克冉冉升起的新星。三年間，麗達在德國宇宙公司捷克分部共拍攝了六部電影，隨著合作的頻繁，柏林總部都注意到了麗達。所以當 1933 年宇宙總公司計畫投拍《船夫節》，需要一位說話帶著外國腔的女主角時，麗達順理成章地得到了試鏡的機會。

她只是懷揣著令演藝事業更進一步的願望來到德國的，而隨著《船夫節》的上映，麗達・巴洛娃也的確一夜之間成為「宇宙之星」。與宇宙公司的簽約如期而至，而且她還被破例允許繼續在捷克拍片。麗達與男友滿懷憧憬地選中了小島上的一幢別墅，共同住了進去。而別墅的旁邊便是戈培爾的避暑之地。麗達成了戈培爾的鄰居。

在那個斑駁陸離的恐怖時代，德意志第三帝國的女明星們藉由自己鮮活的個性，證明了自身是生活在銀幕完美形象之外的活生生的人。

開著 BMW 兜風回來的麗達與黃昏散步歸來的戈培爾不期而遇，戈培爾友好地表示想參觀一下他們的新居，麗達領著戈培爾的孩子走在前面，兩個男人跟在後面聊房子和花園，她第一次意識到戈培爾的聲音很好聽。

戈培爾開始邀請他們參加各種各樣的宴會，而每次在宴會上碰面時，他都是一邊與麗達的男友說話，一邊眼光不時地轉向她。麗達越來越明白，這跟宴會沒有多大關係，而是戈培爾對她個人的興趣。她知道戈培爾是一個獵豔高手，同時這個人還可以易如反掌地破壞她在事業上的攀升，她必須小心應付。

戈培爾開始打電話約麗達出去，為避免引起別人的懷疑，他總是自稱米勒先生。在戈培爾的鄉間小木屋裡，他們一起喝茶、討論電影以及她需要提升的演技。他總喜歡為麗達彈奏鋼琴，每次彈完，戈培爾都抑制不住地吐露衷情:「我知道你一定聽說過我的許多事情，而且有許多想法，但是我向你起誓，在我的一生中，從沒有一個女人像你一樣，在我心中燃起這樣強烈的愛!」在冬季燃燒的爐火旁，戈培爾凝視著她的眼睛，向她發誓，「你是我有生以來最美好的感情!」

戈培爾言辭中透露出的認真讓麗達又喜又怕，可是剛剛二十歲出頭的麗達終究招架不住這樣溫柔而又持久的情感攻勢，三個月後，麗達已經對戈培爾著了迷。伴隨著戈培爾資助麗達的電影擺脫困境，有關他與麗達的戀情也迅速充斥街頭，媒體津津樂道

因為與宣傳部長戈培爾的情感糾葛，麗達・巴洛娃一夜之間從宇宙之星淪為帝國的囚徒。

於這個帝國模範家庭所出現的婚姻危機，甚至有傳聞，因為麗達的男友無法忍受這種局面，曾經給了戈培爾一拳。

戈培爾也在尋求解決方案，那時的麗達已經在祕密與好萊塢商談合約，與名譽受損相比，戈培爾更害怕失去她。於是他向妻子瑪格達坦白了一切，並要求妻子接受這樣的現實。瑪格達主動約見麗達，並提議與麗達一起分享丈夫:「他是元首的一個重要人物，他有偉大的使命要完成，我們兩個都必須為他服務。」這位嚴格地遵循納粹新女性理念生活的部長夫人誠懇地表示,「我就是他孩子的母親，我只對我們居住的屋子感興趣，外面發生了什麼我都不在乎，也不會干預」。

原本惴惴不安前來赴約的麗達此刻只剩下了深深的同情，而戈培爾則興沖沖地走進來，自以為擺平了此事。只是沒多久，瑪格達還是向希特勒揭發了此事。那時的希特勒正準備進攻捷克，可帝國的官員卻為一名捷克的女演員神魂顛倒，之前謀劃為此辭職不說，現在德意志第一模範家庭都面臨著四分五裂的危險，希特勒絕對不容忍這樣的事情發生。

希特勒對戈培爾大吼大叫，因為戈培爾對妻子提供的不忠證據完全沒有否認，不但如此，他還請求元首允許他離婚。希特勒無可抑制地大吼，維持婚姻是戈培爾的義務，他必須為德國民眾服務，必須回到他家人的身邊，不能自私自利。戈培爾也吼了起來，這是他第一次對他所敬為神明的領袖展現出反抗，他說他全心全意為民眾服務，可是在他的私生活上，他沒有義務！這是他的私事，如果有人要求他別這樣做，他就要辭去職務。他請求辭職，並要求出國，這讓希特勒暴跳如雷,「這不行！你必須為了民眾留在這裡！民眾要求你這樣做！」「創造歷史的人沒有私生活！」

第二天深夜，麗達接到了米勒先生抽泣著打來的電話，「完了！全完了！這完全是一場悲劇……。」戈培爾懇求麗達再等他三個月，因為希特勒最終答應讓他和妻子只相處三個月，如果三個月後仍然要離婚，他就不再干預，「你會看到的，三個月以後我就離婚，不管怎樣，你也要熬過這三個月！」

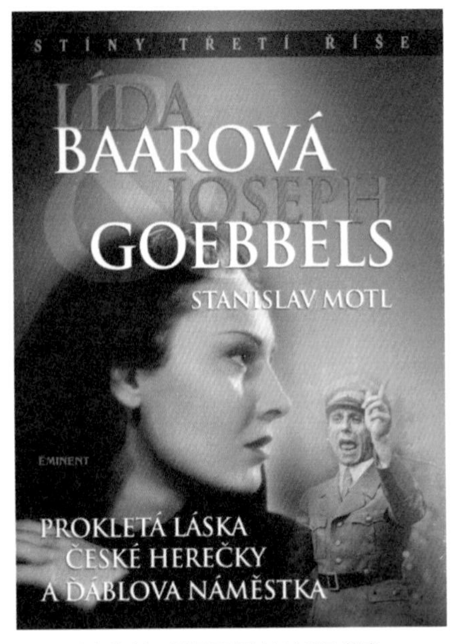

麗達的情感經歷屢被出版成書。

「不，我不相信，這不可能！他提出三個月的期限，只是為了把你們再撮合到一起，別那樣聽他的話！……」電話在兩人無可抑制的哭泣聲中結束，麗達只記得在自己昏倒前，聽到的最後一句話是「我愛你」。

最終，三個月變得遙遙無期。麗達開始被蓋世太保嚴密監控，並接到希特勒下達的命令：「立即禁止麗達・巴洛娃公開露面，不許演電影，也不許演戲。不能參加社交活動，也不能離開德國國土。」

一夜之間，麗達・巴洛娃由宇宙之星變成帝國的囚徒。

在麗達銷聲匿跡的同時，納粹的宣傳機器卯足了勁地刊登第一模範家庭的全家福，照片上的戈培爾表情越來越木然，直至最後活像一尊蠟像。一年後，戈培爾的第五個孩子出生，從此以後，他再也沒有不忠於作為一個丈夫和納粹官員的「職責」，完完全全地變成了傳達希特勒意志的工具。他發動「水晶之夜」，將全國的猶太設施、教堂甚至住房全部拆毀，他由之前的懷疑戰爭變成狂熱鼓動，直到最後他與六個孩子和妻子一同自殺。

而因為是「戈培爾最愛的女人」，戰後，麗達又遭受了兩年的監禁，盟軍官員尋遍了所有材料，也找不出半點她參與納粹政治的影子，於是麗達才最終被釋放回國。然而背負著這個沉重的身分，自 1938 年與戈培爾分開以後，二十二歲的麗達此後六十多年的人生裡就只剩下了顛沛流離，被同胞仇視，任由同行排擠，親人由於救助自己而病故身亡……。在自傳裡，她無奈地感嘆：「如果我負有罪責，我已為此十倍地懺悔過了，也為了那些我根本沒有做過的事情一直在贖罪。」

奧爾加・契訶夫娃：潛伏在希特勒身邊的女間諜

直到希特勒離開人世，他都不知道自己被最鍾愛的女影星出賣了。甚至整個西方情報界，在二戰結束時，都不知道納粹女星奧爾加・契訶夫娃 (Olga Tsjekhova) 是一名蘇聯間諜。

1898 年，奧爾加・契訶夫娃出生在一個俄羅斯顯貴家族，姑媽是著名作家安東・契訶夫 (Anton Chekhov) 的妻子、莫斯科藝術劇院著名的女演員，從童年開始，奧爾加就出沒於俄羅斯貴族和知識圈。十六歲那年，她在姑媽家認識了表兄米哈伊爾・契訶夫。情竇初開的奧爾加禁不住表兄的瘋狂追求，從姑媽家中帶上一件新睡衣就與米哈伊爾在一座鄉間教堂祕密結了婚。可是婚後不久，奧爾加就發現丈夫遠非想像中的「白馬王子」。除了酗酒外，他還是一名花花公子。奧爾加已經懷孕了，到姑媽家只是休養了

身為著名作家契訶夫的侄女，奧爾加的名門氣質使得她在德國影視界迅速站穩腳跟。

幾天，回來後，就發現米哈伊爾帶了一個新女友回家。身懷六甲的奧爾加忍無可忍地選擇了離婚。1916 年 9 月，生下一名女嬰後，她開始更加現實地為自己的未來盤算。

過早地體會到了愛情的現實，奧爾加的第二次選擇實際多了。她想要遠走德國以改變命運，為了能去德國，將女兒交由父母照看後，她迅速嫁給了匈牙利電影製片人菲林茨・雅諾什。

依靠自己超凡的外表以及丈夫的支持，奧爾加在德國的演藝之路非常順利。得知導演弗雷德里奇・穆瑙正在為他的新片尋找女主角，奧爾加立即毛遂自薦，謊稱自己是莫斯科藝術劇院的演員，俄國戲劇大師斯坦尼斯拉夫斯基曾親自指導訓練，藉此，她

不論出席何種活動，希特勒都會將奧爾加安排在自己身邊，體現出對這位女影星的特別欣賞。

成功地贏得了女主角。而隨著電影的大獲成功，奧爾加也逐漸成為德國電影界的新星。到希特勒上臺前，奧爾加・契訶夫娃已經成為德國最出色的女演員。

鎂光燈前風情萬種，萬人簇擁，可是只有奧爾加自己知道選擇來德國闖蕩的真正目的。實際上，早在當初離開俄羅斯半年前，軍事情報局就找上了奧爾加，主管親自同她談話，邀請她加盟情報部門工作。在接下來的幾個月裡，她被安排接受了嚴格的諜報訓練，半年後，當她與丈夫一同踏上德國國土時，她更重要的任務是為蘇聯祕密搜集情報，對此菲林茨始終一無所知。

遵照著莫斯科的指示，奧爾加早早地就與希特勒的情婦艾娃・布勞恩成為密友，並且透過她結識了希特勒本人。迷住希特勒對她來說並不困難，很快元首就成了她忠實的影迷。希特勒認為奧爾加是最偉大的演員，並且以內閣總理的名義，專門為她設立了「德意志帝國國家演員」榮譽稱號。他邀請她參加各種最高級別的活動，由始至終都把她的座位安排在自己身邊，希特勒對奧爾加的關心和讚賞由此可見一斑。

而利用與希特勒的特殊關係，奧爾加經常與納粹高官打交道，納粹的情報被源源不斷地提供給了莫斯科，其數量之多，至今仍無法統計出數字。1942 年，前線的緊張局勢促使史達林作出暗殺希特勒的決定。莫斯科專門成立了暗殺行動小組，並指定奧爾加對行動提供支援。為了刺殺行動得以實施，奧爾加展開了積極的準備活動：搜集希特勒的行蹤、勘察暗殺場地、與暗殺行動人員配合時間……。可就在準備活動已經完成，暗殺小組正尋機行事時，史達林出於國際形勢的考慮，決定放希特勒一馬。

之後，奧爾加又提出過暗殺希特勒指定的接班人赫爾曼・戈林 (Hermann Göring) 的建議，可是她過於頻繁的活動，已經引起了蓋世太保頭目赫里奇・米勒的懷疑。米勒抽調出大量人手對奧爾加實施全方位監控，希望找到她是蘇聯間諜的一絲證據，可是兩年多過去了，他仍然一無所獲。最終，米勒決定直接審訊奧爾加。

1944 年夏日裡的一天，他帶人強行闖入奧爾加家中，希望能有意想不到的發現。可是，在奧爾加的客廳裡，他赫然看到國家元首正坐在沙發上，米勒不得不取消了行動，悻悻而去。同時這一舉動也讓他明白，必須有足夠分量的證據才能指控這位希特勒最崇拜的女明星，可是他沒有任何把握，最後也只能不了了之。

實際上，這次的計畫完全在奧爾加的掌控之內，她早就算到了米勒的計畫，並在蓋世太保到來之前，特意把希特勒邀請到家裡。敲山震虎，奧爾加的一個邀約電話，就使自己順利且永遠地擺脫了困境。

1945 年，蘇聯紅軍攻陷柏林後，反情報局首長維克多・阿巴庫莫夫祕密派出飛機將奧爾加接回了莫斯科。她被送到克里姆林宮，接受史達林的會見，史達林親自向她頒發了列寧勳章。此後，奧爾加依然選擇了回到德國繼續自己的電影事業，1955 年息影之後，她選擇了開化妝品公司為生。對於曾經的祕密工作，對於媒體將她冠為間諜女王，奧爾加從來閉口不談，及至 1980 年因腦癌病逝，她帶走了所有那些不想公開的祕密。

莉蓮・哈維：她的逃離讓帝國兩次無顏

「往這兒看，這是我們可愛的舞孃!」1935 年莉蓮・哈維返回德國時，納粹帝國的元帥、德意志第二號人物赫爾曼・戈林公開地向人群高喊出對她的歡迎詞。她的回國被描繪成一個痛悔女兒的回歸，她已經對好萊塢的浮華感到厭倦，並渴望回到更加嚴肅有秩序的德國電影圈，洗心革面，重新做人。

然而事情的前因後果並不如納粹所宣傳的那樣簡單。

實際上，在希特勒上臺之際選擇去好萊塢，在莉蓮・哈維看來，跟任何政治和主義都扯不上干係。那時的莉蓮・哈維憑藉著整齊漂亮的外貌與稍稍過分的輕快活潑，早已成為德國最受歡迎的女演員，被稱為世界上最甜美的女孩兒。擁有英德兩國血統的莉蓮，其所主演的音樂電影多是流行的多語作品，1932 年法國觀眾更是推選她為最受歡迎的非法國籍明星。作為當時德國的首席

莉蓮・哈維的隨性之舉讓納粹政府兩次自打耳光。

女明星，莉蓮完全有理由相信她在美國的事業會蒸蒸日上。所以伴隨著 1933 年希特勒正式上臺而產生的動盪，她的同行們，尤其是猶太籍同行紛紛選擇背井離鄉之時，莉蓮覺得自己也應該離開一段時間，等局勢穩定下來再說。

而促使她下定決心前往好萊塢的關鍵因素，則是為了自己的愛人，同時也是導演的保羅・馬丁。從 1932 年保羅・馬丁執導影片《金色的夢》開始，兩人就走到了一起，可是與莉蓮首席影星的地位不同，保羅一直沒沒無聞，莉蓮希望藉由去好萊塢發展的機會，提拔男友作為自己的導演，真正地幫助他也是幫助自己的幸福打開局面，可惜，沒有成功。

面對「這個歐洲大禮包」，與她的影視作品相比，好萊塢更關注的是她奢華高調的明星做派。同時，納粹德國的報紙更多關注的則是她的「叛逃」行為，他們對莉蓮口誅筆伐，她在好萊塢拍攝的新片被禁映，而對於她的新作品，也是極盡奚落。在當時的德國，面對越來越多的演員、藝術家逃往好萊塢的趨勢，戈培爾曾經不無惱怒地表示:「帝國不是那些被好萊塢趕回來的廢物的救濟院！誰要是到好萊塢去，若是失敗了，就別想回德國！以後也不用提！沒有回頭路！」

可是，當 1935 年莉蓮・哈維走下飛機，踏上德國的土地時，卻受到了意想不到的熱烈歡迎，國家元帥公開發表歡迎詞自不用說，她在電影圈裡更是取得了完美的成功，政府指定她在最優秀的作品中擔當主角，同時更是滿足她的要求，提拔莉蓮的男友保羅擔任影片的導演。「好極了！好極了！美國人能做的，我們也能做!」對於莉蓮・哈維回國後的新片《幸運兒》，媒體一片讚譽之聲，希特勒也表示很喜歡這部電影，納粹黨衛軍報紙《黑色軍團》露骨地讚揚「莉蓮・哈維在這裡就是我們最大的快樂和愉悅!」藉此，保羅・馬丁導演之路也終於成功成名。

莉蓮・哈維逐漸被樹立成納粹文化勝利的標竿，出於政治宣傳的需要，德意志政府完全不顧自己當初如何對其「叛逃」極盡辱罵之能事，瞬間轉為在公眾面前對莉蓮不停諂媚、恬笑的嘴臉。莉蓮・哈維依然我行我素地享受著自己高調奢華的明星生活，身穿貂皮上衣去參加電影首映、開著定做的賓士轎車去法國南部度假；與此同時，納粹的宣傳機器卻不得不絞盡腦汁將莉蓮的形象重新包裝得與帝國的新女性標準相符合，報紙和媒體一面倒地讚美她賴以成名的鄉家女孩氣質，為此還專門拍攝了一組莉蓮的農家姑娘造型宣傳照，可是三十六歲的女演員，即使演技再高超也無法複製當年的清純形象，莉蓮的作風與納粹的理念總是相差甚遠。

由於男友保羅・馬丁在國外宣傳新片時，因為一個年輕的小明星而要與莉蓮分手，1939 年，她不顧一切地第二次離開德國。這樣的反覆讓帝國尷尬不已，失去一個戰前偉大的明星是難堪的，尤其是一個曾經從好萊塢返回的明星。因此納粹宣傳辦公室向新聞界發布了一條指令：媒體不得報導「莉蓮・哈維移民國外」的消息。

一生只按照自己的意願而活、執著於自己愛情的莉蓮・哈維，再次讓帝國自打耳光。可是在經過納粹宣傳部門強加的死寂以後，莉蓮的明星之路也漸漸走到了盡頭。直至去世，她大部分時間單身，只在上世紀 1950 年代有過一次短暫的婚姻，而丈夫不是保羅・馬丁。

莉蓮・哈維，她曾經被崇拜，如今被遺忘。她扮演了她自己，作為一個明星，她一直活著，只是一切都結束且消失了。

伴隨著 1933 年到 1945 年那個斑駁陸離的恐怖時代，納粹德國的女明星們以自己的忠貞、愛恨、叛逃、良知和癡纏，在邪惡帝國的土壤裡澆灌出一朵惡之花，豔麗卻又淒美無邊。

雪梅　柳迪善

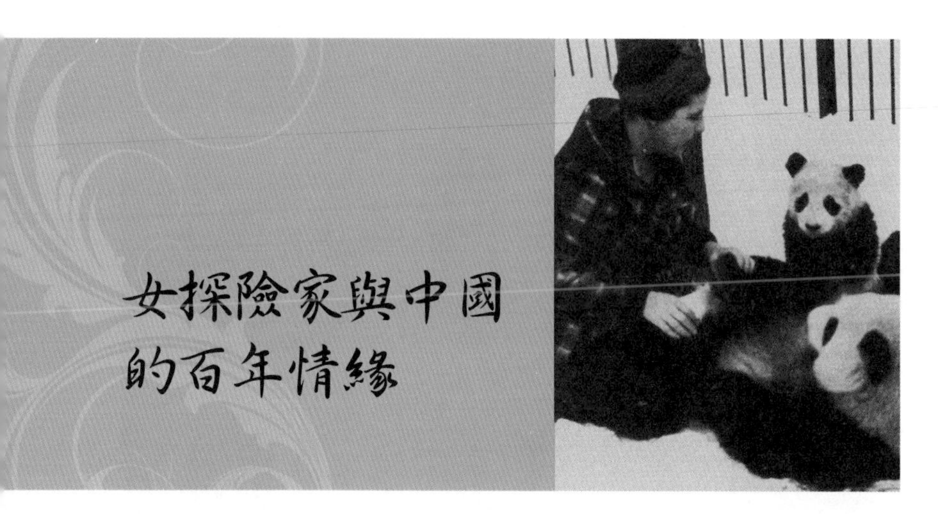

女探險家與中國的百年情緣

百年前，一個淑女被認為應該是嬌弱的，長途旅行是她們不可能完成的任務，且有失風度。而從十九世紀末到二十世紀初，一批勇敢的女子突破了世俗的偏見禁忌，她們不僅勇敢走出家門，甚至還跨越重洋，來到神祕的東方古國——中國，用自己的智慧和勇氣架起東西方溝通的橋樑，讓人們看到古老東方的真實面貌。

來到中國的西方女性和西化的清朝貴婦

伊莎貝拉・伯德：描繪古老中國的美麗與哀愁

她是英國女劇作家卡里爾・邱吉爾代表作《高級女子》(*Top Girls*) 的原型，這個勇敢無畏的女子打破了當時婦女不適宜長途旅行的偏見，三次環遊世界，成為第一個女性皇家地理協會會員。六十五歲，她拖著衰弱的身體來到中國，一部遊記《揚子江流域及以外地區》(*The Yangtze Valley and Beyond*，後譯為《1898：一個英國女人眼中的中國》) 坦誠描繪了古老中國的美麗與哀愁。

旅行是一種人生

在四輪馬車時代，伯勒布里奇處在倫敦和愛丁堡之間，是到大北方路 (the Great North Road) 上的重要停車站。1831 年，伊莎貝拉 (Isabella Bird) 就誕生於這個寒冷的英格蘭北部城鎮。父親厄尼斯・伯德 (Ernest Bird) 是英格蘭一家教堂的牧師，因為父親職位調動的緣故，伊莎貝拉從幼年時就開始體驗在不同城市間輾轉的經歷。因為體弱多病，父親總是盡可能將她帶去戶外騎馬或者散步，這個時候，父親喜歡把路邊的任何景色，如草地、莊稼、奶牛場等講給她聽，就這樣，沿途所見事物的名字、習性、用途等知識都一點點灌輸到小伊莎貝拉腦中。

在父親的培養下，伊莎貝拉熱愛騎馬走天下的自由，她勇敢地打破了女子不能長途旅行的偏見。

童年的經歷讓伊莎貝拉習慣了遷徙的生活，將流浪的情懷深深植根於心中，並且對未知世界充滿的好奇貫穿了她的一生。和同時代的女子期望穩定的家庭生活不同，她不能容忍傳統的家庭生活，更不願遵從世俗的眼光做個賢妻良母，她希望自己能永遠走在路上，盡可能地瞭解這個世界上所有未知的一切，並夢想著藉由寫作來賺錢支持她的旅行。

終於，1868 年，伊莎貝拉的母親去世了，這個家庭唯一對她的牽絆消失了，她的旅行生涯正式拉開帷幕。

在十九世紀，女人的身體構造被認為不適宜長途旅行，而一個女人用自己的錢旅行在當時的觀念看來更是種恥辱，那意味著這個女人生活放蕩不羈，毫無魅力。而這些陳規偏見並沒有成為伊莎貝拉上路的阻礙，她反而破天荒地將其逐樣打破：她不但周遊世界，且所到之處人跡荒蕪，同時她細緻的觀察和深入的體會，讓她的遊記頗具資料價值，成為出版社老闆鍾情的題材，又讓她以寫作支持旅行的理想得以實現。但也正因為她的特立獨行，在旅途中她因為穿著和騎馬的方式跟男人並無二致而遭到媒體的痛批，憤怒的伊莎貝拉甚至一度要提起訴訟。

伊莎貝拉彷彿天生就是為了旅行而生，她窮其一生跟糾纏著她身體的疾病做著鬥爭，腳步遍布世界，有人這樣記述：「她在國內疾病纏身，而一到國外就變成了參孫一般的大力士。」儘管身體不好，她卻胃口驚人，以至於她的朋友曾經略帶誇張地說：伊莎貝拉有老虎一樣的胃口，消化一頭大鴕鳥也不成問題。當食物充足時，她盡情放開肚量享受食物帶來的滿足感，而在徒步旅行的漫長旅途中，一碗米飯、一把紅棗和葡萄乾也能讓她連續走上好幾天。

旅途是艱辛的，左輪手槍和藥箱是她永不離身的兩件東西。旅途是艱辛的——摔傷，資金短缺，突如其來的壞天氣，夢到熊的出現而在半夜驚醒，打死晚上出現在枕頭下的響尾蛇……，這樣的事故再常見不過。然而旅行卻為伊莎貝拉的生命注入最絢爛的色彩。在洛磯山的旅途中，她因認識了吉姆・紐根特 (Jim Nugent) 而變得有生氣。Jim 並不是個美男子，一雙舊的高統靴、鬆鬆的用鹿皮做的褲子、一件皮革上衣，還套著件馬甲，鈕子沒有繫上，隨意地敞開懷，他的刀叉拴在皮帶裡，手槍放在馬甲的口袋裡，來福槍總是靠在馬鞍邊上，而他的獨眼讓他看上去更像一個惡棍。但是這個偏愛暴力美學的男人在粗糙的外表下卻有著一顆溫柔的心。

伊莎貝拉在書中這樣寫道：「別人這樣告訴我說，對待吉姆像對待一位紳士，那你就會發現他真的是一位紳士。確實如此，他對我友好而禮貌。」吉姆似乎也為伊莎貝拉獨立的思想傾倒，到了晚上，吉姆會燃起篝火，牽著他那匹溫順美麗的馬去找伊莎貝拉。他對她特別地溫柔，還示意自己那條忠誠的大狗 Ring 趴在伊莎貝拉的腿上，表示親近。夜晚的時光就伴著篝火和星光很快過去。

然而最後伊莎貝拉選擇離開，因為她理智地知道：「他是一個任何女人見到都會愛上，但任何一個理智的女人都不會與之結婚的男人。」不到一年，吉姆因為被子彈射中而永遠地長眠在洛磯山。

伊莎貝拉一生只有唯一一次步入她所厭惡的「傳統家庭生活」，而這場短暫的婚姻隨著丈夫的去世而結束，在餘下的大半生裡，伊莎貝拉幾乎都是在旅途中度過。

一個英國女人眼中的中國

中國之行是伊莎貝拉最偉大的一次旅行，這次旅行讓她的著作《揚子江流域及以外地區》被評為「十九世紀末，一本最耀眼的，徹底證明中國價值的書」。

伊莎貝拉是一個虔誠的上帝的信徒，這讓她在旅途中無論遇到何等的磨難，她總能支持過去，對上帝博愛的信仰讓她天生具有同情心，每到一個地方，她首先研究當地的社會現狀，如人民的信譽和福利、女性的地位、當地宗教團體和慈善團體的狀況以及醫療狀況等等，並經常在旅途中對他人施以援手。

1896 年，以傳教士的身分在東方遊歷的伊莎貝拉受到在中國傳教的教士邀請，來到了中國。為了尋訪中國西部的神祕淨土，已經六十五歲的伊莎貝拉從上海出發開始了她一生中最偉大的中國之行。

十九世紀末，上海王家堂聖母院所設女塾內的教內女生。伊莎貝拉每走一地，都會關注當地的教會團體和慈善事業。

伊莎貝拉沿長江經漢口到成都，再從都江堰出發，途經汶川、理縣、馬爾康，最後到達金川，歷時十五個月，全程五千多英里，既穿過了富庶的成都平原，也翻越了海拔四、五千公尺的川藏雪山。

因為外國人的身分，她總是受到特別的關照，但有時，這也為她帶來不少麻煩，比如在旅館休息時，伊莎貝拉發現隔壁身分體面的住客為了偷窺她，竟然在牆壁上摳出一個個小洞，讓她大為光火；在爬山時，為了減輕轎夫的負擔，她堅持步行，但透過同行的翻譯，她卻聽到轎夫們指責她這個洋婆子懷疑他們的能力……。伊莎貝拉有一種神奇的魔力，她不懂中文，卻有本事讓當地人理解她的意思。在旅途中，她接觸了當時各個階層的人物：官吏、文士、商人、衙役、軍士、農民、苦力、乞丐、船工、轎夫、川江上的縴夫、慈善家、藏族的土司和喇嘛，沿途記錄了大量的古老藏羌民族、獨特藏羌建築、極具特色的人文生態第一手資料，並拍下了大量的照片。

沿途的見聞和照片被伊莎貝拉撰寫成《揚子江流域及以外地區》一書，該書的封面圖片是建於唐代的理縣薛城籌邊樓。和當

來到中國時，伊莎貝拉已經是一個六十五歲的老人，並且患有血脂性心臟衰弱、痛風、脊柱萎縮等疾病。忍受著諸多病痛的折磨，她的旅行簡直是個奇蹟。

時許多對中國充滿偏見的著述不同，伊莎貝拉在書中充滿人性的關懷和讚揚，她詳細記錄了四川鴉片的流毒，毫不掩飾對捨身救人的窮苦船夫的欣賞和讚揚，她記述說：「我極其懷疑是否中國正在『分裂』……我也不相信中國『在衰落』，我在帝國裡已經旅行了八千多英里……商業和工業的活力沒有衰落，龐大的帆船隊伍沒有在港口或河段上腐爛；勤奮、節儉、資源豐富，勞工和商貿的機構完善，事事滿足旅客。商業信用水準高，遵守合約……所謂『衰落』的是政府的管理。人民是正直的，而官吏是腐敗的。」這大概是第一次，透過一個西方女子之口，如此詳盡地描繪古老的中國。

1904 年，她回到愛丁堡，幾個月後去世，去世前她還計畫著再一次回到中國旅行，她的馬鞍靜靜地躺在她的床邊，陪伴她走過最後的時光……。

大衛・妮爾：一個巴黎女子的拉薩歷險記

對於熱衷探究西藏這片淨土的人們來說，大衛・妮爾 (Alexandra David-Néel, 1868～1969) 是一位神話般的人物。作為一個法國女性，她的一生卻執著地對西藏充滿了無限的熱愛和崇拜，她曾四次進藏，窮盡畢生的精力研究藏學和佛學，她不僅是法國幾代藏學家的啟蒙者，她的著作《一個巴黎女子的拉薩歷險記》在中國也幾經再版，成為西藏之外的人們認識西藏的一條通途。

西藏，遙遠的夢

當身邊的人們正沉浸在自己的文明征服世界的自豪感中時，大衛・妮爾卻把眼光投向了遙遠的東方，在那裡，有一塊她心之所尋的淨土——西藏。

每個人在出生時都會知道一點什麼，就是孔子說的「生而知之」。但是大多數人會在懂事之後忘掉這些出生前的天賦信息，後來開始受教育，關於世界除了地圖冊，就是眼睛所看到和耳朵所聽到的，事實上，所有這些已經是別人經手過的了，整個這個世界，就是被犁過無數遍的土地，無論你走到哪個地方，無論你在做什麼，都有人到過了，都有人做過了。而他們的前面還有別人，別人的別人……。

大衛・妮爾出生的時候，英法聯軍已經去搶過圓明園，敦煌還是個未開封的寶藏，清帝國小心籌辦洋務，曾國藩在南京為江南製造局的第一艘輪船試航。這一年美國的南北戰爭結束，勝利者格蘭特將軍當選為總統。日本明治新政府取代了幕府，福澤諭吉在東京開辦慶應義塾，宣稱「世界文明的喧鬧，不允許一個東亞孤島在此獨睡」。顯然，當時整個亞洲都面臨如何與西方相處的難題。

世界另一端似乎稍顯平靜。英國街頭出現了紅綠燈，而法國人舉辦了第一次自行車比賽。在巴黎郊外的聖・曼德，大衛・妮爾平靜地長到了她應該受教育的年齡。看起來她只是個普通的法蘭西女孩，遙遠的亞洲沒有在她身上給出任何暗示。

如果說妮爾有某種生而知之的天賦，那就是她對於神祕事物

年輕時的大衛・妮爾渾身披滿東方風格的飾物。當她還在少女時代，就已經對古老的東方神往不已。

表現出的好奇心。並且她立刻為這種好奇找到了自己的鑰匙——東方。她成為兩位著名漢學家的弟子，住進巴黎神學會學習梵文、奧義書、佛教壁畫、東方文學和哲學，這就是她每天與之相遇的祕藏。她甚至有自己的法號「智燈」。

二十三歲，她失去了繼續留在巴黎大學讀完學位的興致，在吉美博物館當一個科研助手，遠不及印度和西藏這兩個地名有吸引力。1891 年她抵達印度，一邊旅行一邊學習吠陀教義理，作為西方人，代表著占領者的文化，當地人大概都把她當作一個入侵者。她的第一次東方之旅多少有點居高臨下式的。在中印邊界，她遇到了一些西藏人，她發現他們比書本上的形象更好打交道。

那是一些善良、淳樸和虔誠的少數民族，實際上，她接觸的很可能是與藏人同源的尼泊爾人。

在短暫地回了一次歐洲之後，妮爾再回到遠東。這一次她先在錫蘭下船，當地的上座部小乘佛教幾乎流行於整個東南亞。1912年，她在錫金這個小國與王子交上了朋友，在國都甘托克，她是上流社會的賓客；她甚至在印度見到了十三世達賴喇嘛；在大吉嶺的一個山洞中，她一邊隱修一邊學習藏語，望著雲霧和雪峰（這裡離西藏不過三十公里），她才明白自己一直的目的地是何方。妮爾的語言天賦無疑是出色的，她很快就著手翻譯了《格薩爾王》，藏族的民間彈唱歌手都樂於向這位高鼻深目的女性演示他們所能記住的詩篇。幾乎沒有人能唱下整部史詩，妮爾居然以這種拼湊式的搜集整理工作，最終呈現出一部論述非常系統的《嶺地格薩爾超人的一生》。

喬裝漫遊

為了進入西藏，她使出了渾身解數，曲線漫遊、收喇嘛為義子、喬裝成當地乞丐……，終於，她成功了，在那裡，她徹底把自己變成了西藏人。

1916年的西藏之行純粹是一次冒險，因為當時英國人的勢力在那裡很大。儘管她在日喀則見到了班禪喇嘛，但很快就被英國人驅逐回了大吉嶺。她開始圍繞著西藏進行曲線漫遊，在那裡，她把一個西藏喇嘛——庸登喇嘛收為義子，帶著他和自己的僕人，先在加爾各答被授予「佛教布教大學者」尊號，在緬甸參觀小乘佛教的金寺，然後是日本和朝鮮，再從首爾進入北京。

1917 年的北京，中國外交部對於一個想去西藏的法國女士還算客氣，她被託付給主管西藏事務的官員，她一度想去蒙古，但最終還是來到青海塔爾寺，在那裡住了三年。塔爾寺的三千八百位喇嘛幾乎都見過這個西方人，她對於喇嘛們的宗教儀軌、說法、舞蹈、坐禪、誦經和遊戲都產生了莫大興趣。她發現僧侶貧富不一，等級不同，轉世聖人、巫師和經商者雜居一處，但這裡與中國內地相比要寧靜許多。妮爾每天早上也練習坐禪、煮茶、洗漱、讀經和翻譯，晚上的全部時間則都在給她的丈夫寫信。她已經五十歲了，即將走到她人生的中途。當然她並不知道她將一直活到一百零一歲。

大衛・妮爾和她的義子庸登喇嘛

妮爾決定再次進入西藏，她儘量化裝，使自己看上去更像一個東方人。她隨一支商隊出發，沿著西藏東部外圍走到打箭爐，但就在去拉薩的路上被人認了出來，她只好從羌塘返回康區的安多。過了一些日子，不屈服的妮爾夫人再次上路，義子庸登一直陪同在她身旁。妮爾的偽裝包括雲遊喇嘛和女活佛，沿途為人占卜、以仙氣醫治風濕病和耳聾。但這又帶來另一種危險，三名瑜珈行者差點活吃了她，因為他們聽說吃了活佛肉對法術大有好處。妮爾逃跑的路上遇到一個英國牧師，又險些被騙去五百兩銀子。後來在撫邊縣，經過一個崗哨時，她又被士兵認出是歐洲人，險些被投入監獄，在甘孜患上急性結腸炎，最後轉移到青海玉樹，在一名藏族軍官的陪同下度過了冬天。

在玉樹，一個名叫喬治・佩雷拉的地理學家建議妮爾去雅魯藏布江看看。喬治周遊過世界，實際上是負有英國政府祕密使命的特派員，他定期向英國情報部門報告達賴喇嘛的一舉一動和所思所想。

1923 年，妮爾與庸登第四次準備進入西藏，她後來的暢銷書《一個巴黎女子的拉薩之行》記述了這次終於成功的探險。實際上，在到達麗江之後，她就與世界失去了聯繫。事後看來，這是最安全的辦法。她化裝成朝聖的行乞者，她的皮膚本已曬得黝黑，又用鍋底黑和中國墨塗臉、染髮和擦手，庸登則負責背著帳篷、繩索、修靴子的皮革和防潮帆布，兩人只帶少量食物：酥油、茶葉、糌粑、乾肉，雖然妮爾腰帶裡藏有金銀和紙鈔，背囊中還有指南針、鐘錶、手槍、相機，但卻不敢拿出來用，在吃光了攜帶的食物後，他們只好去向寺院、官吏、莊農、巡禮人行乞。過了瀾滄江上令人心驚膽戰的繩索橋，經過阿尼山口，雅魯藏布江的源頭就不遠了，人煙越來越稀少，幾天看不到一個村落是常有的事。1923 年的耶誕節晚餐，妮爾吃的是用來補靴子的皮革，煮了很久。妮爾已經是五十五歲的女人了，她本來可以在布魯塞爾大學當她的教授，生兒育女，過優越的生活，她不必如此也能研究她喜歡的東方。顯然，妮爾從未想到過這些，她早就把自己當作一個西藏人了。

逃過了土匪們的劫掠，渡過雅魯藏布江，通向拉薩的郵路在望了。妮爾看起來和那些一路磕長頭的信徒們已完全一樣，她終於成了進入拉薩的第一名歐洲女子。

拉薩沒有她想像中大。布達拉、小昭寺、拉薩河、丁傑林、策墨林、巴那郡、八角街及羅布林卡，只用八天時間就跑完了。而且她始終不敢取出相機拍照，因為仍然擔心會被英國人發現。僅有的幾張留影是當地的職業照相師為她拍攝的。不管怎麼說，旅行似乎結束了。她決定從江孜到印度去，最後再回國。

1924 年春天的一個晚上，妮爾敲開了英國商務代辦麥克唐納的門，她需要借五百盧比購置衣物，以便重返上流社會。出西藏的路要比進來容易得多，麥克唐納為她提供很好的物質條件。從東亞到印度，又轉向錫金，那裡有她的朋友，英國駐錫金行政長官貝利；法國外交部長貝爾特洛撥給她一千五百美元的救濟金，好讓她的外表看起來更像歐洲人一些。她見到了聖雄甘地，並準備建一個「亞洲博物館」；在孟買，妮爾像大明星般受到記者絡繹不絕的採訪。回到法國，這位五十七歲的巴黎女子得到一大堆榮譽，比利時皇家地理學會和法國地理學會的獎章，世界婦女體育協會的田徑大獎（因為她徒步遠遊東方），1928 年又獲法國榮譽勳章。

傳奇的終曲

當宿緣結束時，一切不可重回，她是一個傳奇，但終究也只是西藏的一個過客。

《一個巴黎女子的拉薩之行》於 1927 年分別在倫敦和紐約出版，佛像、魔刀、金剛、印度紗麗，這本書基本滿足了西方對東方的想像。法蘭西共和國總統加斯・杜梅格說，他準備以國家的名義把這位「巴黎女子」再派到世界上她願意去的任何地方。

於是在 1937 年，妮爾拿著總統辦公室撥給她的預算返回了中國。這一次她選擇了五臺山，這裡是文殊師利菩薩的道場，並且離毛澤東領導的政權非常近。日本正在入侵中國，華北戰雲密布，妮爾在五臺山菩薩頂寫一部關於西藏的愛情小說，但她的文學激情很快被逃難代替，七七事變後她從石家莊到達漢口，又輾轉來到重慶，在成都的法國領事館，她獲悉了達賴喇嘛圓寂的消息，這時她決定再次入藏。

即使失敗這也是最後一次了，她已經六十九歲了，坐的轎子被風捲走，轎夫摔死，到處是逃兵和土匪，康區的戰亂使她無法前行，只好在英國傳教區生活了六年，唯一能做的就是科學考察和寫作。

妮爾始終沒有能再去西藏。世界大戰結束了，法國領事館為她提供了回家的路費，此後她的主要著作是《永生和轉世》一書，講藏傳佛教的轉世問題。她早早用漢文寫好了自己的墓誌銘，掛在寢室牆上——「向偉大的哲學家大衛・妮爾夫人致敬。這位女精英獲得了極其豐碩的哲學知識，把佛教和佛教教義儀軌引進了歐洲。」

一個人有了如此經歷，多少有些自命不凡也是可以理解的。妮爾九十八歲時，幻想自己能死在羌塘的湖畔或大草原上，她壽終時剛好一百零一歲。她自認是個佛教徒，死得儘量美好一些，是對於一生傳奇與危難最好的回報。

露絲・哈克內斯：淑女與熊貓

2002 年秋天，一行人從香港出發，到達上海，沿長江直下，最後來到荒涼寂靜的川西邊界。他們走的是一位美國女探險家當年的路線，六十六年前，從這條路進入邛崍山的美國人露絲・哈克內斯 (Ruth Harkness)，發現了一隻僅三磅重的熊貓幼仔，並輾轉帶回美國，讓西方人第一次認識了這個東方最神祕的物種。

從時尚寵兒到冒險家

1900 年，露絲・哈克內斯出生在美國一個普通家庭中。雖然家境平庸，但上帝卻親吻了露絲的臉頰，讓她擁有聰穎的舉止和出眾的容顏。憑藉良好的教育背景和個人魅力，從 1920 年代起露絲就成為服裝界優雅迷人的寵兒，她是出色的時裝設計師，穿梭遊走於上流社會，無論何時出現在何方，都會牢牢抓住男人們的視線。

在一次上流社會的派對上，露絲遇到了改變她一生的男人——比爾・哈克內斯。比爾出身於名門望族，卻天生愛在「全世界各個荒僻地帶追尋遊戲的蹤跡」，在他身上，露絲看不到那些紳士自以為是的冷漠和傲慢，他堅強樂觀，幽默風趣，對萬物彷彿充滿了無限的好奇心，這一切都不可抗拒地吸引著露絲，在她看來，只要跟這個男人在一起，生活就充滿了驚喜和冒險。1930 年，兩個人攜手步入了教堂。

新婚不久，中國出現神祕白熊（當時對熊貓的通稱）的消息傳來，比爾立即迷上了這個神祕的物種，他迫不及待地想成為捕獲這一動物的第一人。他告別了心愛的妻子，踏上了遠征東方古國的旅途。不幸的是，沒過多久，比爾患上了喉癌，惡劣的環境和延誤的醫療讓他在上海孤獨地去世。

丈夫的死徹底改變了露絲的人生軌跡。在巨大悲痛中，她作出了一個驚人的決定：「我秉承了他的名字，就應該走完他的路！」於是，沒有多想，露絲拿著比爾留給她的兩萬美元遺產，登上坦克雷德號的豪華包廂，駛向了她心目中遙遠而神祕的中國。

沿著東南海岸線一路北上，每前進一個碼頭，那種前世鄉愁般的歸屬感就多一分滲入她的心裡，在地球另一端，她竟然感覺「到家了」。而真正讓她如魚得水的地方，是被稱為「冒險家樂園」的上海，她形容那裡「像一個強壯的混血兒，不同文化血液的撞擊讓它日夜噪動不已」。在上海，她開始馬不停蹄地接觸比爾生前的夥伴，希望組織一個有效率的探險隊伍。很快，她篩除了一些只惦記她手中支票簿的投機分子，最終選擇了二十二歲的美籍華人昆廷・楊。楊和他的哥哥經常在四川西藏境內旅行，雖然年輕，卻是個成熟的獵手，熟知各種陷阱的布置和使用，說一口流利的

露絲與蘇琳和「妹妹」在布魯克菲爾德動物園相會

中英文，還能講標準的四川話。後來的事情證實，楊不僅在探險過程中功不可沒，還成為露絲最可信任的朋友，至於兩人之間浪漫曖昧的情感，則為艱苦卓絕的探險之路增添了不少旖旎色彩。

神祕的白熊

她對探險毫無經驗，卻與「神祕的白熊」有著不解的機緣，她終於實現了丈夫生前魂牽夢繞的願望。

在內行人看來，露絲的準備工作實在有違探險工作樸素的本義。她接收了比爾留下來的大量物資，包括吊床、折疊爐子、九個馬鞍和三百三十六雙厚羊毛襪，外加一個「軍火庫」——因為她找到了來福槍、獵槍、手槍和匕首。所有的東西，服裝、藥品、外科設備、食品都是雙份的。她把比爾的靴子和衣服改小，穿在自己身上，作為野外工作服。除了暖和的羊毛內衣、羊皮外衣，她還帶了華麗的真絲內褲和繡工精緻的日本式外套，比起探險她的行囊更像是一個女王的巡獵。

不過，一個問題久久地困擾著她：如果捕到一隻大熊貓，如何為牠找到足夠的新鮮食物，又怎麼把二百磅的牠運送到美國呢？出發前，她終於福至心靈，找到了答案，那就是——捉一隻熊貓寶寶回去。於是，她的物品清單上加了匪夷所思的一項：護理用的奶瓶、奶嘴和奶粉。

在此期間，無數的好心人勸誡她退出這次危險的旅途，最好的辦法是雇一隊人馬深入川藏尋找熊貓，自己留在文明世界指揮和等待。但是，露絲拒絕了，這位見到小貓死去都會滿含淚水的紐約服裝設計師這次卻堅硬得像塊石頭。

1936 年 10 月，她和昆廷・楊順長江溯流而上，來到大熊貓出現頻繁的四川邛崍。

露絲雇了十六個苦力，運輸她的大量輜重，一個叫王國興的廚子負責伙食，楊負責引路和尋覓熊貓的蹤跡。即使這樣，她還是苦不堪言，泥濘崎嶇的山路送給她的第一份禮物就是滿腳血泡，她不得不坐上了苦力們抬的滑竿，每天行進二、三十英里。儘管在這個「孤獨的、荒野的、具有無與倫比的美麗的」地方，她努力維繫著所謂文明人的生活，盡可能保持身體的清潔、服飾的體面和最重要的個人隱私，但一個不可抗拒的聲音卻在內心深處漸漸升起——有誰會放棄這樣的美景，選擇虛無的文明生活方式呢？

一個月過去了，在深山密林裡，露絲頂著一切和城市文明相衝突的險劣苦苦尋覓，但卻一無所獲。然而，上帝還是眷顧她的。

1936 年 11 月 9 日，這是一個露絲會永遠銘記的日子。濃霧彌漫的清晨，大家視察完所有陷阱一無所獲之後，突然聽到一棵古舊而腐爛的雲杉樹中傳來嬰兒般的哭聲。楊從樹洞中掏出來的東西讓她忘記了呼吸——一個三磅重、黑白相間的毛茸茸的熊貓寶寶！

「沒有什麼童話比那一刻更具夢幻色彩了」，短暫的驚嘆之後是一系列的忙亂。露絲和楊像一對新升格的父母一樣，笨拙地照顧起這個突如其來的小東西。奶瓶和奶粉成了最有先見之明的裝備，哺乳期的熊貓寶寶順利地接受了配方奶粉，用各種柔軟的毛皮圍成的襁褓也讓牠很舒服，露絲認為牠是雌性，給牠取名叫「蘇琳」，每天摟著牠睡覺，一天三頓精心餵養牠。「熊貓身上有些東西，能激起女性母愛的本能。」多年以後，露絲回憶說，當年在這樣的心境下，一次蘇琳腸胃不佳，她情急之下請來的不是獸醫，而是兒科大夫。

蘇琳、妹妹和美齡

與此同時，在遠隔萬里之外的美國，露絲得到蘇琳的消息就如同扔下了一顆炸彈，在她的家鄉掀起狂熱的關注，媒體稱這是「人類追尋這種珍奇動物的最漫長探索，有了最完美的結局」。露絲和熊貓寶寶蘇琳成為當時最大的新聞，轟動程度甚至超過了當時英國國王和美國離婚女人華里絲・辛普森的戀情。然而由於露絲的探險並沒有獲得官方的許可文件，在她打算從水路把蘇琳帶出中國時，遇到了強有力的阻礙。她不得不賄賂海關人員，在她的行李箱上標示「隨行小狗一隻」，並補辦了一份健康證明。

回到家鄉，她獲得了英雄般的殊榮，新聞界舉行了盛大的歡迎儀式，據稱是「自上次歡迎大作家蕭伯納以來，最隆重的慶典」。對大蕭條時期的美國而言，露絲和她的熊貓寶寶無疑是一份令人欣喜的禮物，她帶回了小人物實現理想的傳奇，彷彿給悲觀情緒彌漫的美國人打了一劑強心針。在面向公眾時，露絲始終懷抱著蘇琳；在寒冷的冬天，露絲打開所有的窗子，以模擬「清冷的空氣」，並要求在場的人把菸頭掐滅，儼然一個慈愛的母親。

幾經談判，蘇琳落戶布魯克菲爾德動物園，公眾對牠的熱情無法形容，開放參觀的前三個月，就有三十二萬人蜂擁而至，其中不乏秀蘭・鄧波兒、海倫・凱勒等名人。動物園為露絲開具一張八千美元的支票，資助她下一次的探險之旅，要她重返中國為蘇琳帶回一隻雄性夥伴。在巨大成功感的包圍下，露絲欣然同意了。

但此時她沒有意識到的是，時間已進入 1937 年，中日戰爭全面爆發了。她剛到上海，一顆日本炮彈就端端正正地砸在她住的租界酒店裡，死傷無數，幸虧她出外就餐，才倖免於難。殘酷的戰爭給她的精神帶來極大的刺激，她不得不用鴉片來麻痺自己。

這回她沒有楊的幫助，一個人走在陌生的路上，經費也不充足。好在她與熟悉的挑夫和王廚子會合了，而且她也知悉了在中國廉價旅行的奧祕，那就是懂得和欣賞這個國家和它的人民。她一改上次探險的講究生活，穿著厚實耐用的衣服，在潮濕陰冷的山裡一待就是十幾天，很少洗澡，衣服也一天比一天破爛。沒事的時候，她就在可攜式打字機上敲打，她已經完成了兩本新書的寫作，一本是《淑女與熊貓》，另一本是《大熊貓寶寶》。

當她再一次帶著名叫「妹妹」的熊貓寶寶凱旋時，已經是 1938 年 1 月，記者報導露絲和她的新寶貝的鏡頭中，不時能看到有襲擾的日機飛過。這一次的經歷出奇地順利，露絲為「妹妹」在戰爭中的上海舉辦了一次反戰募捐義演，從而毫無障礙地將牠帶回美國。唯一美中不足的，「妹妹」依然是雌性。

這次熊貓之旅還有一個有趣的插曲。露絲的第二次中國行曾捕到一隻成年大熊貓，她按照西方人的習慣，以蔣介石夫人宋美齡的名字為牠命名，這在西方是種對女主人的尊敬，誰想第一夫人知道了很不開心。不知是不是名字起得不順，「美齡」在不久後就死去了。

最後的頓悟

那是她一生最神聖的時刻，她的熊貓捕獵者生涯，最後走到了反面，結局和開始一樣。

為了確保熊貓在美國的繁衍，露絲必須為蘇琳和「妹妹」找一個生殖伴侶，於是她開始了第三次中國之行。很快，露絲找到了「蘇森」——她第一個可愛的小男孩。

就在露絲享受和熊貓在一起的快樂時，她的榮耀和成功大大刺激了職業動物捕獵者。露絲成為競爭對手嫉妒和痛恨的對象。一個叫史密斯的捕獵者一邊詆毀她，一邊加緊在中國的圍捕行動。他已經完全失去理智，面對著當地的獵手，叫囂著「我要二十隻熊貓」。被捉來的熊貓在受傷、牢籠和緊張的情緒折磨下，大批地死去。

這種慘烈的消息不斷地傳到露絲的耳朵裡，她痛惜的同時開始思考：為什麼我們要把熊貓從野外拉到城市裡，難道不應該讓牠們自由地生長嗎?

不久，一隻名叫「陰」的少年熊貓讓露絲徹底顛覆了自己以往的成就。「陰」是被露絲從獵手的綁繩中救下的，她用牛奶和米粥調在一起，和新鮮竹子一起餵牠，並最終得到了「陰」的信任。但是，就在「陰」快要成年的時候，牠卻突然死去，露絲眼睜睜地看著自己照料的熊貓依然逃不脫夭亡的命運，心情灰暗到極點。接踵而至的是另一隻被捕來的熊貓突然暴起傷人，被守在旁邊的獵手用手槍擊斃。汩汩流出的血浸在熊貓黑白相間的身軀上，顯得那麼刺目。露絲在那一刻突然醒悟：動物只要被關押起來，就永遠不會感到幸福，打著關注珍稀動物旗號的捕獵行為，如果缺乏對動物的關愛，就是一種臭名昭著的行當。於是，她透過文字不斷地向外表達著自己的見解，並同時採取了行動。

她帶上蘇森，來到原來捕到牠的地方，放開牽著牠的繩索，讓牠回到真正的家園。蘇森擺動著短短的後腿，頭也不回地恣意地跑走了。露絲看著牠歡快的背影，又驕傲又苦澀。她擔心蘇森會弄不到食物而回來找她，於是她在那裡待了一個星期，可連蘇森的影兒也沒再見到過，她知道，蘇森又成為法力無邊的山神的快樂夥伴了。

結束了有關捕獵熊貓的一切，露絲將丈夫的骨灰留在了這個他未曾來到的地方，離開了中國。她的最後十年在落魄的流浪中度過，靠寫作維繫生活開銷，她一直在告訴世人，與野生動物的自由相比，任何打著道德上站不住腳的旗號所做的干擾行為都是不正當的。1947 年，年僅四十七歲的露絲因病去世。人們並沒有忘記這個第一次將活體熊貓介紹給西方的女人，在環保界，認為是她喚起了人類對自然的關注，而其貢獻足以與珍・古德相提並論。

文穎　雍金　關寧　Elise

女性奧運百年回顧

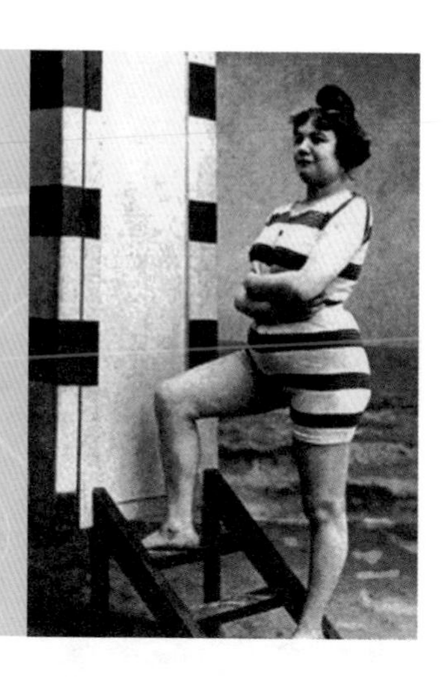

遙想地中海當年，欖枝輕盈，酒香馥郁，藍天碧海，四季如一。古希臘是神祇的福地，先民們是諸神的寵兒。這片土地上揮灑著人類少年時期最傑出的智慧，擁有最奔放的大腦，靜如文藝，動如體育，無一不值得後世為之禮讚。

而從這塊土地誕生的奧運會則是最高運動水準的角逐。奧運會是神諭，又是人類水仙花自戀情結的流露。人類以對身體極限的突破，體現對自身力量與潛力的欣賞和膜拜。自近代以來，奧運會更以公平公正、和平友誼的精神，鼓勵人們放下爭端，共同進步，為人類的完美而奮鬥。同以往任何一次革命一樣，父系社會的傳統，體能歧視的成見，令女性在通向人類榮譽頂峰的道路上充滿曲折。

1984 年 8 月 11 日，洛杉磯奧運會女子 3000 公尺決賽。（圖片出處／達志影像）

步入奧運殿堂的曲折之路

古代奧運會是明令禁止女性進入賽場的，然而在那充滿著男性荷爾蒙氣息的賽場上，又的確曾出現過女人的身影。在風氣開放的古希臘，並不存在婦女限於身體條件不能參加體育運動之說。然而在 1896 年現代奧運會秉承古代奧運會傳統舉辦之後，奧林匹克之父顧拜旦 (Pierre de Coubertin) 便一直飽受女權主義者的質疑。

古代奧運會裡的女人身影

古代奧運會起源於西元前 776 年，根據希羅多德的《歷史》一書記載，由於選手們都是裸體比賽，古代奧運會絕對禁止女性觀看。唯一的例外是奧林匹亞附近的一座狄蜜特神廟的女祭司，她是可以來看比賽的，而且賽場邊有為她專門保留的座位。埃利斯法律甚至規定：在奧運會舉行期間，任何女性都不能越過比賽場地附近的一條河，違者將被從附近的山崖上扔下去。

不過金科玉律也有被打破的時候。一名叫卡麗帕特拉 (Callipateira) 的婦女出身體育世家，在西元前 396 年第 96 屆古代奧運會上，她化裝成教練員混進賽場為參加拳擊比賽的兒子助威，後來她的兒子獲得冠軍，由於過於興奮，她衝上臺去親吻兒子以致暴露了性別。然而卡麗帕特拉並沒有被扔下山崖，因為她的父親、兄弟，現在又加上她的兒子，都是奧運會冠軍，元老們也為她求情，於是沿襲多年的法律對這位女子網開一面。但為了防止類似情況再次發生，埃利斯人從此加了一條規定：所有的教練員也要裸體進賽場。

儘管禁令森嚴，但在古代奧運會舉行的數百年間，實際上也有女性透過間接的方式獲得了代表冠軍的橄欖枝冠。根據記載，在伯羅奔尼撒戰爭後期，斯巴達的主戰派國王阿基斯 (Agis) 的妹妹希妮斯卡 (Cynisca)，非常喜歡運動，她飼養的馬在奧運會的駟車賽中獲得了冠軍，所以她也就間接成了有史以來第一個獲得奧運橄欖枝冠的女子，她的名字也留在了奧運會的官方紀錄之中。在她之後，還有一些斯巴達女子透過這種方式參加了奧運會，並獲得了冠軍。

不過，古希臘女性的體育環境遠比我們想像的要好，她們根本不需要參加奧運會，因為有專門為女性舉辦的「赫拉伊亞賽會」(Heraea Games)，地點也在奧林匹亞。奧林匹亞賽會是奉獻給宙斯的，相應地，這項「女子奧運會」是奉獻給宙斯的妻子赫拉 (Hera) 的，所以有了 “Heraea” 這樣的名字。和最初的奧運會一樣，赫拉伊亞賽會只有一個項目：賽跑。但距離不是 1 斯塔迪昂 (Stadion，古希臘長度單位)，而是 5/6 斯塔迪昂（約合 154 公尺)。因為古希臘人認為女性和男性在身高、腿長、步幅上的比例是 5:6。

這項賽事的很多規定都參照奧林匹亞賽事，例如也是四年一次，舉辦時間比奧運會早一些，參賽對象僅限於未婚少女。少女們按年齡分成三組（十四歲以下、十四～二十歲、二十歲以上）分別比賽。奧林匹亞賽會禁止女性觀看，但赫拉伊亞賽會卻允許男性觀看。和奧林匹亞賽會中的冠軍一樣，在赫拉伊亞賽會中獲勝的女孩也能獲得一頂橄欖枝冠，以及一份獻祭給赫拉的牛肉。赫拉伊亞賽會一直延續到西元前 146 年羅馬帝國入侵希臘之後才中斷，前後歷史長達四百五十餘年。

從看臺到舞臺

在風氣開放的古希臘，並不存在婦女限於身體條件不能參加體育運動之說。然而在 1896 年現代奧運會秉承古代奧運會傳統舉辦之後，奧林匹克之父顧拜旦便一直飽受女權主義者的質疑。

顧拜旦以古代奧運會不允許女子參加為由，拒絕婦女參加這項全球性的體育盛事。而十九世紀末二十世紀初，馬術、網球、熱氣球等運動在歐洲廣泛普及，很多非官方的體育活動都有女子大顯身手。然而由於顧拜旦的固執己見及阻撓，女性無法登上第 1 屆奧運會的競技場。據說當年第 1 屆奧運會開始時，有位女性希望能參加馬拉松比賽，就被當時的國際奧委會官員嘲諷為精神有問題。

他們的理論是，女性的體能以跳遠來論，應當不可能超過她身體的三分之一。也就是說一個身高一百六十公分的女性最多只能跳五十公分。而一個女人跳過的高度不能超過她的膝蓋，如果超過了這個限度，這個女性就生不出健康的孩子來了。似乎是要為這個理論張目，顧拜旦老先生更發表了現今看來令人哭笑不得的論調，「一個婦女的榮耀來自於她生孩子的數量和品質，在運動場當中，她的主要任務就是鼓勵她的丈夫和兒子獲得優勝，所以女人絕對不可能成為運動場的主角」。

儘管如此，到了 1900 年第 2 屆巴黎奧運會，賽場上還是出現

1896 年雅典奧運會海報

了女性的身影。因為當時的國際奧委會經費緊張，無法獨立承擔奧運會的主辦工作，無奈之下只能與世博會捆綁銷售，也因此從 5 月開到了 10 月。那屆奧運會以秩序混亂為後世詬病，殊不知，正因為主辦者以商業手段運作賽會，為了吸引更多觀眾，才放鬆了對女運動員的限制，來自英、美、波希米亞和東道主法國的十九位女運動員參加了比賽。參加回力球比賽的法國選手布羅希和奧赫尼爾是最先參賽的女選手，首位女子冠軍則出現在網球項目上，是來自英國的夏洛特・庫珀 (Charlotte Cooper)。

美國女子體操運動員在 1984 年第 23 屆洛杉磯奧運會上的精彩表現。（圖片出處／Corbis）

然而，顧拜旦領導的國際奧委會並沒有就此讓步，他們堅持認為，女子出現在賽場違背了古代奧運會的傳統，並且有礙觀瞻。而另外一些人的理由則更為荒謬，他們認為讓女子參加正式運動比賽所引發的風氣會令女性失去女人味——這簡直和裹小腳有異曲同工之妙了。無論如何，最初的女子奧運比賽並沒有得到國際奧委會的承認。直到 1908 年的倫敦奧運會上，有三十六名女運動員參加了網球、射箭和花式溜冰比賽，這才是女子項目第一次正式列入奧運會比賽項目。但此次比賽的優勝者只能領到證書，不授予獎牌。

到了 1912 年，國際游泳聯合會率先同意在奧運會游泳項目當中專門為女性設立一個項目。我們會發現，網球、射箭、游泳、馬術等都是運動量不是特別大的項目。而這正是男性主導的國際奧委會看重的方面，在他們看來這些項目不會損害女性的身體線條，也符合時代對女性的審美標準。

一波三折的參賽之路

然而這樣的進展並不能令女性運動愛好者們滿意，在 1912 年到 1928 年間，女性運動會成為女性展示自身實力和向奧委會示威的舞臺，而田徑比賽更是其中的重頭戲。

終於在 1928 年阿姆斯特丹奧運會前，國際奧委會迫於女性運動會的規模壓力，被迫開放了呼聲很高的五項女子田徑比賽項目，但規定運動服必須要在膝蓋以下四英寸。據說女子比賽在男性觀眾那裡非常有觀眾緣，在接力項目中，看臺上的男性觀眾看到加拿大女運動員互相擁抱親吻鼓勵的場面時，興奮得大聲鼓噪，反倒給女運動員們施加了壓力。正是在那一屆奧運會上，年僅十六歲的美國運動員貝蒂‧羅賓遜 (Betty Robinson) 贏得了歷史上首枚女子 100 公尺金牌，成為第一位「奧運女飛人」。

但女子田徑賽事幾乎在出師之初就遭遇了打擊，也是在阿姆斯特丹奧運會上，由於缺乏系統訓練，女子 800 公尺比賽中多名選手因體力不支沒有完成比賽。這樣的局面無疑稱了保守派的心，許多奧委會委員呼籲取消女子長跑項目，甚至有社會學家和醫生跳出來證明女性身體結構不適合挑戰極限運動。於是，女子 800 公尺項目就此從賽場上消失了三十二年。

1948 年倫敦第 14 屆奧運會上擲鐵餅的女子運動員。

真正的轉折點出現在二戰後舉辦的第 1 屆奧運會——1948 年的倫敦奧運會上。二戰之前，女子能走向社會的工作大部分是幼兒教師、打字員、護士、祕書等職位，但戰爭極大地改變了社會分工，女性對戰爭的全方位參與早就突破了「生兒育女、管好後勤」，地位得到顯著提高。倫敦奧運會上，由於戰爭造成的傷亡，男運動員青黃不接，女性異軍突起。在戰爭中磨練的膽識與魄力，令她們在賽場上不再生澀。最具有代表性的是當時已經三十歲的荷蘭人芬妮・布蘭克爾—科恩 (Fanny Blankers-Koen)，戰前她曾參加過柏林奧運會，並在戰爭中成為兩個孩子的母親。而在倫敦，她一人獨得 100 公尺、200 公尺、80 公尺跨欄、4 × 100 公尺接力四枚金牌，當時的媒體以「會飛的家庭主婦」來讚美她。

女性參加奧運會，除了與男性一樣面對競技本身的壓力之外，更多地要對抗環境與偏見。奧運會有其超群的國際聲譽和影響力，伴隨著在奧運會上的節節勝利，女性以最搶眼的方式向世界證明了堅韌的精神和卓越的能力，也為自己贏得了更多肯定。進入1950 年代，馬術、賽艇、排球、籃球、手球、曲棍球等相繼增加女子單項，1960 年羅馬奧運會上女子 800 公尺回歸，1972 年慕尼黑奧運會增加女子 1500 公尺，1984 年洛杉磯奧運會女子馬拉松項目的確立為百年女性田徑史畫上了一個莊重的句點。

1968 年墨西哥城奧運會開幕式上，二十歲的墨西哥女田徑選手巴西利奧 (Norma Enriqueta Basilio) 高舉火炬繞場一周，跑向通往火炬臺的九十級臺階，成為奧運歷史上第一個點燃聖火的女性。1988 年佛羅倫斯・格里菲斯・喬伊娜 (Florence Griffith-Joyner) 創造 100 公尺及 200 公尺兩項短跑紀錄，較之男子該項紀錄僅差 6.5% 和 8.2%，而一般女子短跑紀錄往往較之男子低出 10 到 12 個百分點。1992 年，中國飛靶射擊選手張姍在男女混合射擊比賽中獲得金牌，據說男性因此感受到來自女性實力的威脅。1996 年亞特蘭大奧運會開始將該項賽事分列為男女單項單獨比賽。

1996 年奧運百年慶典中，女性的地位最終得到了確立，如足球等項目開始增加女子比賽，而項目人數、運動員參加人數逐漸向男女平等過渡。1976 年蒙特婁奧運會女性參賽比例突破 20%，1996 年亞特蘭大奧運會突破了 30%，2004 年雅典奧運會達到了 40.74%，人數高達 4329 人。現任國際奧委會主席羅格 (Jacques Rogge) 就希望在 2008 年北京奧運會上，男女參賽人數能達到對半分。

在象徵奧運會權力中樞的國際奧委會裡也終於出現了女性身影，國際奧委會規定，在國際奧委會中女性委員要達到 15%。1986 年，安妮塔・德弗朗茨 (Anita DeFrantz) 成為第一名非裔女性的奧委會委員；1990 年，委內瑞拉人弗蘿・伊薩瓦—豐塞卡 (Flor Isava-Fonseca) 入選執委會，成為國際奧委會自 1894 年成立以來的第一名女執委。1996 年，國際羽聯歷史上第一位女主席呂盛榮成為中國第一位擔任國際奧委會委員的女性。

從化妝室到名人堂
——姓 Olympic 的女人們

女性透過奧運會證明與爭取的，更多是平等競技的機會，而不是感情生活。先驅們以叛逆和倔強衝擊傳統，女性因此享有共同的榮耀。

現在翻看上世紀早期女運動員們的照片，大多眉目如畫，端的電影明星似的。在那個缺少完善體制的時代，反而容易出現天才與奇蹟，動輒三四個冠軍，或者兩三次連冠。

在奧運會運作不成熟的早期，金牌與利益和榮譽沒有必然聯繫，成績更多只是證明自己價值的一種方式。沒有患得患失，沒有鬼魅伎倆，大家出於天分與愛好選擇運動為事業，例如第一位女飛人貝蒂・羅賓遜就是在追公車時被體育老師發現的速度天才，而在遭遇空難後又以頑強的毅力返回跑場，再奪奧運冠軍。

對於有些人來說，體育未必就是終身事業，雪莉・巴巴喬夫(Shirley Babashoff) 十五歲時獲得了自己的第一個世界冠軍，她在職業生涯中總共獲得過八塊奧運會金牌，六次打破世界紀錄，然而退役後她就做了一名普通的郵差。

當然更多女性選擇留在這項事業當中，繼續著她們的奇蹟。運動員們都有一種追求極限的精神，這種生命的活力幾乎貫穿了一些人的整個人生。

體育並不是一個浪漫的題材，傷病、競爭與年齡的壓力困擾著這一行的傑出者們。像《網住愛情》那樣的浪漫愛情，只是日復一日刻板的訓練生活的小點綴。女性透過奧運會證明與爭取的，更多是平等競技的機會，而不是感情生活。先驅們以叛逆和倔強衝擊傳統，女性因此享有共同的榮耀——當國際奧委會為中國奧組委中三分之一的女性領導者而驚訝的時候，我們不會忘記一百年前，顫巍巍拖著曳地長裙走向冰場的花式溜冰選手瑪吉・賽耶斯 (Madge Syers)。那是女子項目第一次列入正式比賽，冰刀挫開冰面的聲音尖利，宛如破冰之斧，鑿開這一百年女子奧運洪鐘般的巨響。

運動員李森

李　森

1936 年，李森代表中國參加了柏林奧運會，人稱「四木小姐」。1935

年，她代表上海參加中國第 6 屆全國運動會，以優異成績不僅獲得了女子 50 公尺、100 公尺和 200 公尺三項短跑冠軍和女子急行跳遠第二名，而且還打破了三項全國紀錄，因此順利獲得參加奧運會的資格。她所創造的 50 公尺 6.8 秒和 200 公尺 27.5 秒的成績，直到中華人民共和國成立時，還沒有被人打破。李森的優異成績轟動了體壇，被譽為「女跑王」，1935 年也被體育界稱為「李森年」。在柏林奧運會女子 100 公尺預賽中，李森與上一屆奧運會冠軍、波蘭的惠萊茜威士分在一組，但她毫不示弱，下定決心要為國爭光，起跑時她首先衝出，但很快落後，最後以 13.6 秒名列小組第三，未能進入複賽。小組第一名成績是 12.5 秒，這說明中國女選手與世界強手還有明顯差距。李森雖未取得名次，但卻以首名參加奧運會比賽的中國女運動員載入史冊，而她短袖短褲的田徑運動員打扮，在 1930 年代的中國可算開風氣之先。

楊秀瓊

1936 年參加柏林奧運會的另一名中國女運動員，有「美人魚」之稱。她 1934 年 5 月代表中國赴菲律賓參加第 10 屆遠東運動會，奪得 50 公尺自由式、100 公尺自由式、100 公尺仰式三項冠軍和 200 公尺接力賽冠軍，不僅創造了新的全國紀錄，而且打破了當時遠東運動會的紀錄。柏林奧運會上，她雖然以 1 分 21 秒 2 和 6 分 45 秒 2 的成績譜寫 100 公尺和 400 公尺自由式全國紀錄，但與世界強手相差甚遠，沒能進入決賽。

楊秀瓊按今天的標準來說是「美女運動員」，被媒體留下頗多資料。當時有記者描寫她為「風度雍容華貴，雙眸明亮，性格爽

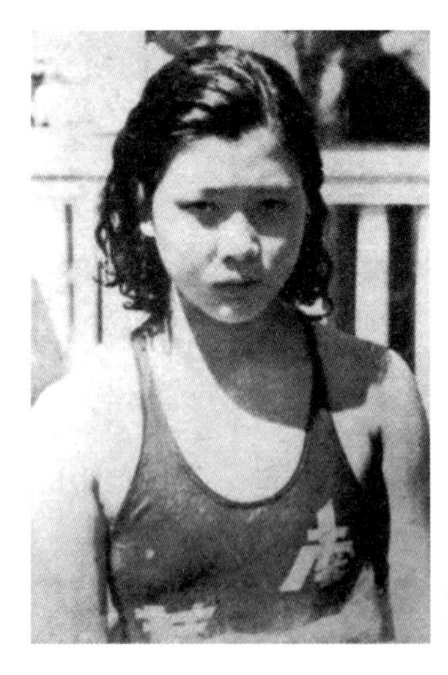

身為「美女運動員」的楊秀瓊，如一朵出水芙蓉。

朗，穿玉色衣服，赤足趿高跟拖鞋，身軀健壯，遠望如希臘女戰士，言談和藹，含南國風味，十分可親」。當年《良友》畫報，有一頁全版刊登當代十大標準女人的照片，楊秀瓊與何香凝、宋美齡、胡蝶、丁玲等一同上榜，成為最時髦的大畫報之封面女郎，真是達到了「足跡所至，公卿倒屣」之地步。

吳小旋

中國第一位奧運會女子冠軍，1984 年洛杉磯奧運會女子標準步槍 3 乘 20 的比賽冠軍。身高一百五十二公分的她在參加奧運會前已經握有二十個全國冠軍，被人譽為「常勝女將」。那屆奧運會上，大家記住了許海峰的零的突破，然而吳小旋也為中國女性實現了奧運金牌零的突破。退役後，吳小旋定居她的福地——洛杉

第 23 屆奧運會女子小口徑標準步槍冠軍吳小旋（圖片出處／達志影像）

磯。2008 年，她作為最後一棒聖火傳遞者參與了奧運聖火在杭州的傳遞。

從實用到時髦
——百年奧運服飾演變

除去體育賽場上無硝煙的爭奪，那些運動員們身上所穿著的運動服也在閃光燈的鏡頭檢視下被逐一放大。縱觀女子奧運歷史，那些穿著在運動員身上的服飾也在歷經著從長度到厚度的轉變，這樣的革新既有物料的，也有機能的。我們能做的，不過回頭做一瞬間的暫停凝望。

時至今日，奧運會和平友誼的宏大主題，隱隱有被商業角逐架空之勢，體育超越自我的形上意義，也逐漸被捆綁在時尚伸展臺和水銀燈的戰車上。體育界與演藝界互通有無，電視轉播渲染著粉絲的熱情。除去體育賽場上無硝煙的爭奪，那些運動員們身上所穿著的運動服也在閃光燈的鏡頭檢視下被逐一放大。

縱觀女子奧運歷史，那些穿著在運動員身上的服飾也在歷經著從長度到厚度的轉變，這樣的革新既有物料的，也有機能的。我們能做的，不過回頭做一瞬間的暫停凝望。

網　球

長到腳踝的白色連衣裙、束腰馬甲、襯裙和帽子，這是十九世紀末網球女將們的標準裝備。早期女子網球服脫胎於中世紀貴族小姐的服飾，清一色的長袖長裙，搭配禮帽或頭巾，所以 1900 年參加奧運會的女選手據說要負重十八公斤參賽也就不足為怪了。

1920 年的安特衛普奧運會上，法國人蘇珊・朗格倫 (Suzanne Lenglen) 拋棄了傳統的網球比賽服裝，穿著了百褶裙和無袖襯衫，那屆奧運會上她奪得了兩金一銅的好成績。她這身輕便裝備成為女子網球服歷史上一個閃亮的符號，並在當時掀起軒然大波，善於造勢的媒體形容那是一場「網球場上的裸腿之戰」。然而，百褶裙寬大的下襬雖有利於奔跑，可過膝的長度還是牽牽絆絆，淑女的裝扮和網球場上的撲救姿勢也非常不協調。

終於到了 1936 年，美國選手海倫・雅各布斯 (Helen Jacobs) 首次穿著短褲進行比賽並輕鬆獲勝。1939 年，溫網冠軍鮑比・里

1920 年第 7 屆安特衛普奧運會，獲得混合雙打網球金牌的法國運動員蘇珊・朗格倫。

格斯 (Bobby Riggs) 用白 T 恤替代了白襯衫。1950 年，美國選手格西・莫蘭 (Gussie Moran) 在溫網秀出了一件超短裙搭配平口襯褲的新潮球衣。這款球衣是當時的著名設計師皮埃爾・博爾曼專門針對女選手運動特點設計的，風靡了整個 1950、1960 年代。這之後，網球裙這一更容易吸納女裝特徵的運動裝開始取代短褲和 T 恤。不過 1970 年代的許多款式加入了蕾絲元素反而淡化了運動衣的緊身要求，許多人批評網球裙看上去更像睡裙。

迷你裙問世後，時尚與運動元素結合得越來越嫻熟。漢圖霍娃 (Daniela Hantuchová) 的晚裝裙、莎拉波娃 (Maria Sharapova) 的網襪都曾經在四大公開賽上出盡風頭；威廉絲 (Williams) 姐妹甚至推出了自己的品牌，每次上場必穿自己名下的新款，據說她們的網球裙以材料輕薄透氣為人稱道。

澳大利亞女游泳選手安妮特·凱勒曼曾因穿著「暴露過多」而被捕。

游　泳

什麼人可以與陽光、大海和藍天談情說愛？當然是女人，穿泳裝的女人。最初的泳裝是作為純粹的水中運動裝束而出現的，然而泳裝必然的裸露元素引人遐思，刁鑽狡猾的生產商們樂得包裝引申、推波助瀾，使泳裝的意義超出運動本身，設計越加國際化、專業化、時裝化。

游泳運動流行於上世紀初,但那時候的男人通常是裸體游泳,而女人則穿著寬大的襯衫或襯衣。1909 年,時裝界的傳奇人物香奈兒設計了第一套真正意義上的現代泳裝。這種在一定程度上暴露四肢和軀體的新式泳裝一度被指為「有傷風化」。1917 年澳大利亞出生的女游泳選手安妮特・凱勒曼 (Annette Kellerman) 還因此以穿著「暴露過多」而被捕。

想來陳舊的西方男士也一度與中國偽道學先生們一樣,懼怕看到考驗自己把持能力的女性曲線。在關於女性泳裝的最早紀錄上提到,婦女必須穿上長及腳踝的厚襯衫外加一頂帽子來掩飾被水弄濕以後的體形。然而出於安全因素考慮,水中身著過多衣物不僅影響女性運動成績,還嚴重威脅運動員的人身安全。上世紀 1920 年代,尼龍衣物生產商設計了革命性的泳裝面料,並奠定了往後日子的泳服款式——一件式的連身迷你裙褲和兩件式的背心配平口小短褲。甩脫了寬袍大袖的限制,女選手終於可以不再像溺水掙扎一樣游泳,游泳紀錄屢屢被刷新。

而說到女子泳裝的發展,就不得不說比基尼。比基尼是南太平洋的一個小島,二戰期間美國在此進行核子實驗,並成功進行了原子彈試爆。因此比基尼最初與駭人聽聞、驚天動地聯繫在了一起。第一顆原子彈爆炸十多天後,法國設計師路易斯・瑞爾德 (Louis Réard) 就設計出了這種近乎全裸,只在關鍵部位加以遮掩的泳裝,並以「比基尼」命名來說明它的橫空出世帶給當時多大的震盪。

事實證明比基尼的確屬於超前產物,寂寞了二十年,直到二十世紀 1960 年代嬉皮革命風潮下,人們的身體倫理被大大解放,比基尼才開始真正走紅。它第一次出現在正式場合是在 1968 年墨西哥城奧運會上，當時美國選手多貝爾一身無肩帶圓點圖案比基尼泳裝至今仍然被奉為經典。換句話說，人們接受比基尼是從奧運會開始的。

游泳運動發展到現代，泳裝也呈現兩極化趨勢。一是在競技領域，2000 年雪梨奧運會開始廣泛使用的仿鯊魚皮高科技泳裝「鯊魚裝」，再次把人體從頭包到尾以減少阻力。在 2008 年北京奧運會游泳比賽上，來自一百三十個國家和地區的選手身披鯊魚裝跳進泳池，結果囊括了雪梨奧運會游泳比賽 80% 的獎牌。索普 (Ian Thorpe) 和菲爾普斯 (Michael Phelps) 以令人瞠目結舌的速度刷新著塵封多年的世界紀錄。

不過無須以偏概全掛一漏萬，雖然一切都在轉變中，但事實上有些項目依然保持著古老的傳統。例如馬術運動的規定百年如一，騎手必須戴高帽和穿燕尾服，男選手穿白馬褲，而女選手穿白或淺黃褐色馬褲，同時穿黑靴子。迷你裙席捲全球的時候，高爾夫運動不但不為所動，還嚴格以會員門檻限制著裝，時至今日，女性最多允許穿牛仔褲入場，網球裙那樣的長度依然是高爾夫女選手們不可想像的。

秦　天

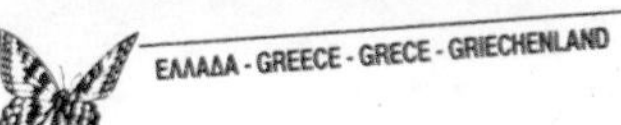

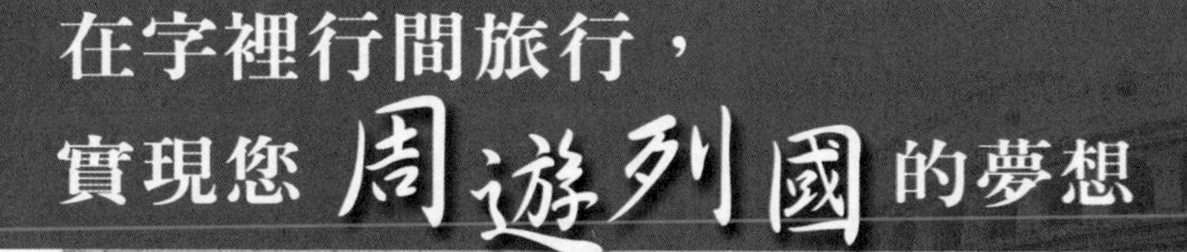

國別史叢書

- 日本史——代化的東方文明國家
- 韓國史——悲劇的循環與宿命
- 菲律賓史——東西文明交會的島國
- 印尼史——異中求同的海上神鷹
- 尼泊爾史——雪峰之側的古老王國
- 巴基斯坦史——清真之國的文化與歷史發展
- 阿富汗史——文明的碰撞和融合
- 阿富汗史——戰爭與貧困蹂躪的國家
- 伊拉克史——兩河流域的榮與辱
- 約旦史——一脈相承的王國
- 敘利亞史——以阿和平的關鍵國
- 土耳其史——歐亞十字路口上的國家
- 埃及史——神祕與驚奇的古國
- 法國史——自由與浪漫的激情演繹
- 德國史——中歐強權的起伏
- 捷克史——波希米亞的傳奇
- 匈牙利史——一個來自於亞洲的民族

羅馬尼亞史——在列強夾縫中求發展的國家
波蘭史——譜寫悲壯樂章的民族
南斯拉夫史——巴爾幹國家的合與分
瑞士史——民主與族群政治的典範
希臘史——歐洲文明的起源
義大利史——西方文化的智庫
西班牙史——首開殖民美洲的國家
丹麥史——航向新世紀的童話王國
低地國（荷比盧）史——新歐洲的核心
愛爾蘭史——詩人與歌者的國度
俄羅斯史——謎樣的國度
波羅的海三小國史——獨立與自由的交響詩
烏克蘭史——西方的梁山泊
美國史——移民之邦的夢想與現實
墨西哥史——仙人掌王國
阿根廷史——探戈的故鄉
巴西史——森巴王國
哥倫比亞史——黃金國傳說
祕魯史——太陽的子民
委內瑞拉史——美洲革命的搖籃
加勒比海諸國史——海盜與冒險者的天堂
澳大利亞史——古大陸·新國度
紐西蘭史——白雲仙境·世外桃源

澳大利亞史——古大陸・新國度

南方的大陸——澳大利亞，是人們傳說中的仙境。隨著西方人的航海、冒險，以及英國人的殖民與開墾，漸漸地掀開不為人知的神秘面紗，也為這塊古老的土地開創了歷史的新頁，將澳洲從荒蕪的焦土變成繁華的樂園。

丹麥史——航向新世紀的童話王國

風景秀麗的丹麥孕育了安徒生瀾漫的童話，隨手汲拾皆是美麗的故事，在充滿花香和書香的土地上，給予人們充滿希望的福音，也為世界和平帶來一股清流。

法國史——自由與浪漫的激情演繹（增訂二版）

法國，她優雅高貴的身影總是令世人著迷，她從西歐小國逐漸成長茁壯，締造出日後舉足輕重的地位。在瑰麗的羅浮宮、不可一世的拿破崙之外，更擁有足以影響世界的歷史與文化成就。

德國史——中歐強權的起伏（增訂二版）

自統一建國，至主導歐洲外交，甚而挑起世界大戰，在近現代的歐洲舞臺，德國絕對是凝聚焦點的主角，在一次次的蟄伏和崛起中，顯現超凡的毅力與韌性。

國別史叢書

希臘史——歐洲文明的起源

一提起希臘，無論聯想到的是湛藍的藍天、海洋，以及點綴其間的白屋，或是璀璨的古希臘文明，和遺留至今的神殿雕塑，她永如地中海的珍珠，綻放耀眼的光彩，令人神往。

俄羅斯史——謎樣的國度（增訂三版）

俄羅斯為何有能力以第三羅馬自居！俄羅斯為何得以成為世界上領土最大的國家！在二十世紀後半期與西方的山姆大叔分庭抗禮！且看此書為您盡數這隻北方大熊的成長奮鬥史。